Greg Kincaid

EIN HUND UNTERM
WEIHNACHTSBAUM

Buch

Crossing Trails, Kansas, kurz vor Weihnachten: Bei Mary Ann McCray will einfach keine besinnliche Stimmung aufkommen. Als erster weiblicher Weihnachtsmann hat sie in der traditionsbewussten Gemeinde unbeabsichtigt einen regelrechten Skandal ausgelöst. Dann erreicht sie die betrübliche Nachricht, dass die netten Nachbarn sich scheiden lassen. Und zu guter Letzt bekommt auch noch Mary Anns Sohn Todd Ärger mit seiner Freundin. Doch Rettung naht: Auftritt Noelle, eine überaus quirlige Mischlingshündin, die sich zwar jeder Erziehung verweigert, aber für extrem gute Laune sorgt. Und die ihre ganz eigene Vorstellung von einem gelungenen Weihnachtsfest hat…

Informationen zu Greg Kincaid und lieferbaren Titeln des Autors finden Sie am Ende des Buches.

Greg Kincaid

EIN HUND UNTERM WEIHNACHTSBAUM

Roman

Deutsch von
Angela Schumitz

GOLDMANN

Die Originalausgabe erschien 2017 unter dem Titel »Noelle«
bei Convergent Books, an imprint of the Crown Publishing Group,
a division of Penguin Random House LLC, New York.

Sollte diese Publikation Links auf Webseiten Dritter enthalten,
so übernehmen wir für deren Inhalte keine Haftung,
da wir uns diese nicht zu eigen machen, sondern lediglich auf
deren Stand zum Zeitpunkt der Erstveröffentlichung verweisen.

Dieses Buch ist auch als E-Book erhältlich.

Verlagsgruppe Random House FSC® N001967

1. Auflage
Taschenbuchausgabe Oktober 2019
Copyright © der Originalausgabe 2017 by Greg D. Kincaid
Copyright © der deutschsprachigen Ausgabe 2018
by Wilhelm Goldmann Verlag, München,
in der Verlagsgruppe Random House GmbH,
Neumarkter Str. 28, 81673 München
This translantion published by arrangement with Convergent Books,
an imprint of the Crown Publishing Group,
a division of Penguin Random House LLC.
Umschlaggestaltung: UNO Werbeagentur München
Umschlagfoto: © FinePic®, München
Redaktion: Christiane Mühlfeld
BH · Herstellung: kw
Satz: Uhl + Massopust, Aalen
Druck und Einband: GGP Media GmbH, Pößneck
Printed in Germany
ISBN: 978-3-442-48971-8
www.goldmann-verlag.de

Besuchen Sie den Goldmann Verlag im Netz

*Für meine Eltern,
Rod und Darlene Kincaid*

PROLOG

Es war Lulus vierzehnter Wurf. Und so klein, wie er geraten war, würde es wohl auch ihr letzter sein. Sie war eine gute Hündin gewesen, aber nun wirkte sie müde und ausgelaugt. Lulu hatte als Lesters Goldgrube in neun langen Jahren Welpen im Wert von rund zwanzigtausend Dollar zur Welt gebracht. Mit dem, was seine Farm abwarf, schaffte er es kaum, über die Runden zu kommen; das Welpengeschäft war also ein äußerst willkommenes Zubrot.

Lulus große, gleichförmige Würfe hatten ihm bislang zufriedene Kunden und einen guten Profit beschert, vor allem um Weihnachten herum, wenn das Geschäft mit den niedlichen Hundekindern zuverlässig boomte. Ein mickriger Wurf von vier, wie diese Brut, lohnte die ganze Mühe dagegen kaum. Nächstes Jahr würde Lulu durch eine jüngere Hündin ersetzt werden müssen.

Der Markt für Sojabohnen, Mais, Hafer, Hirse, Rinder und Schweine schwankte ständig. Deshalb verließ sich Lester Donaldson gerade im Winter, wenn sonst nichts auf seiner einhundertsechzig Morgen umfassenden Farm im Norden von Zentral-Kansas wuchs, auf die Kleinen. Jetzt war es erst Anfang November, doch in fünf Wochen würde Lulus letzter Wurf so weit sein, dass er verkauft werden konnte.

Lester besaß sieben Hündinnen: vier Golden Retriever, zwei Labradore und einen Pudel. Staatliche Vorschriften, an die sich gewerbliche Hundezüchter halten mussten, galten nur, wenn man mehr als vier Hündinnen auf seinem Grundstück hielt. Um Überprüfungen vorzubeugen, hielt Lester drei der Tiere auf seinem eigenen Grund und pachtete bei Nachbarn Flächen für behelfsmäßige Zwinger, in denen er die anderen Muttertiere und deren Junge unterbrachte. Er suchte sich verschwiegene Partner wie seinen klammen Nachbarn Ralph Williams. Diese Leute wussten, dass es besser war, nicht zu viele Fragen zu stellen, und begnügten sich damit wegzuschauen, die Hunde in Ruhe zu lassen und Lesters Pacht einzustecken.

Mit der Zeit wurde Lester immer gieriger. Gerade war er auf der Suche nach weiteren Nachbarn und errichtete weitere Zwinger, damit er sein Geschäft mit den Hunden in der nächsten Saison ausbauen konnte. Im Moment wuchs die Nachfrage nach großen Rassen – Mastiffs, Dänische Doggen und Irische Wolfshunde –, und das wollte er sich nicht entgehen lassen.

Die gewerblichen Züchter mit weit über hundert Hunden waren wie Fabriken. Lester freute sich über das Geld, aber er unterhielt einen Kleinbetrieb und wollte es auch so belassen, um nicht aufzufallen. Er brauchte keine Leute von der Regierung, die ihm Hygienevorschriften machten oder sagten, wann er den Tierarzt rufen sollte. Ohne Überprüfungen lief alles bestens. Er verkaufte seine Ware übers Internet und durch Kleinanzeigen. Er kam der Nachfrage kaum nach. Auf einer Website präsentierte er Fotos von Frühlingswiesen, auf denen die Hunde und ihr knuddeliger Nachwuchs sorglos miteinander herumtollten. Für hundert Dollar, online bezahlt mit einer Kreditkarte, konnte man sich schon etliche Monate vor dem Feiertagsansturm einen Welpen reservieren lassen. Lester hatte sein Geschäft »Traumhunde« genannt. Wenn er Bilder von seinen Hunden einstellte, fügte er Beschreibungen hinzu, die er von anderen Webseiten und Tierheimen geklaut hatte: »Wir haben diesen kleinen Burschen Zorro getauft. Wenn die Rasselbande sich zu heftig balgt, kommt er und rettet seine kleine Schwester. So lieb mit Kindern. Beeilt euch, dieser kleine Kerl wird schnell weg sein.«

Für Lester war die Hundezucht ein ehrbares Geschäft. Welpen machen die Leute glücklich und verleihen dem Bild einer perfekten Familie den letzten Schliff. Natürlich wusste er, dass sich einigen Leuten mächtig die Nackenhaare sträuben würden, wenn sie die Wahrheit über die Lebensbedingungen seiner Hunde wüssten. Aber Hundebabys werden wie Hamburger oder Milch als Ware verkauft. Bald kam der Weihnachtsmann, und davor kümmerte es keinen, wie seine Tiere aufwuchsen oder wie sauber ihre Zwinger waren. Jetzt interessierten nur Aussehen, Preis und Verfügbarkeit. Wenn eine Mom oder ein Dad sich mit Lester an der vereinbarten Stelle auf halber Strecke traf, hielt er oder sie den ausgesuchten Welpen freudig erregt hoch, sagte irgendwas Vorhersehbares, etwa: »Er ist echt süß«, wandte sich an Lester und fragte: »Wären Sie mit vierhundertfünfzig Dollar zufrieden?«

Dann kratzte sich Lester am Kinn und erwiderte: »Er ist

seine sechshundert wirklich wert.« Danach legte er eine kurze Pause ein, bevor er fragte: »Bar?« Und wenn der Käufer nickte, sagte er: »Mir ist es wichtiger, dass der kleine Zorro ein gutes Zuhause findet, als dass ich jeden Dollar für ihn bekomme, den er wert ist. Wie wär's mit fünfhundert?« Sie schüttelten sich die Hände, und damit war das Geschäft besiegelt. Für ein frohes Weihnachtsfest scheute man keine Kosten, und Lester fuhr mit einem dicken Bündel knisternder Zwanziger, frisch gezogen aus dem nächstgelegenen Geldautomaten, nach Hause.

Lester gab die Zahlen für die winzigen Welpen aus Lulus letztem Wurf in die Liste auf seinem iPad ein: Nr. 4118 bis 4120, mit einer Abweichung, Nr. 4121. Er wog jeden Welpen auf einer kleinen Waage und trug die Daten in die Spalte rechts neben jeder Nummer ein. Die Abweichung wog fünfundachtzig Gramm weniger. So etwas konnte schon mal vorkommen. Die Natur bietet nicht durchweg die Gleichförmigkeit, die man sich als Züchter wünscht. Es war ganz einfach: Golden Retriever haben ein bestimmtes Aussehen. Dasselbe galt für Ford Mustangs und BMW 325i. Ohne dieses Aussehen – na ja, dann adieu, du schöner Traum!

Das erklärte er auch seinem Nachbarn Ralph Williams – in gewisser Weise seinem Vermieter, was die Hunde anging – und dessen zwölfjähriger Tochter Samantha, als diese an jenem Morgen durch den Maschendrahtzaun den neuen Wurf betrachteten. »Wenn sie nicht so aussehen, wie ein Golden Retriever aussehen soll, kann man sie einfach nicht verkaufen.« In diesem besonderen Fall, dachte Lester, ging die Abweichung über das Gewicht hinaus. Der Welpe hatte nicht einmal den Körperbau eines Golden Retriever. Die Farbe der Kleinen wich zwar nicht allzu weit von der Norm ab, aber ihre winzigen, viel zu kurzen Beine wiesen darauf hin, dass die Proportionen einfach nicht stimmten.

Lester hegte einen gewissen Verdacht, der das Aussehen des Winzlings erklären würde. Als er bemerkte, wie ruhig Ralphs normalerweise sehr gesprächige Tochter war, wusste er ziemlich sicher: Samantha musste Lulu aus dem Zwinger gelassen haben – etwas, das Lester ihr ausdrücklich verboten hatte –, sodass die Hündin unbeaufsichtigt herumgestreunt war. Er war selbst daran schuld. Er hätte die Zwingertür mit einem Vorhängeschloss versehen müssen. Die kleine Außenseiterin sah ganz anders aus als ihre Geschwister, und selbst in diesem frühen Stadium konnte Lester erkennen, dass ihr die eleganten Proportionen ihrer Mutter fehlen würden, wenn sie ausgewachsen war, und dass sie wohl eher ihrem Vater ähneln würde. Während seiner Zeit als Züchter war Lester das nicht zum ersten Mal passiert – derselbe Wurf, verschiedene Väter. Irgendein Köter war auf Williams' Grundstück herumgestreunt, als Lulu läufig gewesen war, und Samantha hatte Lulu aus dem Zwinger gelassen oder zumindest versäumt, die Tür ordentlich zu schließen. Anders konnte er sich das nicht erklären.

Er hielt den seltsam aussehenden Welpen hoch und inspizierte ihn näher, dann fragte er Samantha: »Du hast Lulu doch nicht etwa frei herumlaufen lassen?«

Samanthas Vater betrachtete seine Tochter nachdenklich. Ihm kam das zusätzliche Einkommen, das er sich mit der Unterbringung von Lesters Hunden verdiente, sehr gelegen, aber es gefiel ihm nicht, dass das Mädchen mit den Schattenseiten des Geschäfts konfrontiert wurde. Er hatte ihr gesagt, dass sie sich von den Zwingern fernhalten sollte. Um ehrlich zu sein, taten auch ihm die Hunde leid, und deshalb mied er sie selbst. Das Ganze war Lesters Unternehmen und nicht seines, und ganz bestimmt nicht Samanthas.

Samantha selbst ahnte nicht, wie Lester hinter ihr Geheimnis gekommen war. Sie war immer davon überzeugt gewesen, bestens aufgepasst zu haben. Nun schüttelte sie heftig den Kopf und erwiderte: »Nein, Sir. Vielleicht ist sie selber ausgebrochen.«

Lester wusste, dass die Kleine schwindelte, aber es änderte nichts an den Tatsachen. Was passiert war, war passiert.

Williams dachte an den Traktor, der vor dem Frühjahr repariert werden musste, die Einbußen, die seine Ernte durch die letzte Dürre erlitten hatte, und die üblichen Rechnungen, die sich stapelten. Es lastete viel auf ihm, doch auch wenn er auf Samanthas Seite war, musste er Lester zeigen, dass ihm ihre Partnerschaft nach wie vor wichtig war. Deshalb sagte er jetzt: »Samantha, du musst die Hunde in Ruhe lassen. Sie sind Mr Donaldsons Geschäft, nicht unseres.«

Samanthas Miene verriet ihr schlechtes Gewissen. »Ja, Dad.«

Lester lächelte zufrieden. Er hatte sich durchgesetzt. »Wir machen uns jetzt mal keine Sorgen und warten ab, wie sie wächst. Man kann nie wissen – vielleicht findet sich ja ein Käufer, wenn ich einen gewissen Nachlass einräume.« Er klopfte Ralph auf die Schulter, dann wandte er sich ab und ging. »Kinder!«, murmelte er halblaut.

Samantha bemühte sich, die Welpen, wie ihr aufgetragen worden war, zu ignorieren, doch als sie nach ein paar Tagen die Augen aufschlugen und agiler wurden, fiel ihr das zunehmend schwerer. Immer wieder beugte sie sich am Rand des Zwingers nach unten, und die Welpen stürzten sich auf sie, winselten aufgeregt und schleckten und bissen in ihre Finger, wenn sie sie durch den Maschendrahtzaun steckte. Dem hätte sie widerstehen können, aber das kalte Wetter und der sich häufende Dreck im Zwinger waren wirklich kaum zu ertragen. Die armen Welpen drängten sich an die bedauernswerte alte Lulu. Der Winter brach mit aller Macht herein, aber in dem offenen Zwinger gab es kaum Schutz vor dem Wind und der Kälte. Das Elend der Tiere traf Samantha mitten ins Herz, aber ihr war klar, dass sie lieber nichts dazu sagen und auch nichts dagegen unternehmen sollte. Ihr Vater hatte ihr deutlich zu verstehen gegeben, dass die Hunde sie nichts angingen.

Doch als es Anfang Dezember immer kälter wurde, konnte sie sich nicht mehr zurückhalten. Einer der Welpen, die kleine Außenseiterin, wirkte richtig krank. In den letzten Tagen hatte sich die Kleine kaum noch von ihrer Mutter fortbewegt. Auch Lulu regte sich kaum. Meistens lag sie auf der Seite, während ihre Jungen sich an sie drängten, um sich zu wärmen und zu trinken. Lester hielt es nicht wirklich mit der Wahrheit, wenn er im Internet verkündete, die Welpen seien komplett entwöhnt.

Es war Samstag. Samanthas Vater war in den Ort gefahren, um einiges zu erledigen und um sich anschließend mit den Nachbarn zum Kaffee zu treffen. Samantha war also allein. Sie machte sich auf zum Zwinger, öffnete die Tür vorsichtig und trat hinein. Lester hatte mit der Auslieferung von Welpen anderer Würfe viel zu tun, sodass er manch anderen Zwinger schlichtweg vernachlässigte. Samantha musste aufpassen, wo sie hintrat. Die Zustände waren grauenhaft. Der Lehmboden war völlig verdreckt, die Welpen kotverschmiert. Lester schien seine »Ware« nur dann zu säubern, wenn er einen Käufer hatte. Was also sollte falsch daran sein, wenn sie sich um die Hunde kümmerte? Wer sollte sich beklagen? Im Grunde half sie ihrem Dad und Lester doch, und sie wollte kein Geld dafür, ja nicht einmal Dank.

Als Erstes hob sie den kleinen Kümmerling hoch und versuchte, seinen Körper zu wärmen. Der Welpe wand sich ein wenig, und es beruhigte Samantha, dass er übehaupt noch lebte. Aber mit dem rechten Auge der Kleinen stimmte etwas nicht. Sie konnte kaum sehen, so geschwollen war es. Samantha setzte sie wieder bei ihrer Mutter ab und machte sich an die Arbeit. Mit einer alten Schaufel, die Lester für diesen Zweck an den Zwinger gestellt hatte, versuchte sie, den Schmutz zu beseitigen. Dann verteilte sie den Rest des sauberen Strohs und richtete ein frisches Lager her.

Lulu schien Samantha nicht zu bemerken und tat auch nicht das, was Hundemütter normalerweise tun, wenn sich jemand ihnen und ihrem Wurf nähert – knurren, die Zähne fletschen, bellen. Stattdessen lag sie apathisch da, während Samantha weiter sauber machte, und ließ es sogar zu, dass das Mädchen ihre Welpen aufhob. Die Tiere waren so dreckig, dass Samantha sie kaum anfassen wollte. Sie rannte ins Haus, füllte einen Eimer mit warmem Wasser und kehrte zurück, um ein Kleines nach dem anderen zu säubern. Zum Schluss kam Lulu an die Reihe. Samantha rubbelte die Hunde sorgfältig mit einem alten Handtuch trocken. Als alle sauber waren, setzte sie sich zu ihnen auf den kalten Dezemberboden. Die Kleinen kletterten auf ihr herum und bettelten um Aufmerksamkeit. Lulu beobachtete das Geschehen und schien zufrieden, eine junge Babysitterin zu haben. Die erschöpfte Hündin lag einfach nur da und ruhte sich aus.

Samantha gefiel es, wie sich der kleine Kümmerling an ihren Hals kuschelte und sanft dabei fiepte. Sie befreite sein Gesicht vorsichtig von den gelben Krusten. »Geht es dir heute gut, du kleiner Zwerg?«, fragte sie und drückte ihn liebevoll an sich.

Nach einer knappen Stunde taten Samantha vor Kälte die Finger weh. Sie verabschiedete sich von den Hunden und schloss die Tür des Zwingers. Sie hoffte inständig, dass niemand von ihrer Säuberungsaktion Wind bekam.

Falls Lester es bemerkt hatte, verlor er kein Wort darüber, aber er bot Ralph die kleine Außenseiterin an. »Vielleicht freut sich deine Tochter ja über einen eigenen Hund.«

Doch Ralph befürchtete, dass dies einen gefährlichen Trend einleiten könnte, und lehnte das Angebot ab. In der darauffolgenden Woche lieferte Lester drei von Lulus Welpen an Käufer aus, sodass nur noch sie selbst und der kleine Kümmerling übrig blieben. Danach erklärte er Ralph, dass der Zwinger im Winter geschlossen werden würde.

»Lulu war eine gute Hündin, aber jetzt ist sie so gut wie unfruchtbar«, waren seine abschließenden Worte.

Samantha war auf einer Farm aufgewachsen und wusste, was das zu bedeuten hatte. Für Lulu und den letzten Welpen.

Als ihr Vater sich an sie wandte und sagte: »Samantha, Schätzchen, wir müssen uns wohl verabschieden«, hätte sie am liebsten losgeheult.

Doch stattdessen wandte sie sich von ihm ab und ging davon. Die glauben, ich bin blöd und kapier nicht, was da abgeht, dachte sie grimmig.

Ihr Kummer wich Zorn, und auf dem Weg ins Haus fühlte sie sich hilflos und klein.

Lester senkte die Stimme. »Ich komm dann morgen Abend vorbei, wenn sie im Bett ist.«

»Das ist wohl besser«, stimmte Ralph zu.

Während Samantha den Kopf ins Kissen vergrub und weinte, redeten die Männer noch ein Weilchen über ihre Zukunft mit Rottweilern, Wolfshunden und Mastiffs, bevor Lester zu seiner Farm zurückkehrte, um eine letzte Lieferung – einen Labradorwelpen – auszufahren. Die Fahrt nach Abilene dauerte zwei Stunden.

Den nächsten Tag verbrachte er überwiegend damit, seine Zucht für den Winter zu schließen. Am Abend stand nur noch eine letzte Aufgabe an. Eine unangenehme Aufgabe, aber er konnte sie nicht länger aufschieben. Eine seiner Cousinen, Hayley Donaldson, hatte früher mal ein Tierheim in Crossing Trails geleitet, knapp zwei Stunden entfernt. Doch sie hatten aus Geldmangel schließen müssen. Es gab einfach keinen Platz, wohin er eine alte Hündin und ihren unverkäuflichen Welpen hätte bringen können. So wenig ihm dieser Teil seines Jobs gefiel, er musste erledigt werden. Schließlich war er Geschäftsmann, kein Wohltätigkeitsverein.

Etwa um zehn Uhr abends bog er auf die Zufahrt zum Haus der Williams ein, parkte den Truck, stieg aus und ging entschlossen zum Zwinger, einen Maulkorb, eine Leine und eine Taschenlampe in der Hand. Die alte Lulu war so entkräftet, dass er sie wahrscheinlich auf die Ladefläche des Trucks würde hieven müssen, bevor er schließlich auf seiner Farm tun konnte, was getan werden musste.

Er ließ die Scheinwerfer brennen und richtete seine Taschenlampe auf den Weg. Weil der Wind heftig blies, wickelte er sich fest in seinen Mantel ein und versuchte, sich warm zu halten. Er ging um die Scheune herum und richtete den Schein der Lampe auf den Zwinger. Die Tür stand weit offen, Lulu und der Winzling waren verschwunden. Steckte das Mädchen dahinter? Vermutlich. Lester zuckte gleichmütig mit den Schultern und kehrte zu seinem Wagen zurück.

Für ihn gab es nun nichts mehr zu tun. Bei diesem Wetter würde die Natur den Rest erledigen. Es war das Ende einer weiteren profitablen Saison.

Als am nächsten Morgen um sieben das Telefon läutete, war Dr. Welch, der stämmige Chef der Tierklinik an der Kansas State University, gerade beim Frühstück. Gut, dass ich Frühaufsteher bin, dachte er und hob den Hörer ab.

»Welch«, meldete er sich mit seiner angenehm sonoren Stimme.

Die Stimme am anderen Ende der Leitung hingegen klang erregt. »Dr. Welch«, legte der Mann gleich los, »es ist ihr Auge, und sie atmet...« Er hielt auf der Suche nach dem richtigen Wort für einen Augenblick inne. »Sie atmet flach. Dr. Welch, was soll ich denn nur machen?«

»Nun mal ganz langsam. Wer sind Sie denn überhaupt?«, versuchte der Arzt den Mann fürs Erste zu beruhigen.

»Ich bin's, Todd. Todd McCray.«

Der Arzt kannte Todd, doch so atemlos wie der junge Mann geklungen hatte, war seine Stimme nicht zu erkennen gewesen. Todd war eine Art Legende an der Universität. Über zehn Jahre hatte er Dr. Welch und die anderen Tierärzte an der Universität immer wieder um Rat gefragt. Schon als Junge hatte er sich aller möglichen verletzten oder bedürftigen Tiere angenommen – egal, ob es ein Falke mit einem gebrochenen Flügel war, ein Wurf verlassener Kojote-Welpen oder ein Waschbär, der sich auf eine viel befahrene Straße verirrt hatte. Er hatte ein Händchen für alle Tiere, aber mit Hunden kannte sich Todd McCray besonders gut aus.

Dr. Welch kannte den erwachsenen Todd als verantwortungsbewussten, fast schon irritierend sorgsamen und extrem gründlichen Hundetrainer, der an einer der beeindruckendsten Ausbildungsstätten des ganzen Landes, der Heartland School for Dogs in Washington, Kansas, arbeitete. Mittlerweile rief Todd mindestens einmal im Monat an, weil er Fragen zu seinen Hunden hatte. Er legte sich in seiner Arbeit schwer ins Zeug und war fast über Nacht zum Chefausbilder aufgestiegen. Dr. Welch war immer wieder zu Ohren gekommen, wie erfolgreich Todd bei der Hundeausbildung war und dass er eine wahre Gabe besaß, den richtigen Hund dem richtigen Menschen zur Seite zu stellen. Todd verlangte viel von einem Assistenzhund, aber wenn es mal nicht klappte, dann gab er sich die Schuld und nicht dem Tier.

»Todd, erzähl bitte der Reihe nach und langsam. Es ist ziemlich früh, ich habe noch nicht mal einen Kaffee getrunken.«

Todd begann, nun ruhiger geworden, zu erzählen, und Dr. Welch hörte aufmerksam zu. Ein Farmer, den Todd kannte, hatte einen leblosen Hund am Straßenrand bemerkt. Das Tier schien überfahren worden zu sein, oder es war erfroren. Der Mann stieg aus seinem Wagen und suchte das Tier gerade mit einer Taschenlampe nach einer Hundemarke ab, als er plötzlich ein leises Winseln aus einem Abflusskanal in der Nähe vernahm. Er bückte sich vor der großen Aluminiumröhre, die unter der Straße hindurchführte, und sah einen kleinen Welpen auf sich zu taumeln. Das Tier blutete und hatte ein verletztes Auge. Der Farmer holte das Kleine heraus und versuchte, es zu wärmen, erkannte aber sofort, dass es fachmännische Hilfe brauchte. Rasch beschloss er, nach Washington zu fahren, in der Hoffnung, Todd dort aufzufinden, und hatte Glück.

Todd untersuchte den Welpen, dann wählte er unverzüglich Dr. Welchs Nummer.

»Ich bin in zwei Stunden in der Praxis«, erklärte Dr. Welch, als Todd zu Ende erzählt hatte. »Bring den Welpen vorbei, aber fahr nicht zu schnell.«

Todd zog seinen Mantel an, kletterte in seinen alten Pick-up und fuhr in zwei Stunden zur Kansas State University. Den kleinen Hund hatte er sich unters Hemd gesteckt, sodass er sich an seinem Bauch wärmen konnte.

Nachdem er geparkt hatte, stürmte er sofort in die Praxis. Er hatte es sogar so eilig, dass er vergaß, die Fahrertür zu schließen. »Dr. Welch!«

Er zog das Hündchen unter seinem Hemd hervor und reichte es dem Tierarzt. Das Tier rang so angestrengt nach Luft, dass zu befürchten war, jeder Atemzug könne der letzte sein. Todd war sich darüber im Klaren, dass Tränen bei Männern nicht sonderlich angebracht waren, aber als er sah, in welchem Tempo Dr. Welch zu seinem Untersuchungstisch schritt und Vorkehrungen traf, konnte er sich nicht zurückhalten und weinte.

1. KAPITEL

Mary Ann McCray war ihrer Meinung nach schon viel zu lange im Vorstand der Stadtbibliothek von Crossing Trails. Wie in den meisten Kleinstädten in Kansas schrumpfte auch hier die Bevölkerung stetig. Aufgrund sinkender Steuereinnahmen litt die Bücherei an chronischem Geldmangel. Mary Ann war sich nicht sicher, ob sie die anderen Vorstandsmitglieder überhaupt noch verstand. Sie schienen sich nicht besonders für ihre Kernaufgaben zu interessieren: Nämlich das Lesen zu fördern, aber auch Geldquellen und ehrenamtliche Mitarbeiter zu finden. Das Problem war: das Geld reichte hinten und vorne nicht, und außerdem lasen die Leute nicht mehr so viel wie früher.

Auch die Nutzung der Bibliothek änderte sich. Das konnte man allein schon daran ermessen, dass kaum noch Bücher ausgeliehen wurden, dafür umso mehr CDs, DVDs und Videospiele. Die klassischen Besucher der Bücherei waren überwiegend älter, eher im Alter von Mary Ann, die jüngeren Leute kamen, wenn überhaupt, hauptsächlich wegen des freien Internetzugangs. Mary Anns Meinung zufolge sollte man Kinder dringend für Bücher begeistern.

Aber der Vorstand schien sich ständig mit anderen Themen zu befassen, wie es sich auch bei der gegenwärtigen Sitzung wieder zeigte. Mary Ann hatte versucht, sich zurückzuhalten und ruhig zu bleiben, doch diese Diskussion regte sie tatsächlich sehr auf, vor allem, weil es dabei um einen ihrer ältesten und engsten Freunde ging. Sie beugte sich vor und hob die Hand wie ein Verkehrspolizist. »Da bin ich völlig anderer Meinung. Es besteht keinerlei Notwendigkeit, das zu tun.«

»Warum nicht?« Carol Sampson klang aufrichtig überrascht. Wie konnte etwas so Simples, wie einen neuen Santa Claus für das Weihnachtsprogramm der Bücherei aufzutreiben, eine derartige Reaktion auslösen?

»Hier geht es um Loyalität. Hank Fisher hat vierzig Jahre lang den Santa für uns gespielt. Wir haben ihm nie auch nur einen Cent dafür bezahlt, er hat nie eine Gegenleistung verlangt. Er ist ein wichtiger Teil dessen, wer wir sind – ein Teil unserer Tradition.« Mary Ann bemühte sich, ihre Empörung zu zügeln, bevor sie hinzufügte: »Ich kann mir Weihnachten oder Crossing Trails einfach nicht ohne Hank als Santa vorstellen.« Sie kannte Hank schon seit ihrer Kindheit. Er war zwar schon über achtzig, doch ihn aufzufordern, sein Santa-Kostüm nach all den Jahren an den Nagel zu hängen – das erschien ihr einfach nicht richtig.

»Ich bin anderer Meinung«, konterte Marsha Thompson, das jüngste Vorstandsmitglied. »Wir sind der Bücherei und den Kindern dieses Ortes verpflichtet, nicht Hank Fisher. Ich drücke mich nur ungern so drastisch aus, aber die Kinder sollten Santa nicht in einem Rollstuhl und mit Sauerstoffschläuchen in der Nase sehen. Sie würden sich bestimmt Sorgen machen, ob Santa es denn bis Weihnachten schafft.«

Ein weiteres Mitglied, Catherine Evans, meldete sich zu Wort. »Marsha übertreibt. Hank braucht weder ständig Sauerstoff, noch sitzt er ständig im Rollstuhl. Aber ich denke, der Punkt ist doch: Nicht Hank, sondern Santa ist die Tradition. Früher oder später muss Hank in den Ruhestand gehen, und vielleicht ist es jetzt an der Zeit.«

»Dieser Meinung bin ich auch«, warf Tammy Larson, die Chefin der Bücherei, freundlich ein. »Aber bevor wir Hank bitten zurückzutreten, sollten wir vielleicht einen anderen finden, der die Aufgabe übernehmen möchte.«

»Das könnten viele.« Marsha wandte sich wieder an Mary Ann. »Wie wär's denn mit deinem Sohn Todd? Er ist doch wieder in der Stadt, oder? Wir sollten Santa mit einem frischen Gesicht versehen. Todd wäre ein großartiger Santa. Oder dein Mann George? Auch er könnte es machen.«

»Todd steckt mitten in seinem Umzug, und all seine Freizeit verbringt er im neuen Tierheim. Und was George angeht... Na ja, so frisch ist der auch nicht mehr.« Die Vorstandsmitglieder kicherten ein bisschen, doch Mary Ann schüttelte ernst den Kopf. »Außerdem würde George seinem Freund Hank diesen Job nicht wegnehmen wollen.«

»Ich habe Hank wirklich sehr gern«, sagte Louisa Perkins, eine langjährige Freundin von Mary Ann. »Das tun wir alle, aber er ist so gebrechlich. Wenn wir keinen Freiwilligen finden, dann wäre es vielleicht das Beste, wenn wir uns an eine Santa-Claus-Vermittlung wenden würden. Dann sind wir sicher, dass Santa eine professionelle Ausbildung hat und überprüft wurde. Heutzutage kann man gar nicht vorsichtig genug sein.«

Mary Ann weigerte sich, von Hank abzurücken. »Ich glaube nicht, dass es etwas mit Hanks Gesundheitszustand zu tun hat oder damit, wie sich ein alter Claus auf unsere Kinder auswirken würde. Ein hagerer alter Mann in einem roten Kostüm passt vielmehr nicht in *unser* Bild von dem, wie Santa aussehen sollte. Den Kindern wird das völlig egal sein. Wir sollten einfach darüber hinwegsehen und Hank seinen Job machen lassen, solange er ihn machen will.«

»Ich bin mir sicher, dass wir alle ziemlich flexibel sind, was Santas äußere Erscheinung angeht«, widersprach Catherine Evans. »Ich glaube wirklich nicht, dass es hier ums Aussehen geht.«

»Ach ja?«, fragte Mary Ann ungläubig. »Bist du dir da so sicher?«

»Ja, das bin ich«, erwiderte Catherine. »Es hat absolut nichts damit zu tun.«

Mary Ann hatte die letzten dreißig Jahre als Vertrauenslehrerin an der Highschool von Crossing Trails gearbeitet und Musik unterrichtet, doch am liebsten leitete sie den Debattierclub. Im Argumentieren hatte sie es zur wahren Meisterschaft gebracht. »Ich habe das Gefühl, dass ich in diesem Punkt recht habe. Ich sage dir, es geht ausschließlich ums Aussehen.«

»Wie kommst du darauf?«, fragte Catherine. Sie befürchtete, dass dieses jetzt schon ziemlich unangenehme Gespräch noch hitziger werden könnte.

Mary Ann legte den Kuli auf ihren Notizblock. »Ich erkläre mich bereit, Hank zu sagen, dass seine vierzigjährige Dienstzeit als Santa Claus in Crossing Trails zu Ende gegangen ist, und zwar nicht, weil er zu alt und zu schwach wirkt; denn wie wir alle wissen, spielt das Aussehen keine Rolle. Nein, deshalb, weil wir beschlossen haben, dieses Jahr eine andere Richtung einzuschlagen.«

»Ach ja?«, spornte Arthur Lee sie an. Arthur war das einzige männliche Vorstandsmitglied und auch der Vorsitzende. Bislang hatte er nichts gesagt. Er wollte sich gern anhören, was Mary Ann noch vorzubringen hatte, denn ihm selbst war schleierhaft, wie man hier eine Kompromisslösung finden sollte. Der schlichte Vorgang – die Wahl eines neuen Santa – wirkte plötzlich unendlich schwierig.

Nun war sich Mary Ann der Aufmerksamkeit aller Anwesenden sicher. »Anstelle von Hank...«, fing sie an und kramte die sogenannte *reductio ad absurdum*, den Widerspruchsbeweis, aus ihrem inneren Debattierhandbuch hervor und legte der besseren Wirkung halber noch eine kunstvolle Pause ein, bevor sie verkündete:: »... mach ich es.«

Es kehrte tiefe Stille ein. Die Vorstandsmitglieder fragten sich, ob Mary Ann McCray diesen Vorschlag ernst gemeint hatte oder einfach nur provozieren wollte. Alle waren sich zwar einig, dass sie im Vorstand wertvolle Arbeit leistete, doch gelegentlich stellte sie ihre Stacheln auf.

Mary Ann fuhr fort: »Denkt doch mal darüber nach. Mr Claus ist müde. Er muss dieses Jahr eine Pause einlegen. Santa hat keine Rentenvorsorge getroffen, er kann also nie in den Ruhestand gehen. Seit fast zweihundert Jahren macht er seinen Job. Nie klagt er über Rückenschmerzen oder über Gicht in seinen Fingern. Der Mann braucht wirklich eine Pause. Dieses Jahr hat er Mrs Claus nach Crossing Trails geschickt. Frauen erledigen den Einkauf, wickeln die Geschenke ein und dekorieren das Haus. Sie können die Rotznasen ihrer Kinder putzen, Windeln wechseln und so weiter. Deshalb gehe ich davon aus, dass sie auch Wünsche von Kindern annehmen können, die sie verehren. Was soll daran so schwer sein? Ich mach es. Wollt ihr, dass ich anstelle von Hank Santa Claus spiele? Schließlich geht es ja nicht ums Aussehen, stimmt's?«

Wieder trat Stille ein. Alle im Raum versuchten, ihrem Argument zu folgen. Arthur Lee war sich nicht sicher, was er davon halten sollte. Die Idee klang irgendwie reizvoll, aber würde sie auch funktionieren? »Nun, das würde mit Sicherheit in eine andere Richtung gehen. Aber glaubst du denn nicht, dass die Kinder an Santa als eine großväterliche Gestalt gewöhnt sind? Wären sie nicht enttäuscht?«

Mary Ann legte die Hände flach auf den Konferenztisch und beugte sich vor. »Crossing Trails, der einzige Ort in Amerika, der Mrs Claus so wichtig ist, dass sie ihn besucht. Es ist ihr nicht leicht gefallen, aber sie hat ihre Schürze ausgezogen, ihre gemütliche Küche am Nordpol verlassen und uns besucht. Was für ein Glück wir doch haben!«

Marsha Thompson wollte die Spannung ein wenig lockern. »Die Elfen werden einen Aufstand machen – wer wäscht jetzt die Wäsche?«, fragte sie scherzhaft.

Catherine lachte, doch dann sagte sie: »Ich dachte, es sollte Santa Claus sein, nicht ... Anna Claus.«

Jetzt konnte Mary Ann nicht umhin aufzutrumpfen. »Siehst du, genau das wollte ich damit sagen. Es geht sehr wohl ums Aussehen. Es fällt uns schwer, uns Santa als irgendetwas anderes als einen kräftigen alten Mann mit funkelnden Augen vorzustellen. Was soll's, wenn er älter wird – welchen Unterschied macht das denn? Werden wir nicht alle älter, genau wie Hank Fisher älter geworden ist? Es geht nicht darum, wie Santa aussieht, sondern darum, was er tut. Und Hank ist ein fantastischer Santa.«

Als Arthur Lee sich räusperte, wandten sich alle ihm zu. Mary Ann war sich ihres Sieges sicher. Arthur würde sich auf ihre Seite schlagen, und Hank konnte seinen Job behalten – zumindest einstweilen. Sie hatte Arthur immer für sehr vernünftig gehalten und sah keinen Grund zu glauben, dass das heute anders sein würde.

»Ich habe eine zwölfjährige Tochter«, fing er an. »Die meisten von euch kennen Lilly. Ich halte sie für etwas ganz Besonderes.« Bei der Erwähnung seiner Tochter schien sein Gesicht aufzuleuchten. »Ich möchte, dass Lilly glaubt, dass sie alles sein kann, was sie sein will«, fuhr er fort. »Irgendwo hab ich mal gelesen, dass Traditionen gar nicht bewusst aufgegeben, sondern vielmehr einfach fallen gelassen werden, weil sie nicht mit der Zeit gehen. Denkt nur mal an das Apfelschnappen. Mary Ann, ich finde, du hast recht. Wir haben die andere Hälfte der Familie Claus zu lange ignoriert. Ich denke, du bist über eine neue, faszinierende Idee gestolpert, deren Zeit gekommen ist. Warum sollen wir nicht Anna Claus einladen, an Weihnachten in Crossing Trails vorbeizuschauen? Machen wir uns einen Spaß daraus! Informieren wir die Presse, rücken wir Crossing Trails und Mrs Claus dieses Jahr ins Scheinwerferlicht. Nach all den undankbaren Jahrhunderten hat sie wahrhaftig ein wenig Anerkennung verdient.«

Eine gewisse Aufregung kam auf. Die Vorstandsmitglieder sahen sich an und lächelten. Offenbar gab es einen Konsens: Das konnte lustig werden.

Mary Ann hob die Hand und stammelte: »Nein, nein. Ihr habt mich nicht verstanden. Ich will wirklich nicht...«

Louisa, die ihrer alten Freundin einen Gefallen erweisen wollte, rief laut: »Also, ich finde diese Idee wirklich sehr reizvoll!«

»Wer dafür ist, hebt die Hand«, sagte Arthur.

Mary Ann verschränkte die Arme vor der Brust, alle anderen, die natürlich dachten, Mary Ann wollte aus Höflichkeit nicht für ihre eigene Idee stimmen, hoben die Hände. Doch Mary Ann machte sich im Geiste eine Notiz für ihren Debattierclub: »Der Widerspruchsbeweis – schön und gut, aber Leute, merkt euch: der Schuss kann nach hinten losgehen.«

Am liebsten wäre sie auf ihrem Stuhl zusammengesunken. Sie würde in Crossing Trails zur Lachnummer werden. Warum hatte sie nicht ihren Mund halten und Hank Fisher dem Ruhestand überlassen können? Jetzt war noch nicht mal Thanksgiving, doch ihr Mann George würde bestimmt noch an Silvester über sie, seine Frau im Santakostüm, lachen. Immer wieder würde er ihr das aufs Butterbrot schmieren.

»Mary Ann«, meinte Carol Sampson freundlich, »du wirst eine wunderbare Anna Claus werden. Vielen Dank, dass du dich für diesen Job gemeldet hast.«

Der Vorsitzende lächelte und stimmte ein altbekanntes Lied an, wobei er den Text ein wenig abwandelte: »Anna Claus is coming to town.«

Mit einem Seufzen legte Mary Ann nicht viel später ihre Handtasche auf den Küchentisch. Im Fernsehen liefen die Abendnachrichten. Sie hängte ihren Mantel in den Dielenschrank und ging ins Wohnzimmer. Wie erwartet war George eingenickt. Sein Bein, das in Vietnam verwundet worden war und noch immer schmerzte, hatte er weit von sich gestreckt; so schien es erträglicher zu sein. Seine linke Hand ruhte auf dem Kopf des alten Labradors, den ihr Sohn Todd vor vielen Jahren »Christmas« getauft hatte. Der alte Hund betrachtete Mary Ann hingebungsvoll. Sein dichter Schwanz strich langsam auf dem Fußboden hin und her. Sie begrüßte ihn mit einem Tätscheln, dann rüttelte sie ihren Mann sanft an der Schulter. »George.« Er schreckte hoch und raschelte verlegen mit der Zeitung auf seinem Schoß. »Oh, ich bin wohl eingeschlafen.«

»Ja, den Eindruck habe ich auch«, neckte Mary Ann ihn zärtlich. »Haben du und Christmas Todd beim Umzug geholfen? Ich kann es kaum glauben, dass er wieder in Crossing Trails ist. Seine Zeit bei Heartland ist wie im Flug vergangen«, sagte sie. »Sie werden ihn dort bestimmt sehr vermissen.«

»Ich habe ihn angerufen. Er hat gesagt, dass er schon eingezogen ist.«

»Allein?«

»Vermutlich. Ich glaube kaum, dass seine komische

kleine Hündin eine große Hilfe war. Wie heißt sie gleich nochmal? Elle?« George streckte sich. »Wie lief deine Vorstandssitzung?«

»Nicht sehr gut.« Mary Ann legte eine nachdenkliche Pause ein. »Um ehrlich zu sein – es war schrecklich.«

George sah überrascht hoch. Seine Frau hatte die Vorstandssitzungen der Bücherei im Lauf der Jahre sehr unterschiedlich beschrieben, aber noch nie so drastisch. »Warum? Was ist denn passiert?«

»Versprichst du mir, die Sache für mich nicht noch schlimmer zu machen, als sie schon ist?«

Nun war George hellwach. Er richtete sich auf. Wenn Mary Ann erwartete, dass er sie kritisieren würde, konnte er sich ziemlich gut vorstellen, was passiert war. Ihre gekränkte Miene verstärkte seinen Verdacht. »Hast du dich mit jemandem gestritten, und sie haben dich rausgeworfen? Oder du bist zurückgetreten?«

»Nein!«, entgegnete Mary Ann entrüstet. »Wie kommst du denn darauf?«

George legte den Kopf schräg, als würde ihn diese Frage überraschen. »Na ja – mal sehen.« Er reckte seine rechte Faust und streckte einen Finger nach dem anderen aus, während er seine Gründe vorbrachte. »Erstens, du nimmst kein Blatt vor den Mund. Zweitens, du bist schlau, aber du streitest gern. Drittens, du vertrittst deine Prinzipien vehement gegen die anderer Leute. Trifft irgendwas davon zu? Komme ich der Sache näher?«

»Bin ich deiner Meinung nach denn wirklich so böse?«

George zog sie näher. Als sie nah genug war, gab er

ihr einen kleinen Schubs, sodass sie auf seinen Schoß plumpste, dann flüsterte er ihr ins Ohr: »Köstlich böse. Genau so, wie ich es mag.«

»George, ich war wirklich blöd, und jetzt stecke ich in der Klemme.«

»Okay – was ist passiert?«

Sie legte den Kopf auf seine Brust. »Sie wollten Hank den Job als Santa Claus von Crossing Trails wegnehmen. Nach all den Jahren! Kannst du dir das vorstellen?«

»Das wundert mich nicht.«

»Sie meinten, er sei zu alt, und seine Sauerstoffschläuche würden den Kindern Angst machen.«

»Vielleicht haben sie recht. Es ist an der Zeit, dass Hank die Zügel des Rentierschlittens weiterreicht. Aber das hätten sie niemals dir sagen sollen.«

Mary Ann rückte von George ab. »Wie meinst du das?«

»Sie haben jemanden, den du liebst, geringschätzig behandelt.« Seine Augen funkelten. »So etwas kann den Angriff der Leichten Brigade provozieren, mit dir an der Spitze reitend. Du wirst mit den Säbeln rasseln und weder Gefangene noch Rat akzeptieren, unter der Devise: erst handeln, dann reden.«

»Bin ich wirklich so schlimm?« Als George bloß grinste und ihr eine Antwort schuldig blieb, legte sie den Kopf wieder auf seine Brust. »Trotzdem kann ich mir Weihnachten ohne Hank nicht vorstellen.«

»Hank weiß, dass er das rote Kostüm an den Nagel hängen muss. Er hat Angst, dass er ein Kind von seinem Schoß fallen lässt.«

»Hat er dir das gesagt?«

»Jawohl, letzte Woche.«

Überrascht musterte Mary Ann ihren Mann. »Hättest du mir das bloß erzählt, bevor ich bei diesem Treffen den Mund aufgerissen habe! Und was will Hank jetzt tun?«

»Er hat mich gebeten, Santas Schlitten zu übernehmen. Ich habe ihm gesagt, dass ich darüber nachdenken werde. Weißt du noch, wie ich in der sechsten Klasse den Santa Claus gespielt habe?«

»Ja, George, das weiß ich noch«, sagte Mary Ann, und sie erinnerte sich wirklich noch sehr gut daran. Sie waren von klein auf gut befreundet gewesen, eine richtige Sandkastenliebe, und es fiel ihr nicht schwer, das Bild eines sehr jungen George McCray mit spitzbübisch funkelndem Schalk in den Augen heraufzubeschwören. Wenn es darauf ankam, leuchtete er heute noch darin. »Du warst ein sehr süßer Santa.«

George zog Mary Ann fester an sich. »Hank und ich haben darüber geredet. Vielleicht könntest du mein altes Santa-Kostüm ein bisschen ändern? Hanks Kostüm ist etwas zu groß für mich.«

Mary Ann löste sich aus Georges Griff und stand auf. Ungläubig starrte sie ihren Mann an, stemmte die Hände auf die Hüften und fragte: »Ändern?«

»Na ja, du weißt schon – es richten, damit ich es wieder tragen kann.«

»Ich soll ein fünfzig Jahre altes Kostüm, das du als Junge getragen hast, so ändern, dass du jetzt den Santa spielen kannst?«

»Ja, genau. Hast du etwas dagegen?«

»Jawohl, das habe ich.« Sie hielt drei Finger in die Höhe und ahmte Georges frühere Bemühungen nach, seine Argumente zu unterstreichen. »Erstens: Ich kann aus einem Kinderkostüm Größe 34 kein Männerkostüm Größe 46 machen. Zweitens: Ich muss die Wäsche der Elfen waschen. Drittens: Du kannst nicht der Santa von Crossing Trails sein.«

»Warum nicht?«, fragte George. »Ho, ho, ho! Siehst du, das kann ich sehr wohl.«

Mary Ann legte die Hände vors Gesicht, dann sprudelte sie los: »Du kannst es nicht, weil ich es sein werde. Der Büchereivorstand möchte, dass ich Santa bin.« Sie floh in die Küche.

»Wessen verrückte Idee war das denn?«, rief George ihr nach.

»Egal.«

George erhob sich schwungvoller, als er das in letzter Zeit geschafft hatte, und folgte ihr in die Küche. »Du kannst nicht Santa sein.«

Mary Ann drehte sich zu ihm um. »Selbstverständlich kann ich Santa sein. Jeder kann Santa sein.«

»Soll das ein Witz sein?«

»Ho, ho, ho!«

George war nicht wirklich versessen darauf, Santa Claus zu spielen, weshalb es ihm keine Mühe bereitete, die Idee schnell wieder fallen zu lassen. Trotzdem erstaunte ihn diese Wendung. »Mary Ann, wenn du gern Santa sein willst – nur zu.« Er konnte sich ein verschmitztes Grinsen nicht verbeißen. »Kann ich der Erste sein, der auf deinem Schoß sitzt?«

»Wolltest du je auf Hank Fishers Schoß sitzen?«

George starrte auf die Decke, als ob er über diese Frage gründlich nachdenken müsste. »Tja, mal sehen ... Nein, ich glaube nicht; zumindest nicht in den letzten Jahren. Nein. Je mehr ich darüber nachdenke, desto klarer wird mir, dass ich vermutlich nie auf Hank Fishers Schoß sitzen wollte. Als er der Santa von Crossing Trails wurde, habe ich versucht, dich dazu zu bringen, mich zu heiraten.«

»Na gut. Warum soll das jetzt bei Mrs Claus anders sein?«

»Weil du besser aussiehst als Hank Fisher?«

»Schon gut. Wenn du dich jetzt über mich lustig machen willst, wie es vermutlich alle anderen auch tun werden, dann bist eben du Santa.«

George packte Mary Ann an den Handgelenken und zog sie wieder zu sich. »O nein, so leicht kommst du aus der Nummer nicht wieder raus. Du wolltest den Job. Gib's zu: Du hast dich freiwillig gemeldet. Du konntest den Büchereivorstand nicht enttäuschen, und du kannst auch Crossing Trails nicht enttäuschen.«

Mary Ann musste lachen, ob sie wollte oder nicht. »Nur um eines klarzustellen: Ich wollte den Job nicht. Aber vermutlich hast du recht – jemand muss es machen. Und was dich angeht: Anna Claus glaubt, dass du ein böser Bube gewesen bist, und deshalb wirst du dieses Jahr an Weihnachten leer ausgehen.«

»Ich bin mit mehreren Elfen per Du.«

»Schön. Dann hast du ja jemanden, mit dem du spät abends noch plaudern kannst.«

»Was soll das heißen?«

»Weil du es dir mit Mrs Claus verscherzt hast, wirst du die Nächte in den Feiertagen auf dem Sofa verbringen müssen. Mitten im Winter kann das ziemlich ungemütlich werden. Du wirst schon sehen.«

»Kann ich Kekse und Milch für dich rausstellen?«

»Wie ich dich kenne, würdest du sie alle selber futtern.«

Er stupste sie spielerisch in die Rippen. »Weißt du, Mary Ann, in unserem Alter tut man sich ein bisschen schwerer, durch den Kamin zu passen.«

Mary Ann tat, als würde sie einen Notizblock aus ihrer Gesäßtasche ziehen, ihn aufschlagen und etwas aufschreiben. Ans Ende der imaginären Liste setzte sie ein großes Ausrufezeichen, dann strich sie sich die Haare aus dem Gesicht. »George McCray: definitiv ausgesprochen frech.«

»Vielleicht«, gab George zu.

Sie stupste mit dem Finger auf seine Brust und fing an zu singen: »O Tannenbaum, o Tannenbaum, der Weihnachtsmann geht Äpfel klaun...«

2. KAPITEL

Der Kill Creek bewegte sich in seiner eigenen Geschwindigkeit und machte so viele Biegungen, dass man manchmal gar nicht sagen konnte, in welche Richtung er floss. Da er mitten in einer Schwemmebene lag, erschwerte er eine städtebauliche Entwicklung an seinen Ufern und den benachbarten Wiesen. Aber das spielte im ländlichen Kansas keine Rolle, denn es gab kaum Bedarf an Bauland. Statt Beton und Handel förderte der sanfte Fluss das Wachstum von Wurzeln, während er seinen Weg durch dicht bewaldetes und steiniges Gebiet und gelegentlich auch durch ein offenes Feld suchte.

Hunderte Hektar Land im Tal des Kill Creek hatten sich überraschend ursprünglich erhalten, obwohl die kleine Stadt Crossing Trails nicht weit vom Fluss entfernt lag. Wildkatzen, Waschbären, Habichte, Eulen und ab und zu sogar ein Puma bedienten sich an der mit Kaninchen und kleinen Nagern, die in schattigen Räumen leben, reich gedeckten Tafel. Wenn die Sonne aufstieg, erhoben sich Scharen wilder Truthähne und Gänse aus dem Wald und flogen auf die benachbarte Prärie, wo sie in der frostbedeckten Erde nach einem Frühstück aus Getreidekörnern gruben, die die großen Mähdrescher zurückgelassen hatten. Wenn die Wintersonne unterging und die Wiesen der Umgebung sich in lavendelfarbenes Licht hüllten, staksten wachsame Rehe aus den bewaldeten Gebieten am Fluss. Bei der kleinsten Störung schreckten ein paar Ricken auf und stürmten zurück in das sichere Gelände, aus dem sie zuvor herausgetreten waren. Ihre weißen Schwänze wippten wie Handtücher, mit denen die Jungs aus der Junior Highschool nach dem Sportunterricht spielerisch schnalzten. An manchen Stellen wandt sich der Fluss durch baumloses offenes Weideland. Gemächlich mäanderte er vor sich hin, der Kill Creek hatte nur selten Eile.

Dr. Lev Pelot genoss es, auf seiner hinteren Veranda zu sitzen, die einen der seltenen direkten Blicke auf den Fluss bot, der sich langsam durch Dr. Pelots Weide wand.

Der Doktor war alt. So alt, dass er viel Zeit darauf verwenden konnte, der Sonne dabei zuzusehen, wie sie die Winterwiesen in goldenes Licht tauchte. Für mehr reichte seine Kraft nur selten. Jeden Abend verhalf er seinen beiden Hunden Buck, einer schlaksigen Bracke, und Bud, einem Husky-Retriever-Mischling, eine Stunde lang mit einer Tennisball-Schleuder zu etwas Bewegung.

Beide Hunde stammten aus dem Tierheim. Bud war ziemlich schlau. Wenn Doc Pelot den Arm abwinkelte, schien der Hund genau zu wissen, in welche Richtung der Ball fliegen würde. Offenbar schien Bud die Flugbahn zu kalkulieren, indem er den Winkel von Docs Körper und den Bogen seines Schwunges genau beobachtete.

Als Tierarzt hatte Doc Pelot während seiner gesamten Berufstätigkeit – über sechzig Jahre – darüber gestaunt, wie viel ein Hund lernen konnte. Er war sich sicher, dass Hunde, wenn man ihnen die Möglichkeiten bot, wesentlich mehr Potenzial entfalten konnten, als landläufig angenommen. Die Menschen hatten offenbar aufgehört, Hunde zu ermuntern, das zu tun, was sie am liebsten taten. Hunde wollten nicht nur nehmen, sie hatten ebenso viel zu geben.

Als junger Landtierarzt hatte er sogenannte Arbeitshunde behandelt. Die Hunde hüteten, bewachten, schlugen Alarm, apportierten. Sie hielten Schädlinge in Schach und wachten auf zahllosen Veranden, um erwünschte Gäste zu begrüßen und unerwünschte zu verscheuchen. Und wenn sie sonst nichts taten, waren sie treue Begleiter. Von früh bis spät begleiteten sie Männer, die in den Feldern arbeiteten oder unter irgendwelchen landwirtschaftlichen Fahrzeugen lagen und sie reparierten, die Hände schwielig, verschrammt und mit Fett bedeckt. Hunde überwachten die Aussaat im Frühjahr und die Ernte an nebeligen Herbsttagen. Sie beklagten sich nie übers Wetter und liefen lieber auf drei kaputten Beinen, als dass sie die tägliche Arbeit schwänzten. Kurzum, sie leisteten einen Beitrag. Sie arbeiteten, sie gaben. Hunde schwitzen ja nicht wie der Mensch, aber selbst wenn sie erschöpft hechelten, sah man ihnen an, welche Freude ihnen die Arbeit mit ihren Menschen bereitete.

Doc Pelot glaubte nicht, dass das heute noch auf viele Hunde zutraf. Nicht mehr. Einige Hundehalter, vor allem solche von Arbeitshunden, wussten, was ihren Hunden wichtig war. Entweder man gab dem Hund eine Aufgabe, oder dieser suchte sich selber eine. Hundebesitzer beklagten sich immer wieder bei Doc Pelot. »Egal, was ich mache, der Hund buddelt sich ständig einen Weg unter dem Zaun hindurch. Stimmt was nicht mit ihm?«

Worauf der Doc zu erwidern pflegte: »Was hat der Hund denn sonst zu tun?«

In seinen letzten Berufsjahren wurde Doc Pelot mit neuen und ständig wachsenden Krankheitsbildern konfrontiert, die das Elend der modernen Hunde spiegelten. Er behandelte kaum noch einen eigentlich gesunden Hund, der auf der falschen Seite des Stacheldrahtzauns gelandet war oder eine Begegnung mit einem Kojoten hinter sich hatte. Die Überzüchtung – die oft unter der irrigen Annahme stattfand, dass ein bestimmtes Aussehen oder eine bestimmte Rasse den Menschen besser gefiele – schwächte den Durchschnittshund mit einer ganzen Palette moderner Krankheiten wie Hüftdysplasie, Epilepsie, Netzhautschwund, Bandscheibenproblemen, Allergien und so weiter. Schlimmer noch: Der Mangel an Aufgaben brachte echte Neurotiker hervor – nervöse Hunde, inkontinente Hunde, aggressive Hunde, Kläffer, Faulpelze, zwanghafte, depressive oder unsichere Hunde. Krankheitsbilder, die Doc Pelot früher nahezu nie zu Gesicht bekommen hatte, waren in seiner Praxis irgendwann zum Alltag geworden.

An jenem Spätnachmittag, als er auf seiner Veranda saß und Buck und Bud Bälle apportieren ließ – eine gute Aufgabe für Hunde –, kehrte er in Gedanken wieder einmal zum Zustand der Welt und dem Platz, den Hunde darin einnahmen, zurück. Er wusste um seine Jahre und dass sich niemand für seine Altmännergedanken interessierte. Dennoch gelangte er immer wieder, auch wenn er sich noch so sehr dagegen sträubte, zu der Überzeugung, dass sich im Abstieg des Hundes der Abstieg der Menschheit spiegelte.

Vor ein paar Jahren, als er genau auf demselben Fleck gesessen hatte, damals jedoch mit einem randvollen Glas Alkohol in der Rechten, erlitt Doc Pelot einen schwachen Herzinfarkt. Nach einer Fahrt im Krankenwagen und zwei Tagen im Hospital hatte ihm sein Arzt klipp und klar erklärt: »Doc, Sie haben immer gern einen oder auch zwei Drinks gekippt und keine herzhafte Mahlzeit ausgelassen. Das gerät aber jetzt außer Kontrolle, wie Ihre Leberwerte und Ihr Blutzucker zeigen. Ich schreibe das in Ihre Krankenakte, damit Sie es selbst lesen können. Was mich angeht, ist es jetzt aktenkundig.« Er überreichte Doc Pelot die Akte.

Der Doc las die Worte: »Alkoholismus und Fettleibigkeit. Patient gewarnt.«

Diese Worte trafen ihn, und er wusste, dass sie stimmten. Jahrelang hatte er die Augen davor verschlossen. Aus zehn Kilo Übergewicht waren zwanzig geworden, aus zwei Drinks vier, manchmal sogar fünf. Er war nie richtig betrunken gewesen und hatte auch nie etwas Peinliches angestellt, aber sein abendlicher Highball war irgendwann zu mehr geworden als dem einen Drink, mit dem man sich am Ende eines Arbeitstages entspannte. Er war abhängig davon geworden, und im Grunde war ihm sein Problem vollkommen bewusst. Seine Frau hatte mehrmals versucht, ihm deswegen ins Gewissen zu reden, doch er hatte ihre Sorgen mit einem kleinen Lachen abgetan. Seine Gewohnheiten, hatte er ihr gesagt, taten keinem weh. Das war nicht richtig gewesen, aber es hatte erst eines Herzinfarkts und der Standpauke des Arztes bedurft, damit die Botschaft endlich ankam.

Sein Arzt wurde noch etwas präziser. »Sie bringen sich schlicht und ergreifend um. Sie müssen aufhören zu trinken und mindestens fünfzehn Kilo abnehmen. Und glauben Sie bloß nicht, dass Sie das alleine schaffen. Das schafft niemand.«

Anfangs ärgerte sich Doc Pelot darüber, dass er etwas ändern musste. Doch schließlich suchte er sich professionellen Beistand und beschloss, aus dem Ganzen eine persönliche Herausforderung zu machen. Wenn er über seine Trinkgewohnheiten nachdachte, sah er eine Verbindung zwischen seinem Leben und dem der Hunde, die er behandelt hatte. Hunde und Menschen stecken heutzutage in derselben Notlage, dachte er. Um glücklich zu sein, müssen Menschen wie Hunde das Gefühl haben, in ihrem Umfeld gebraucht zu werden. Beide Spezies, dachte der Doc, brauchen mehr als nur ein Dach über dem Kopf. Sie brauchen eine Aufgabe, einen Lebensinhalt. Er musste seinen finden, bevor es zu spät war.

Wenn er wollte, dass die Welt zu einem besseren Ort wurde, und wenn er ein zufriedener alter Mann sein wollte und kein mürrischer alter Trunkenbold, musste auch er einen Weg finden, seinem Leben wieder einen Sinn zu geben. Mit zunehmendem Alter hatte er immer weniger gearbeitet und dabei seinen Lebensinhalt aus den Augen verloren. Irgendwann hatte er nicht mehr geglaubt, dass er sich irgendwo nützlich machen konnte. Als er vor einigen Jahren in den Ruhestand getreten war, hatte sich diese Annahme immer mehr verstärkt. Er hatte begonnen, sich isoliert, einsam und – so ungern er das zugab – trotz seiner Freunde und seiner Familie nur auf sich selbst reduziert zu fühlen. Er zählte sein Geld, statt es sinnvoll anzulegen. Er musste wieder etwas Sinnvolles tun, sonst würde er schlichtweg verkümmern und sterben.

Kurz nach dem Weckruf seiner Herzkranzgefäße kippte Doc Pelot seinen letzten Martini ins Spülbecken, fing eine Suppendiät an und begab sich auf eine Reise, die nun kurz vor ihrem Höhepunkt stand. Das nagelneue Tierheim in Crossing Trails war sein Spätwerk. Das Projekt, nach dem er gesucht hatte und das wichtig war. Nicht nur für die Menschen in der Gemeinde, sondern auch für ihn selbst. Es hatte lange auf sich warten lassen. Ihm war klar, dass alte Männer wie er selten auch nur kleine Veränderungen bewegten, geschweige denn ihr Leben umkrempelten oder einen neuen Lebenssinn fanden. Mit der bemerkenswerten Ausnahme seines besten Freundes, Hank Fisher, waren die meisten seiner noch lebenden Freunde und Bekannten in ihren Lebensweisen und Gewohnheiten so festgefahren, dass sie weit davon entfernt waren, nachhaltige Projekte zu planen. Umso mehr Grund hatte er, ein bisschen stolz auf das zu sein, was er gleich tun würde. Wahrscheinlich würde er sich von dieser Welt bald verabschieden müssen, aber er wollte ans Ende seines Lebens noch ein Zeichen setzen. Vorzugsweise ein Ausrufezeichen.

Er dachte an all die Veränderungen, die ausschlaggebend für den heutigen Tag gewesen waren. Wöchentlich hatte er AA-Treffen besucht und nie damit aufgehört. Die Mehrzahl der Teilnehmer war inzwischen mindestens zwanzig Jahre jünger als er. Er hatte alle möglichen Benefizveranstaltungen organisiert – Kuchenbasare, Tombolas und so weiter – und die Leute motiviert zu helfen. Und schließlich hatte er gemeinsam mit Hank Fisher, der ähnlich dachte wie er, die Gemeinde von Crossing Trails beschwatzt, ein neues Tierheim zu bauen. Das Land hatte er selbst zur Verfügung gestellt. Es grenzte an seine Farm an. Die Politik und sinkende Steuereinnahmen hatten seinerzeit dazu geführt, dass das alte Tierheim schließen musste. Das neue Tierheim sollte mehr oder weniger privat finanziert werden, für die Gemeinde fielen damit kaum Kosten an, denn das Grundstück war ja gespendet und das Gebäude durch großzügige Spenden finanziert worden. Doc und Hank hatten unermüdlich gesammelt. Es würde unabhängig von öffentlichen Zwängen arbeiten können und deshalb auch kein gewöhnliches Tierheim sein, dessen Hauptzweck bestenfalls darin bestand, die Einschläferungsspritze zu vermeiden. Doc Pelot wollte Hunden viel mehr bieten als nur das, und dachte dabei auch an die Menschen.

Die Fliegenschutztür ging auf. Auf der Schwelle stand Ruth, seine Frau, die Handtasche in der Hand. »Doc, es wird Zeit«, verkündete sie. Langsam erhob er sich und rief die Hunde ins Haus, wobei er in Gedanken immer noch bei alldem war, was er in den letzten Jahren geschaffen hatte.

Er wusste, dass er die Welt nicht daran hindern konnte, die Werte, die ihm besonders wichtig waren, wie die gestrige Zeitung, beiseitezulegen. Was er tun konnte – und was er mit Hanks Hilfe tatsächlich getan hatte –, war ganz einfach: Er konnte einen kleinen Fleck Vernunft am Rande des trägen Flusses schaffen, der sich durch die Prärie von Kansas wand. Das Einzige, was jeder von uns tun kann, gestand er sich bedrückt ein, ist, das eigene Haus sauber zu machen und die hintere Veranda fegen.

Doc Pelot und Hank hatten das neue Tierheim ins Leben gerufen. Jetzt, nach drei langen, arbeitsreichen Jahren, war das Werk vollendet, und es war Zeit, die Einrichtung zu eröffnen. Mit seinen vierundachtzig musste der Doc sich in einen Golfwagen setzen, um sein Grundstück abzufahren. Hank war noch schlimmer dran. Sie beide hielten mühevoll an Farmen fest, die für alte Männer viel zu viel Arbeit bedeuteten. Keiner der beiden war in der Verfassung, sich um ein Tierheim voller Hunde und Katzen oder auch Vögel und Kleintiere zu kümmern. Dieses Problem hatten sie im letzten halben Jahr immer wieder erörtert.

Heute war auch diese Hürde überwunden. Todd McCray und Hayley Donaldson, die Leiter des früheren Tierheims der Gemeinde, hatten sich bereit erklärt, zurückzukehren und den neuen Betrieb zu übernehmen. Hayley war nach der Schließung in Crossing Trails geblieben, Todd hingegen war fortgezogen und kam jetzt in seinen Heimatort zurück, um sich dieser neuen Aufgabe zu stellen. Die Rückkehr des dynamischen Duos war ein wahrer Segen. Das war dem Doc und Hank überaus klar, und sie freuten sich über alle Maßen darüber.

Sie waren bereit, die Zukunft des Tierheims in die Hände von Todd und Hayley zu legen. Die Kommune hatte Hayley auch nach der Schließung des alten Tierheims weiterhin auf ihrer Lohnliste behalten. Sie hatte eine behelfsmäßige Auffangstation betrieben und dafür die Garagen, Scheunen und Hinterhöfe von mitfühlenden Bürgern genutzt. In ihrer neuen Rolle als Tierheimleiterin sollte sie sich um die Verwaltungsangelegenheiten kümmern, wofür die Kommune weiterhin aufkommen wollte. Hayley hatte sich immer hervorragend darauf verstanden, mit einer Handvoll Dollar viel zu erreichen.

Todd war als leitender Tierpfleger vorgesehen. Er sollte sich um die verlassenen und verirrten Tiere kümmern, die sonst keine Überlebenschance hatten. Seine Anstellung sollte aus privaten Spenden finanziert werden. Doc Pelot hatte ein paar wohlhabende Freunde dazu überredet, Fördermitglieder zu werden. Außerdem hoffte er auf Einkünfte aus Dienstleistungen wie einem privaten Hundetraining sowie dem Kastrieren und Sterilisieren.

Todd war nach der Schließung des alten Tierheims nach Washington, Kansas, gezogen und hatte dort in der renommierten Heartland School for Dogs als Hundetrainer gearbeitet. Er liebte diese Arbeit, hatte sich jedoch bereit erklärt, heimzukommen und sich der neuen Herausforderung zu stellen. Doc wusste, dass Todd seine Familie vermisste, ganz zu schweigen von dem Mädchen, das in Crossing Trails auf ihn wartete. Der junge Mann hatte dem Doc gestanden, dass die drei Jahre, in denen sie getrennt voneinander lebten, für Laura und ihn eine quälend lange Zeit gewesen war. Die Wochenenden hatten sie immer abwechselnd in Crossing Trails und Washington verbracht.

Der Doc kannte Todd von klein auf. Todd hatte ein paar Behinderungen, die man auf den ersten Blick gar nicht bemerkte. Doch wenn man sich Mühe gab und genau hinsah, stellte man oft fest, dass Defizite von besonderen Gaben wettgemacht werden – Gaben, die andere Menschen nicht haben. Jedenfalls war Doc Pelot zu diesem Schluss gekommen. Todd war der lebende Beweis für diese These.

In seiner Kindheit und Jugend waren die Symptome seiner verzögerten Entwicklung ausgeprägter gewesen. Zum Glück für Todd ist die Zeit der Verbündete für Menschen mit einer solchen Beeinträchtigung. Jetzt war Todd ein Mann, kein kleiner Junge mehr, der darum kämpfte, aus den Schatten seiner Behinderung zu treten. Außerdem brauchte das neue Tierheim keinen Zoologen, es brauchte einen Menschen, der sich auf Tiere verstand. Und nach den Erfahrungen von Doc, Hank und vielen anderen konnte keiner besser mit Tieren umgehen als Todd McCray.

Um Viertel vor sechs, fünfzehn Minuten vor der feierlichen Eröffnung des Tierheims, kletterten Doc Pelot und seine Frau in den kleinen Golfwagen, der in ihrer Garage stand, und bogen auf den schmalen Asphaltweg ein, der ihr Anwesen mit dem Gelände des Tierheims verband. Bald kamen sie an Hundeausläufen vorbei, an einer Agility-Strecke und einem großen umzäunten Hundespielplatz, der mit gespendeten Tennisbällen übersät war.

Doc Pelot, Hank, Hayley und Todd teilten ihre Vision

für ein Tierheim in diesem kleinen Ort. Es sollte eine Begegnungsstätte für Tiere und Menschen werden.

Die Gemeinde hatte viel dazu beigetragen, damit das neue Tierheim gebaut werden konnte. Deshalb wollten der Doc, Hank und ihre Mitstreiter, dass das Tierheim im Gegenzug etwas für die Gemeinde leistete. Tierheime werden leicht übersehen. Der anhaltenden Unterstützung wegen mussten sie sichtbar bleiben. Dafür würden sie in den sozialen Medien präsent sein müssen – auf Twitter, Instagram, Facebook –, und auf ihrer Webseite im Internet sollten unterhaltsame Veranstaltungen vor Ort verkündet werden, die die Bewohner der kleinen Stadt dazu brachten, ins Tierheim und nicht mehr nur daran vorbei zu fahren. Das Programm, an den Feiertagen ein Tier in Pflege zu nehmen, das vor der Schließung des alten Tierheims sehr erfolgreich gewesen war, wollten sie wiederaufleben lassen, aber sie brauchten zusätzlich ein paar neue Konzepte, damit das Tierheim nicht aus dem Interesse der Öffentlichkeit verschwand. Hayley hatte schon ein paar Ideen gesammelt: eine jährlich stattfindende Hundeshow – eine hervorragende Möglichkeit, etwas Geld in die Kasse zu spülen sowie Menschen und Tiere zusammenzubringen –, einen Hundeauftritt auf der Parade am Vierten Juli, eine Halloweenparty unter dem Motto »Furchterregende Viecher«, und einen Tag, an dem man mit seinem Hund aus dem Tierheim in die Hundeschule gehen konnte.

Hayley und Hank Fisher waren die Pragmatiker in ihrem Team, Todd und Doc Pelot die Idealisten. Die beiden wollten nicht nur einen Ort bereitstellen, an dem das Überleben von Hunden gesichert war, vielmehr wollten sie jedem Tierheimhund ein lebenswertes Leben ermöglichen. Konnten Tierheimhunde zu Arbeits- und Assistenzhunden ausgebildet werden? Konnten sie als Schülerlotsen eingesetzt werden, undichte Stellen für das Gasversorgungswerk aufspüren, bei der Feuerwehr als Such- und Rettungshunde arbeiten, Polizisten auf Einsätzen begleiten, bei denen es um häusliche Gewalt ging, Patienten im Rehazentrum dabei unterstützen, aufzustehen und zu laufen, Begleiter in Seniorenzentren sein und noch viel mehr? Doc Pelot und Todd wollten der Welt unbedingt zeigen, dass ein Hund sehr viel leisten konnte und auch leisten würde, wenn er die Chance dazu erhielt.

Hayley und Hank hingegen sagten sich, dass die Ausbildung von Tierheimhunden für Einsätze in der Gemeinde zwar eine gute Sache wäre, sich jedoch finanziell nicht lohnen würde. Auf einem ihrer Organisationstreffen hatte Hayley ihren Taschenrechner hervorgekramt und ruckzuck festgestellt: »Todd, wenn man ein Jahr dafür braucht, um einen Assistenzhund auszubilden, werden Tausende Dollar deines Verdienstes in den Hund fließen. Wie sollen wir dieses Geld wieder reinholen?« Sie gab ein paar weitere Zahlen ein. »Mit Obedience-Training, Pensionshunden und Tierarztleistungen können wir Geld verdienen und keines verlieren. Wir müssen uns wenigstens vorläufig darauf konzentrieren. Siehst du das ein?«

Todd zuckte mit den Schultern. »Und was ist, wenn ich Assistenzhunde in meiner Freizeit trainiere? Daraus entstehen dem Tierheim doch keine Unkosten, oder?«

Guter Junge, dachte Doc Pelot, sah Hayley an und grinste.

Wenn in Todds Augen ein bestimmter Ausdruck trat, wusste Hayley, dass es besser war, nicht weiter mit ihm zu diskutieren. »Todd, das ist deine Entscheidung. Ich möchte nur, dass du verstehst, dass du nicht den ganzen Tag Hunde trainieren kannst. Das kann nicht unser primärer Schwerpunkt sein, sonst sind wir in null Komma nichts pleite. Wie wär's mit einem oder zwei Hunden, die du ausbildest, wenn du die Zeit dafür findest? Was hältst du davon?«

Todd lenkte ein. »Wie du meinst. Vielleicht kann ich später mehr machen, wenn erst mal alles in die Gänge gekommen ist.«

Hayley versicherte ihm, dass auch für sie die Ausbildung nach wie vor ein wichtiger Bestandteil des Auftrags ihres Tierheims war. »Ja, später vielleicht mehr.«

Der Golfwagen, von Doc Pelots Ehefrau sicher über das Gelände gesteuert, kam nahe dem Eingang und den mit roten Schleifen verzierten Schildern, die mit Großbuchstaben die feierliche Eröffnung verkündeten, zum Stehen. Todd und seine Freundin Laura Jordan standen an der Tür und begrüßten die Gäste. Todd trug seine traditionellen roten Converse-Sneaker und hielt einen kleinen Mischlingshund in der Armbeuge. Von dieser Warte aus musterte der Hund neugierig seine Umgebung. Auch Laura hatte einen Hund dabei, einen großen weißen Pyrenäen-Mischling namens Gracie, der ruhig an ihrer Seite stand.

Doc Pelot war von Todds jungenhafter Erscheinung – von seinen blond gelockten Haaren und dem schiefen

Grinsen hin zu seinen roten Turnschuhen – sehr angetan. Er schenkte ihm ein breites Lächeln. »Hallo, Todd. Du und Laura macht euch als Empfangskomitee ganz hervorragend.«

Er freute sich nicht nur über Todd, er war auch sehr stolz auf ihn. Todd hatte schon sehr früh seinen eigenen Weg gefunden, als er seine Liebe zu den Tieren entdeckt hatte. Von diesem Weg war er nie abgewichen und darauf weiter gekommen, als die meisten es je für möglich gehalten hätten. Doc Pelot hatte Todd einige Jahre lang mit Rat und Tat zur Seite gestanden. Jetzt spürte er, dass seine Augen feucht wurden. Er schwang die Beine aus dem Golfwagen, blieb jedoch sitzen und streckte die Arme aus. »Todd, komm her, setz diesen Hund ab und schenke mir eine Umarmung.«

Fast jeder, der Todd kennenlernte, stellte bald fest, dass man sich bei vielen Dingen von unschätzbarem Wert auf ihn verlassen konnte. Dazu gehörten auch seine Umarmungen.

Todd setzte den Hund behutsam ab und umarmte seinen alten Lehrer und Freund. Der Hund blieb ihm dicht auf den Fersen.

»Willkommen zu Hause, mein Junge. Es hat lange gedauert, es hat mehr Arbeit gemacht, als wir uns vorgestellt hatten, und es hat eine Stange Geld gekostet. Aber jetzt haben wir es geschafft – heute machen wir auf.«

»Es ist schön, wieder daheim zu sein, Doc.« Todd beugte sich vor und tätschelte die ziemlich seltsam aussehende Kreatur, die nun aufgeregt um sie herumhüpfte und es kaum erwarten konnte, Doc Pelot persönlich zu begrüßen. »Das ist Elle, die Hündin, von der ich Ihnen erzählt habe.«

Der Doc bedeutete Todd, dass er den Hund auf seinen Schoß setzen sollte, und inspizierte die Kleine genauer. Er hob ihren Kopf an und sagte: »Es freut mich, dich endlich persönlich kennenzulernen. Wofür steht denn eigentlich das L? Für liebenswert?

»Sie heißt Elle, nicht L. E-L-L-E. Das ist Französisch. Eine Mitarbeiterin bei Heartland ist auf diesen Namen gekommen. Sie meinte, dass ein Hund, der so aussieht, einen vornehmen Mädchennamen braucht.«

Doc Pelot amüsierte sich über diese Ironie. »Natürlich. Wie konnte mir das nur entgehen?«

Er setzte seine Untersuchung fort und fuhr mit den Händen durch ihr weiches, doch auch drahtiges Fell. Sie wirkte gesund und munter und wog seiner Schätzung nach knapp zehn Kilo. Insgesamt war sie eine ziemlich verrückte Mischung: Sie hatte die Farbe und den Kopf eines Golden Retriever, doch das Fell war drahtig und der Körper war eher der eines Dackels. Die Beine waren kurz, der Körper ziemlich lang.

Doc Pelot setzte den Hund auf den Boden. Todd hatte ihm am Telefon schon viel von Elle erzählt, und er kannte die Geschichte dieses kleinen Mischlings. Sie hatte um ihr Überleben kämpfen müssen, und es wirkte fast, als ob sie das Leben aufgrund des schwierigen Weges, den sie hinter sich hatte, besonders genoss.

Todd hatte sich bei ihm beklagt, dass Elle viel zu freundlich war bei allen, denen sie begegnete. Er machte sich Sorgen, dass die Hündin sich nicht speziell an ihn gebunden hatte, sondern an die ganze Menschheit. Er sprach das Thema zwar nicht direkt an, doch Doc Pelot hatte den Eindruck, dass Elles Ausbildung sich als schwierige Aufgabe erwies. Dennoch hielt Todd entschlossen an seiner Mission fest. Er wollte Elle unbedingt zu einem Assistenzhund ausbilden.

Nun beugte er sich vor und streichelte sie liebevoll, dann zwinkerte er Doc Pelot zu. »Elle ist der einzige mir bekannte Hund, der Tierärzte mag.«

Der Doc grinste anerkennend. »Schlauer Hund. Sie weiß, was gut für sie ist.« Er hob die Brauen. »Wie kommst du mit ihrer Ausbildung voran?«

»Sie ist fantastisch.«

»Das kann ich mir gut vorstellen, aber das habe ich dich nicht gefragt.«

Bevor Todd ihm antworten konnte, stieg eine der Unterstützerinnen des Tierheims aus ihrem SUV, winkte Doc Pelot zu und öffnete die Heckklappe. Zwei Hunde hüpften heraus. Sie blieben geduldig stehen, während ihre Herrin sie anleinte. Elle warf einen Blick auf ihre Artgenossen und stürzte los, Begeisterung auf vier kurzen Beinen. »Nein, Elle! Nein!«, schrie Todd. Aber es war zu spät.

Elle drängte sich mit einer Riesenfreude zwischen die beiden Hunde. Ihre Körpersprache schien laut zum Ausdruck bringen zu wollen: »Hey, ihr zwei, ich bin Elle. Wollt ihr mit mir spielen?«

In dem darauffolgenden Chaos fiel die arme Frau, in einem Wirrwarr von Leinen und Schwänzen gefangen, der

Länge nach hin. Sie sah überrascht hoch. Der pelzige Wirbelsturm, der über sie gekommen war, befand sich nun eine Handbreit von ihrem Gesicht entfernt und bemühte sich nach Kräften, ihr noch näher zu rücken. »Hallo! Hi! Ich bin Elle. Willst du mit mir spielen? Ja, willst du?«, schien die Kleine sagen zu wollen.

Zum Glück hatte sich die Frau nicht verletzt. Sie lachte und ließ es zu, dass dieser goldene Derwisch auf ihren Schoß kletterte. Elle quietschte vor Freude und führte sich auf, als hätte sie soeben ihren lange vermissten Siamesischen Zwilling wieder getroffen. »Ach du meine Güte, kleiner Hund. Ja, ich finde dich ja auch ganz toll«, erklärte die Dame, bevor sie Todd, der verlegen neben ihr stand, fragte: »Vermisst du was?«, und ihm den Hund zurückgab.

»Tut mir leid. Sie ist ein bisschen…« Todd suchte nach dem passenden Begriff, und als er ihn gefunden hatte, sprach er ihn sehr sorgfältig aus: »… überschwänglich.«

Laura hielt sich den Mund zu und versuchte, nicht zu kichern. »Todd hat sie Elle getauft«, erklärte sie Doc Pelots Frau, die sich zu ihnen an den Eingang gesellt hatte. »Ich fände ›Nitro‹ passender.«

»Ein prächtiger Hund«, verkündete Doc Pelot jedem, der es hören wollte.

Todd klemmte sich Elle unter den Arm, dann half er dem Doc aus dem Golfwagen und begleitete ihn zum Eingang. Er hielt die Tür weit für alle auf. Strahlend schritt Doc Pelot über die Schwelle. »Sieht ganz danach aus, dass Crossing Trails ein neues Tierheim hat. Nehmen wir's in Betrieb!«

3. KAPITEL

Der Makler hatte ihr Heim als Anfängerimmobilie beschrieben. Bezahlbar für ein junges Paar, doch es erfordere ein paar Renovierungsmaßnahmen, hatte er erklärt. Link hatte seiner Frau zugeflüstert: »Das Haus mag ja ein Anfang, aber all diese Arbeit wird mein Ende sein.« Sie hatten es trotzdem gekauft, sechs Monate bevor Keenan zur Welt kam. Sie arbeiteten fieberhaft bis spät in die Nacht, entfernten die vielen alten Tapetenschichten von den Wänden und stritten über die passende Wandfarbe fürs Kinderzimmer. Schließlich einigten sie sich auf ein geschlechtsneutrales Kanariengelb.

Knapp zwei Jahre später kündigte sich weiterer Nachwuchs an. Abbey war im vierten Monat schwanger. Das Paar trat in das dritte Schlafzimmer. Abbey starrte auf die beigen Wände und die vielen Kartons mit aussortierten Dingen, die den weichen, doch ziemlich fleckigen beigen Teppich nahezu bedeckten. »Ich habe da ein paar hübsche Ideen für das Zimmer des neuen Babys.«

Link stemmte die Hände auf die Hüften. »Ich auch.«

Abbey wunderte sich. Link hatte sich im Deko-Bereich nie besonders hervorgetan. »Was denn?«, fragte sie.

»Wir bringen die Kartons in den Keller und behalten die weißen Wände und den braunen Teppich.«

»Meine Güte, Link, der Teppich ist beige, nicht braun.«
»Das Kind wird den Unterschied nicht bemerken, und ich tu es auch nicht.«
Abbey hatte Kreuzschmerzen. Im Spülbecken wartete der Abwasch von zwei Tagen, und die Schmutzwäsche stapelte sich. Sie zuckte mit den Schultern. »Wie du meinst.«
Keenans und Emilys Zimmer lagen am Ende des Flurs, dessen Boden mit einem welligen meerschaumgrünen Teppich bedeckt war. Link hatte ihn selber verlegt, auch wenn er mit dem Erfolg nicht recht zufrieden war. Die Falten im Teppich sahen aus wie unregelmäßige Wellen, die auf ein fernes Ufer zuwanderten. Zwei Jahre später lagen die Fußbodenleisten, mit denen er den Job hatte beenden wollen, noch immer im Keller.
Als die Kinder den Windeln entwachsen waren, entfernte Link das rissige, fleckige und abgesplitterte Mobiliar aus dem Bad im Flur. Leider fehlte ihnen das Geld, diese Dinge zu ersetzen. Deshalb war das Bad im Elternschlafzimmer nun das einzige benutzbare Bad im Haus.
An der westlichen Wand des Flures hingen zwischen der für immer geschlossenen Badezimmertür und dem Wohnzimmer Familienfotos in chronologischer Reihenfolge, auf denen zu sehen war, wie die Kinder und ihre Eltern älter wurden. Das neueste Bild stammte von einem Ausflug nach Disney World im Juni dieses Jahres. Keenan war gerade sieben geworden, Emily fünf. Die beiden Kinder lächelten und hielten sich an den Händen. Keenan trug sein rotes Power-Ranger-T-Shirt, Emily umklammerte ihren hellblauen PAW-Patrol-Rucksack, Link und Abbey trugen ge-

blümte Hawaiihemden und khakifarbene Shorts. Auch sie hielten sich an den Händen und lächelten. Sie wirkten sorgenfrei und hatten einen kleinen Sonnenbrand.

Eine Woche nach ihrer Rückkehr aus Florida – für den Traumurlaub, den man sich schließlich nur einmal im Leben leistete, hatten sie ihr Sparbuch abgeräumt und ihre Kreditkarten bis zum Anschlag strapaziert – brach die reale Welt in Form von Forderungen des Finanzamtes wie ein Tornado über die kleine Familie herein. Als ob das nicht schon gereicht hätte, verlor Link seinen Job als Fahrer eines Asphalt-Lasters für ein kommunales Unternehmen. Abbey musste deshalb beim städtischen Kraftwerk Wochenendschichten einlegen, damit ein bisschen mehr Geld in die Familienkasse kam.

Im Gegensatz zu seiner kleinen Schwester schlief Keenan nie besonders tief. Wenn Link und Abbey abends glaubten, dass die Kinder tief und fest schlummerten, fingen sie an, sich im Bett zu streiten, und kamen stets zu demselben enttäuschenden Schluss. Keenan bemühte sich vergeblich, die volle Bedeutung der elterlichen Gespräche zu entschlüsseln, doch er erkannte mittlerweile das nächtliche Anschwellen und Abflauen des Zorns und der Enttäuschung in ihren Stimmen, selbst wenn die Worte für ihn keinen Sinn ergaben.

Abbey und Link ahnten nicht, dass sie Publikum hatten. Am Ende eines solchen Streits nahm Abbey eines Abends die Hand ihres Mannes und versuchte, ihn zu beruhigen. »Ich weiß, dass du nicht gerne darüber redest, aber es bleibt uns nichts anderes übrig.«

Link wälzte sich auf seine Seite und murrte: »Dieses permanente Nörgeln geht mir auf die Nerven.«

»Es tut mir leid, wenn das bei dir so ankommt.« Sie legte die Hand auf seine Schulter. »Es klappt einfach nicht mehr mit uns. Link, wir gehen unter.«

»Das weiß ich. Das wissen wir beide. Und was soll ich deiner Meinung nach dagegen tun?«

»Können wir nicht einfach nur mal gründlich darüber reden?«

»Worüber?«, fragte Link, auch wenn ihm klar war, dass er etliche Themen beiseiteschob, die ihm nicht behagten.

»Wir müssen über dein Trinkverhalten reden. Du bist betrunken Auto gefahren.«

»Ach ja? Es gibt eine ganze Reihe von Dingen, über die ich nicht gern rede. Musst du ausgerechnet damit ankommen?«

»Es macht mir schwer zu schaffen. Ich habe Angst.« Abbey griff nach Links Handgelenk, als ob sie ihn daran hindern wollte, ihr zu entgleiten und in den Abgrund zu stürzen.

»Sei unbesorgt, das wird nicht noch einmal passieren.«

»Es war mitten am Tag!«

»Es war ein Fehler, das hab ich schon kapiert. Bitte lass mich jetzt damit in Ruhe.«

Abbey drehte sich um. »Mit den Kindern im Auto. Wie konntest du nur?«, knurrte sie, denn das konnte sie ihm einfach nicht verzeihen.

Als Keenan am nächsten Tag aufstand, faltete er wie jeden Morgen sorgfältig seinen Schlafanzug und steckte ihn unters Kopfkissen, dann machte er sein Bett. Das hatte er versprechen müssen, um seinen heiß ersehnten Star-Wars-Bettbezug zu bekommen. Nachdem diese Aufgabe erledigt war, zog er die Tür seines Schlafzimmers hinter sich zu und schlenderte ins Wohnzimmer. Dort stieß er auf seine Mutter, die halb auf dem Sofa saß, halb darauf lag. Sie hatte den Patchwork-Quilt ihrer Großmutter um die schmalen Schultern gelegt und trug die rosafarbenen Hausschuhe, die ihr der Weihnachtsmann letztes Jahr geschenkt hatte. Keenan kroch unter den Quilt und schmiegte sich an sie. »Mama, bist du krank?«

Sie wischte sich mit dem Ärmel ihres fleckigen Morgenmantels über die Augen. Die Wäsche der anderen zu waschen war so viel Arbeit, dass sie nur selten zu ihrer eigenen kam. Sie tastete nach Keenans kleiner Hand und hielt sie ganz fest. »Nein, es geht mir gut.« Mit den Fingern fuhr sie wie mit einem Kamm durch seine feinen hellbraunen Haare. Da sie stets darum bemüht war, ihren Kindern gegenüber ehrlich zu sein, änderte sie ihre Antwort noch ein wenig ab. »Alles wird wieder gut.«

Sie merkte, dass er schon fertig angezogen war. Der Junge war wirklich erstaunlich. So unabhängig. »Selber machen«, hatte einer der ersten halbwegs vollständigen Sätze, die Keenan geformt hatte, gelautet.

Sie legte die Arme um seinen kleinen warmen Körper und drückte ihn fest an sich. So, als wäre er das Kostbarste auf der ganzen Welt für sie; denn schließlich war er das auch.

Wenn sie ihrer Kinder festhielt, passierte stets dasselbe

Wunder. Sie konnte es nicht recht benennen. Es hatte bei beiden an dem Tag angefangen, als sie zur Welt gekommen waren, und wuchs im Lauf der Jahre stetig: ein tiefes Einvernehmen, gepaart mit einer Art gegenseitigem Versprechen, und natürlich Liebe. Aber es war mehr, viel mehr. Es fühlte sich an wie ein mütterlicher Instinkt und zugleich auch wie etwas Spirituelles. Manchmal schien die Verbindung so stark zu sein, dass es ihr fast wehtat. Abbey fragte sich, ob die Natur aus einem bestimmten Grund für dieses Gefühl gesorgt hatte. Für diese bedingungslose Liebe, die bewirkte, dass Mütter einfach alles für ihre Kinder taten. Dass kein Opfer zu groß war, weil auch kein Verlust größer sein konnte?

Keenan drängte sich mit praktischen Sorgen in ihre Gedanken. »Gehst du heute in die Arbeit oder bleibst du zu Hause bei Daddy und Emily?«

Seit jenem Tag, als der Sheriff Keenan und seine Schwester zu ihren Großeltern gebracht hatte, war sein Vater zu Hause geblieben und nicht mehr in die Arbeit gegangen. Aus den nächtlichen Gesprächen zwischen seinen Eltern wusste Keenan, dass sein Vater sich irgendeinen Ärger eingehandelt hatte. Es machte ihm Sorgen. Die Augen seines Vaters sahen oft komisch aus, und häufig sagte er komische Sachen. Er fragte sich, ob sein Daddy krank war.

Abbey legte die Daumen auf seine Nasenwurzel und versuchte behutsam, ihm mit ihren nachlässig manikürten Nägeln Reste von Schlaf aus den Augenwinkeln zu wischen. Sie fragte sich, wie diese kleinen Körnchen zustande kamen. Die Ringe unter seinen Augen sagten ihr, dass er nicht gut geschlafen hatte. Das Kind war sensibel und hatte eine ausgeprägte Intuition. Vermutlich spürten beide Kinder den Druck, der auf dem Haus lastete. Er war mittlerweile so schwer, dass man ihn fast greifen konnte.

Sie bemühte sich, möglichst fröhlich zu klingen, und stimmte einen Rapsong an, von dem sie gar nicht wusste, wie er ihr plötzlich in den Kopf gekommen war. »Erwachsene gehn arbeiten, Kinder in die Schulen. Nur ein Blödmann tut das nicht...« – sie drückte die Nase auf sein Gesicht – »... der gehört nicht zu den Coolen.«

»Hey, Mom«! Keenan stemmte das Gesicht seiner Mutter mit seinen zarten kleinen Händen weg. Plötzlich lächelte er. »Das war ziemlich gut.«

»Ich wette, du hast nicht gewusst, dass ich mal eine Rapperin war, bevor ich im Kraftwerk zu arbeiten angefangen hab. Ich hatte eine riesige alte Cadillac-Limo, vier Leibwächter, so viel Pizza, wie ich essen konnte, und so viel Bier, wie dein Daddy trinken konnte.«

»Wow, das ist eine ganze Menge.«

»Du sagst es.«

Als Emily aufstand, kam sie am Schlafzimmer ihres großen Bruders vorbei. Die Tür war geschlossen. Verschlafen tapste sie ins Zimmer ihrer Eltern und stieg zu Link ins Bett. Er zog sein schmächtiges Töchterchen zu sich heran und tastete mit geschlossenen Augen die schmale Gestalt neben sich ab. »Gemüse oder Stein?«, fragte er, bevor er schloss: »Weder noch.« Tief atmete er ihren Duft ein und fuhr dann lebhaft fort, wobei er eine gewisse Überraschung in seine Stimme legte: »Ach du meine Güte! Es ist ein

Kobold! Ich ruf lieber mal bei der Bösen Hexe des Westens an und frage sie, ob sie einen flaumigen kleinen Kobold vermisst. Ich hätte hier nämlich einen im Angebot, der bestimmt alle möglichen Streiche im Kopf hat. Das möchte ich wetten.« Er umschloss ihr zartes Beinchen, als ob er es nie mehr loslassen wollte. »Was mir die Hexe wohl für so einen frechen kleinen Kobold zahlen würde? An 'nem guten Tag vielleicht vierzig Dollar?«

Emily schmiegte sich enger an ihn. »Daddy, ich bin kein Kobold, ich bin ein Mädchen«, kicherte sie.

Noch einmal nahm Link eine Prise ihres Dufts. »Du riechst wie ein kleiner Kobold. Irgendwie süß, wie Kürbiskuchen und Schokokekse, die gleichzeitig im Ofen stecken.«

»Daddy, dein Bart kitzelt. Wo sind Mommy und Keenan?«

»Wo Keenan steckt, weiß ich nicht, aber deine Mommy habe ich das letzte Mal gesehen, als sie die luftigen Höhen des Selbstgerechtigkeitsberges erklommen hat.«

»Wo liegt denn der Elfrechtsberg?«

Link schloss die Augen und deutete auf die Decke. »Weit, weit weg, dort oben, wo die Luft dünn ist und man kaum atmen kann.«

Emily lachte. »Oben bei den Sternen?«

»Vielleicht. Sollen wir sie mal suchen?«

Emily schlängelte sich aus seinem Griff. »Ja, suchen wir sie.«

Link schob die Decke weg. »Zeig mir den Weg, furchtloser Kobold!«

Als Link und Emily ins Wohnzimmer kamen, saß Abbey immer noch auf dem Sofa, die Decke tief in die Stirn gezogen. Keenan war in der Küche und aß sein Müsli. Emily hüpfte aufs Sofa. »Mommy, bist du hier, oder bist du oben bei den Sternen?«

Abbey runzelte die Stirn und zog Emily näher, um ihr einen Guten-Morgen-Kuss zu geben. »Dort oben? Bei den Sternen? Schätzchen, was redest du da?«

Plötzlich sah sie Link scharf an. In ihren blauen Augen blitzte Gekränktheit, gepaart mit Zorn, auf. »Was hast du ihr erzählt?«

Link zuckte mit den Schultern. »Nichts. Wir haben ein Spiel gespielt und Vermutungen angestellt, wo du steckst.«

»Mach das nicht. Sag solche Sachen bloß nicht den Kindern.«

»Was denn?«

»Ich bin immer hier für diese Kinder. Ich bin hier, wenn sie mich brauchen. Ich bin nicht irgendwo dort oben bei den Sternen. Ich bin hier!«

Emily bemerkte, dass die Stimmen der Erwachsenen lauter geworden waren. Sie entzog sich ihrer Mutter und ging zu Keenan in die Küche.

Link verdrehte die Augen. »Musst du denn ständig meckern?«

Keenan nahm den Löffel aus seiner Müslischüssel und schlug einen kleinen Trommelwirbel auf dem Küchentisch. »Erwachsene gehn arbeiten, Kinder in die Schulen. Nur ein Blödmann tut das nicht, der gehört nicht zu den Coolen«, rappte er. Er legte den Löffel beiseite und sah seinen Vater in der Hoffnung auf elterlichen Beifall an. Der blieb aber aus.

Link starrte Abbey ungläubig an, dann trat er zu Keenan und fragte ihn vorwurfsvoll: »Woher hast du das?«

Keenan blickte unschuldig auf. »Von Mommy.«

Link schüttelte den Kopf, dann drehte er sich um und starrte Abbey böse an. »Das geht wirklich unter die Gürtellinie«, fauchte er empört. »Selbst für deine Verhältnisse.«

Emily hatte ihren kleinen Rucksack zum Küchentisch mitgenommen und begann nun, sich mit seinem Inhalt zu beschäftigen. Gelegentlich wagte sie einen Blick auf ihre Eltern. Schließlich rutschte sie mit ihrem Stuhl näher zu Keenan.

Abbey seufzte. »Es ist nicht so, wie du denkst, Link.«

»Aber es macht ziemlich deutlich, was du denkst.«

»Bitte, Link, sei doch nicht so empfindlich. Es ist einfach nur ein alberner Spruch, der mir in den Sinn gekommen ist.«

»Gestern hast du mir mangelnde Empfindsamkeit vorgeworfen, heute bin ich zu sensibel. Sag doch einfach, wofür du mich hältst: für einen arbeitslosen Säufer. Das ist doch dein eigentliches Problem, oder? Ich bin der Blöde, stimmt's?«

Abbey musterte ihn scharf. »Weißt du was? Du hast recht. Du bist das Problem.«

Sie kämpfte gegen eine Sturmwolke von Tränen an, die kurz davor stand, sich zu entladen. »Ich muss so viel arbeiten.« Ihre Augen wurden feucht, ihre Stimme brüchig. »Link, ich kann nicht mehr.« Als die Tränen zu fließen begannen, wurde ihr Kummer noch heftiger; denn sie wusste, dass es schlimm war, wenn man vor den Kindern weinte und sich stritt. »Du bist nicht für uns da, und ich fürchte, ich bin jetzt bald an demselben Punkt. Ich kann nicht mehr für meine Kinder da sein. Ich hasse es! Bitte sag ihnen nicht, dass ich nicht für sie da bin. Wir müssen beide für sie da sein!«

Link kam sich vor wie ein ausgescholtener Schuljunge. Sein Selbstwertgefühl war auf einem absoluten Tiefpunkt angelangt. Er hatte es nicht einmal geschafft, einen Job beim Sonic-Drive-In zu ergattern – einen Job, über den er noch vor einem halben Jahr die Nase gerümpft hätte. Jetzt wäre er heilfroh darüber gewesen. Abbeys Tränen nervten ihn nur. Eher wütend als traurig wandte er sich ab. »Ich kann das nicht brauchen. Nicht jetzt.«

»Link, bitte...« Abbey wollte ihm nacheilen, doch als sie hörte, wie die Haustür ins Schloss fiel, sank sie auf die Couch zurück und bemühte sich, ihren Tränen Einhalt zu gebieten. Sie musste sich für ihre Kinder am Riemen reißen.

Emily begann zu wimmern. »Mommy, wein bitte nicht.«

Abbey streckte die Arme nach ihr aus. Sie wollte ihre Kinder an sich drücken und sie trösten.

Emily flüchtete sich hinein, doch Keenan sprang auf und rannte in sein Zimmer. Als er die Tür zuschlug, bebte das ganze Haus.

4. KAPITEL

Wie in den meisten kleinen Ortschaften in Kansas waren Mietwohnungen in Crossing Trails sehr rar. Tatsächlich gab es nur ein einziges Angebot: eine Erdgeschosswohnung an der Hickory Ridge.

Todd und Laura erörterten die Vor- und Nachteile der Wohnung 3A vor dem Büro des Maklers. Es war alles schneller gegangen, als sie erwartet hatten, und nicht auf die traditionelle Weise, die Laura bevorzugt hätte. Schon lange vor dem heutigen Tag hatten sie über diese große Entscheidung nachgedacht, denn sie bedeutete eine Verpflichtung auf mehreren Ebenen; doch die bezahlbare Miete rückte das Projekt in greifbare Nähe. Laura hatte sich bislang mit einer Freundin ein kleines Haus geteilt. Ihre Freundin hatte sich verlobt und wollte demnächst heiraten. Mit Todds Rückkehr nach Crossing Trails mussten sie also beide eine Wohnung finden. Die Wohnung 3A gefiel ihnen beiden. Die Frage war nur, sollten sie wirklich zusammenziehen? Wenn Laura die Wohnung nahm, würde Todd wieder bei seinen Eltern einziehen müssen. Dasselbe galt für Laura, wenn sich Todd für die Wohnung entschied. Beide waren von der Vorstellung, wieder zu ihren Eltern zu ziehen, nicht wirklich begeistert. Schließlich kehrte das Paar händchenhaltend und vor Stolz strahlend ins Büro des

Maklers zurück. Todd sah Laura an, dann wandte er sich an den Makler: »Wir nehmen die Wohnung.«

Laura bezahlte die Mietkaution, Todd übernahm die zusätzlich für Haustiere anfallende Kaution, und beide unterschrieben den Mietvertrag.

Eine Woche nach ihrem Einzug waren sie noch mit dem Auspacken ihrer Kartons beschäftigt. »Hast du es ihnen gesagt?«, frage Laura. Sie kannte die Antwort, doch es erschien ihr freundlicher, das Ganze als Frage zu formulieren.

»Noch nicht, aber das kommt schon noch«, erwiderte Todd. Er bückte sich und entriss Elle die Tageszeitung, die sie fest zwischen den Zähnen hielt Dann legte er die Hände um den Kopf der kleinen Hündin und starrte in ihre sanften braunen Augen. Er bewegte ihren Kopf hin und her, um damit sein Missfallen zum Ausdruck zu bringen. »Musst du Lauras Zeitung unbedingt fressen?«

Er legte die feuchte, angekaute Zeitung auf einen kleinen Beistelltisch neben dem Sofa. »Ich muss Dr. Welch mal fragen, warum Hunde so gern Papier fressen.«

Laura versuchte, Todd wieder auf das Thema zu lenken, das sie gern mit ihm besprochen hätte. »Es wäre für uns beide besser, wenn du es ihnen bald sagen würdest.«

Elle stemmte die Vorderpfoten auf den Rand des Beistelltisches, neigte den Kopf und zog mit ihrem Schnäuzchen vorsichtig wie ein Arzt, der einem Kind einen Splitter aus dem Finger zieht, die Zeitung zum Rand. Todd beobachtete sie. »Schau sie dir an. Es ist wirklich erstaunlich. Selbst mit diesen kurzen Beinen kann sie sich echt weit strecken.«

»Todd, sie sollte die Zeitung nicht bekommen. Erinnerst du dich noch daran?«

Er schnipste mit den Fingern als Zeichen, dass er gleich einen Befehl äußern würde. »Nein, Elle. Sitz!« Als sie sich folgsam setzte und auf ihn konzentrierte, sagte er: »Komm!«

Wenn Elle aufgeregt war oder Spaß hatte, wedelte sie heftig mit dem Schwanz. Ihr Hinterteil wackelte dabei immer wild hin und her. Doch wenn sie vermutete, dass sie sich Ärger eingehandelt hatte, wie es jetzt der Fall war, bewegte sie sich nur ganz langsam und gebückt wie eine Katze, die sich an ihre Beute anschleicht. Ihre Körpersprache schien zu sagen: »Ich bin nicht perfekt, aber ich versuche doch, brav zu sein.«

Als sie vor Todd zum Stehen kam, gab er ihr mit fester, doch tröstlicher Stimme zu verstehen, dass ihr nichts passieren würde; dass sie zwar ein wenig unartig gewesen war, aber dafür nicht bestraft würde. »Braves Mädchen. Und jetzt mach Platz und benimm dich.« Er machte mit der Hand eine Bewegung, die aussah, als würde er Müll in der Tonne zusammendrücken. »Bleib.« Schließlich wandte er sich wieder an Laura. »Es ist doch keine große Sache, oder?«

Laura war sich dessen nicht so sicher. »Für sie schon.« Sie dachte ein wenig darüber nach, dann fügte sie hinzu: »Und für mich vermutlich auch.«

»Was geht es die Leute an, wo wir wohnen und mit wem?« Todds Erwiderung klang eher wie eine abschließende Bemerkung als wie eine Frage.

Laura bückte sich und streichelte Gracies weißes Fell.

»Es ginge mir besser, wenn du es ihnen endlich sagen würdest. Außerdem habe ich es meinen Eltern schon längst erzählt.«

Laura war lange genug mit Todd zusammen, um zu wissen und zu verstehen, dass er mit Problemen auf seine ganz eigene Art umging – langsam und bedächtig. Aber irgendwann hatte er dann doch immer die Kurve gekriegt. Drei Jahre lang war sie dem Gaffen und Flüstern ihrer alten Schulfreundinnen ausgesetzt gewesen, die nun wie sie erwachsen waren; Leute, die sich früher über einen Jungen mit gewissen Einschränkungen lustig gemacht hatten und die aus dem erwachsenen Mann, der aus ihm geworden war, immer noch nicht schlau wurden. Ihrer Meinung nach hatte Laura es gewagt, ein Tabu zu brechen: Ein kluges Mädchen verliebt sich nicht in einen nicht ganz so klugen Jungen.

Anfangs hatte sie das Bedürfnis verspürt, Todd in den Augen der anderen größer zu machen. Auf seine Leistungen hinzuweisen und damit anzugeben. Ihn zu verteidigen. Ihren Entschluss zu rechtfertigen. Es hatte sie ziemlich angestrengt. Für sich selbst und für alle anderen hatte ihr Skript gelautet: »Ich habe noch nie jemanden getroffen, den ich so bewundere wie ihn. Meine Welt ist mit ihm ein besserer Ort.« Doch nach einer Weile hatte sie gemerkt, dass das eigentlich so klang, als wollte sie sich verteidigen. Sie liebte Todd. Weiter musste sie gar nicht gehen. Wenn andere Leute nicht kapierten, was Liebe bedeutet, dann war das deren Problem, nicht ihres.

Die Entscheidung zusammenzuziehen, war nicht ganz

leicht gewesen. Weder Todd noch Laura rechneten mit der Unterstützung ihrer Eltern, denn dazu waren sie beide realistisch genug. George und Mary Ann McCray fuhren Lauras Meinung nach fort, Todd zu verhätscheln. Laura wusste, dass seine Eltern erwartet hatten, dass Todd nach seiner Rückkehr nach Crossing Trails wieder in das kleine Häuschen gleich neben ihrer Farm einziehen würde, das sie als Thornes Haus bezeichneten. Am Telefon hatten sie Todd versichert, dass das Häuschen nicht vermietet war und dass sie es stets gut in Schuss gehalten hatten. Laura hatte das Gefühl, dass sie Todds Aufenthalt bei Heartland als eine Art Zwischenspiel betrachtet hatten, so, als würde ihr Sohn einfach einen Urlaub nehmen und eines Tages heimkommen und den Rest seines Lebens in ihrer Nähe verbringen. Laura hatte Todds Eltern sehr gern, aber ihnen schien entgangen zu sein, dass aus Todd ein erwachsener Mann geworden war, der nicht mehr in ihrem Schatten leben wollte. Abgesehen davon verspürte Laura nicht den geringsten Wunsch, in Thornes Haus zu leben, ganz egal, wie gemütlich es war.

Lauras Eltern waren Todd gegenüber ziemlich reserviert, und gelegentlich wünschte sich Laura, sie würden ihre Beziehung zu Todd nicht so kritisch sehen und ihr vertrauen. Als sie ihnen erklärt hatte, dass sie und Todd zusammenziehen würden, hatte ihre Mutter als Erstes gesagt: »Wir wissen, dass ihr eine sehr spezielle Beziehung habt.« Daraufhin war Laura ziemlich beleidigt gewesen. »Vielleicht können wir uns ja von der Schule den Behindertenbus für seinen Umzug ausleihen«, hatte sie geknurrt.

Ihren Eltern fiel es schwer, auf dem schmalen Grat zwischen der Achtung vor Todds Würde und der Sorge, in ihm den Lebenspartner ihrer Tochter zu sehen, zu wandeln. »Laura«, hatte ihr Dad gemeint, »Beziehungen können manchmal sehr schwer sein. Am besten funktionieren sie zwischen Gleichgestellten.«

»Keine Sorge, Todd hat nie auf mich herabgeblickt«, hatte Laura das Gespräch schroff beendet. Sie wusste zwar, dass ihre Eltern es nur gut mit ihr meinten, aber trotzdem war sie gekränkt. Auch sie hatte Einschränkungen. Im letzten halben Jahr hatte ihre Krankheit ihr zwar eine Atempause gegönnt, doch ihr Gelenkrheuma war so schlimm, dass sie, obwohl sie erst Mitte zwanzig war, bereits Implantate in beiden Hüften benötigt hatte. Ihrem Arzt zufolge würden als Nächstes ihre Knie an die Reihe kommen.

Vor ein paar Jahren waren Laura und Todd nur gut befreundet gewesen und hatten gemeinsam im alten Tierheim von Crossing Trails gearbeitet. Inmitten eines besonders heftigen Ausbruchs ihrer Krankheit hatte Todd beobachtet, wie schwer es Laura oft fiel, von einem Stuhl aufzustehen. Er hatte sich ein halbes Jahr Zeit genommen, einen Assistenzhund speziell für ihre Bewegungs- und Stabilitätsbedürfnisse auszubilden. Gracie war ruhig und kräftig – ein Hund, an den sich Laura buchstäblich anlehnen konnte. Für sie war die Hündin ein wahrer Segen. Es gab nur eine Handvoll Leute in dieser Welt, die so etwas für sie hätten tun können – die genau sehen konnten, was sie brauchte, und entsprechende Maßnahmen ergriffen. Todd hatte es getan.

Im Lauf der nächsten Jahre hatte sie an Todd die herausragende Gabe beobachtet, die beidseitig vorteilhafte Beziehung zwischen bestimmten Hunden und bestimmten Menschen vorherzusehen. Sobald er in einem Hund dieses Potenzial erkannte, arbeitete er geduldig daran, es zu fördern. Das hatte er bei Gracie getan, und er hatte an der Heartland School for Dogs einen Beruf daraus gemacht. Er war wirklich gut darin. Jedes halbe Jahr beendete eine Gruppe von Hunden ihre Ausbildung in der Heartland School. Laura hatte immer nur erstaunt den Kopf geschüttelt, wenn sie sehen konnte, wie dankbar die neuen Hundebesitzer waren und wie gut Todd die Hunde erzogen hatte. Obwohl sie gewusst hatte, was gleich kommen würde, war Laura bei den Abschlussfeiern immer in Freudentränen ausgebrochen, wenn jeder von Todds Hunden sich endgültig zu seinem neuen Besitzer gesellte.

Die meisten Leute hatten keine Ahnung von Todds Fähigkeiten, weil sie ihn nie bei der Arbeit gesehen hatten. Laura hingegen schon. Todd brachte Hunden bei, ihren Besitzern beim An- und Ausziehen zu helfen, selbstständig das Licht ein- und auszuschalten, die Haustür zu öffnen und vieles mehr. Laura war stets bass erstaunt, wenn sie diese kleinen Wunder miterlebte. Abgesehen davon war Todd klüger, als den meisten Leuten klar war. Er besaß auch die Fähigkeit, wichtige Dinge ordnungsgemäß zu regeln – etwas, was ihm die meisten gar nicht zugetraut hätten.

Jetzt konnte sie nur hoffen, dass er diese Fähigkeit auch diesmal wieder unter Beweis stellen würde.

Schließlich schob Laura Elle weg. »Elle, es reicht jetzt. Todd, ich würde mich einfach besser fühlen, wenn du mit deinen Eltern reden würdest, und zwar lieber früher als später. Es ist nur eine Frage der Zeit, bis sie es von anderen Leuten erfahren. Meine Eltern könnten sehr wohl etwas zu ihnen sagen, wenn sie sich das nächste Mal begegnen.«

»Soll das heißen, dass ich es meinen Eltern dir zuliebe sagen sollte?«, fragte Todd.

»Ja, zum Teil. Wenn du ihnen nichts sagst, dann habe ich das Gefühl, dass du dir nicht sicher bist, ob wir mit unserer gemeinsamen Wohnung das Richtige getan haben. Ist es dir peinlich?«

Todd dachte kurz nach. »Nein, das ist es nicht.«

»Weißt du denn, warum du ihnen noch nichts gesagt hast?«

»Nein.«

»Wirst du darüber nachdenken?«

Todd stand auf und ging in die Küche. Elle warf sich gerade gegen den kleinen Mülleimer und versuchte, ihn umzukippen. Todd stellte den Eimer auf die Küchentheke, dann drehte er sich zu Laura um. »Wie soll ich reagieren, wenn sie sich ärgern?«

Laura dachte über George und Mary Ann nach. Die beiden waren extrem engagierte Eltern und stets freundlich. Das musste man ihnen wirklich hoch anrechnen. Vermutlich waren sie noch nie richtig böse auf Todd gewesen. Nein, sie war sich sicher, dass sie nicht verärgert sein würden. Sie zuckte mit den Schultern. »Todd, ich glaube nicht, dass sie dir böse sein werden. Vielleicht werden sie enttäuscht sein, aber nicht verärgert.«

Nachdem ihr Angriff auf den Mülleimer vereitelt worden war, rannte Elle zu Laura zurück.

Laura wunderte sich immer wieder über Elles kurze Beine. Steckten etwa die Gene eines Basset oder eines Corgi in ihr? Nein, wohl eher die eines Dackels. Wie schaffte es Elle mit ihren kurzen Beinen nur, so viel Unsinn anzustellen? Abermals schubste Laura die Kleine weg. »Elle, hör auf zu nerven. Ich versuche gerade, ein ernstes Gespräch zu führen.«

Todd war immer noch in der Küche. Er musterte Laura kurz, dann meinte er: »Sich zu verlieben ist kompliziert.«

»Schlimmer als Mathe?«, zog sie ihn lächelnd auf, denn dieses Fach war ihm in der Schule immer besonders schwer gefallen.

»Warum sollten sie enttäuscht sein?«, fragte er schließlich, öffnete den Kühlschrank und starrte eine Weile auf dessen Inhalt, bevor er den Orangensaft herausholte.

»Setz dich doch mal zu mir«, bat Laura.

Todd nahm einen Schluck Saft aus dem Karton und ließ die Kühlschranktür einen Spalt geöffnet, bis Laura ihn daran erinnerte, sie zu schließen. »Du lässt diese Tür häufig offen stehen, Todd«, bemerkte sie. »Vielleicht solltest du Elle beibringen, sie für dich zu schließen.«

»Gute Idee.« Todd grinste und gesellte sich zu Laura aufs Sofa. Elle nahm einen kleinen Anlauf und landete uneingeladen mit einem Riesensatz auf dem Sofa. Rasch zwängte sie sich zwischen Laura und Gracie, die ihre Hundeschwester geduldig ignorierte.

»Besonders Eltern und ältere Leute legen Wert auf

eine gewisse Ordnung, eine Reihenfolge, die man im Leben befolgen sollte. Zuerst geht man miteinander aus, dann verlobt man sich, dann heiratet man, dann zieht man zusammen, dann bekommt man Kinder, dann wird man gemeinsam alt, und irgendwann stirbt man.«

»Ich glaube, so machen es auch meine Eltern«, bemerkte Todd.

»Ja, das glaube ich auch, und meine halten es genauso.«

Die Zahnräder in Todds Gehirnwindungen rasteten fast hörbar ein. Es dauerte zwar eine Weile, doch schließlich zog er den korrekten Schluss. »Wir machen es nicht in der richtigen Reihenfolge, stimmt's?«, fragte er, dann hielt er inne im Versuch, die passenden Worte zu finden. »Wir weichen von der Regel ab, richtig?«

»Ganz genau«, erwiderte Laura.

»Aber warum ist die Reihenfolge denn so wichtig?« Todd lächelte, denn er erinnerte sich an eine der Regeln aus dem verhassten Algebra-Unterricht, die ihm jetzt gerade recht kam, um sein Argument zu bekräftigen. »Zwei plus eins ist dasselbe wie eins plus zwei. Die Reihenfolge ist völlig egal. Habe ich recht?«

Laura zuckte mit den Schultern. »Na ja, ich nehme mal an, es gehört einfach zu unseren Traditionen. Du weißt schon, wie Weihnachten. Erst stellt man den Baum auf, dann kauft man Geschenke, an Weihnachten packt man sie aus, und dann versammeln sich alle zu einem schönen Abendessen um den Tisch. Es macht Freude, diesen Traditionen zu folgen. Wenn du deine Geschenke im November auspacken, den Truthahn und das ganze Drum und Dran zum Frühstück essen und den Baum an Sylvester schmücken würdest, dann käme es dir überhaupt nicht wie ein richtiges Weihnachten vor, oder?«

»Nein, das wäre nicht richtig.«

»Tja – ich glaube, so ähnlich werden es deine Eltern sehen. Sie werden nicht böse auf dich sein, aber es wird ihnen nicht gefallen, dass wir die Reihenfolge nicht eingehalten und damit womöglich etwas verdorben haben, was vielleicht besser gewesen wäre, wenn wir es auf die traditionelle Weise gemacht hätten. Wenn wir uns an die Reihenfolge gehalten hätten. Wenn wir alles so gemacht hätten, wie sie es gemacht haben.«

»Du meinst also, sie werden enttäuscht sein, dass wir es auf unsere Weise und nicht auf ihre gemacht haben?«

»Vielleicht.«

»Dann werde ich ihnen erklären müssen, dass unsere Weise für uns am besten ist.«

»Ja, Todd. Ich glaube, du hast recht.«

»Danke, dass du mir das erklärt hast, Laura. Jetzt geht es mir besser.« Sie küsste ihn zärtlich und zog ihn zu sich heran. »Ich liebe dich, Todd McCray. Du bist der wunderbarste Mann auf der ganzen Welt.«

»Das freut mich sehr.«

Es gab einen lauten Knall, als der kleine Beistelltisch umkippte. Todd hob den Kopf und sah, dass Elle mit der Zeitung im Maul durch den Flur galoppierte. »Nein, Elle! Nein!«, schrie er.

Laura presste die Finger an die Schläfen. »Elle, du bist unmöglich.«

5. KAPITEL

Im Haushalt der Robinsons hatte sich in den letzten Monaten etliches allmählich verändert. Den Kindern, vor allem Keenan, war das nicht entgangen. Angefangen hatte es damit, dass ihre Mutter abends das Sofa in ein Bett verwandelte und nur noch ins Elternschlafzimmer ging, wenn sie das Bad benutzte oder etwas aus ihrem Schrank holte. Dann wurde der kleine Fernseher aus dem Elternschlafzimmer auf einen Beistelltisch ins Wohnzimmer gestellt. Der große Flachbildschirm, der im Wohnzimmer gestanden hatte, befand sich nun im Elternschlafzimmer, das für Emily zu Daddys Zimmer geworden war, und dort lief nur noch ein Sportprogramm. Der große Mülleimer aus der Garage hatte ebenfalls einen neuen Platz in Daddys Zimmer gefunden, und es stank dort penetrant nach Bier.

Eines Morgens war Link verschwunden. »Rausgeworfen«, hatte er Keenan gegenüber später behauptet.

»Zu seinem Besten«, hörte er seine Mutter am Telefon sagen.

Links Kleider und seine Schuhe waren ebenfalls verschwunden. Der große Fernseher stand wieder im Wohnzimmer, und im Haus war wieder alles so wie früher. Das Sofa war wieder ein Sofa, der Teppich war gesaugt, die Wäsche gewaschen und aufgeräumt. In jenen Anfangszeiten lieferte Abbey nur sehr vage Erklärungen. »Daddy macht einen kleinen Urlaub.«

Eines Abends, kurz nach Thanksgiving, das sie mit der Großmutter gefeiert hatten, bat Abbey ihre Kinder, sich aufs Sofa zu setzen, ohne dass der Fernseher lief. Sie musste mit ihnen reden. Sie musste ihnen endlich die Wahrheit sagen.

Anfangs hatte sich Abbey ständig den Kopf darüber zerbrochen, wie sie es den Kindern sagen sollte. Sie hatte schreckliche Angst, dass sie das Leben dieser jungen Menschen zu sehr belasten würde, und das auf lange Sicht. Sie waren doch noch so klein. Konnte sie ihnen wirklich sagen, dass ihr Vater alkoholkrank war? Ihnen gestehen, dass die Ehe ihrer Eltern zu scheitern drohte? Sie wollte nicht lügen, aber in ihren Gedanken spielte sich immer wieder das gleiche Szenario ab: Sie würde zusammenbrechen und sich vor den Kindern die Augen aus dem Kopf weinen, und das würde die Kleinen ängstigen und alles nur noch schlimmer machen.

Es war das Schwerste, was sie je hatte tun müssen, und sie musste es alleine bewältigen. Sie hatte Link gebeten, vorbeizukommen – er übernachtete vorläufig bei einem Freund –, damit sie es den Kindern gemeinsam sagen konnten. Doch er weigerte sich. »Vielleicht ist es ja doch nicht so leicht, wie du es dir vorgestellt hast, unsere Familie aufzulösen. Denk dir was aus, wie du es ihnen sagst. Von mir bekommst du keine Hilfe.«

In ihrer Not war Abbey in die Bücherei gegangen und

hatte mehrere Bücher über Scheidungen ausgeliehen, was ihr extrem peinlich gewesen war. Sie hatte sich in der Mittagspause in ihr Auto gesetzt, damit niemand mitbekam, was sie da las. Mit den Kapiteln, die sich um Gespräche mit den Kindern drehten, hatte sie sich besonders intensiv beschäftigt. Wenn die Kinder im Bett waren, durchforstete sie das Internet zum Thema Scheidung und wie man es den Kleinen beibrachte. Doch keiner dieser Ratschläge stellte sie zufrieden. War es denn nicht möglich, ein solches Gespräch möglichst aufrichtig und gleichzeitig möglichst wenig qualvoll zu führen?

Als sie sich nicht mehr zu helfen wusste, beschloss sie, die Frau anzurufen, auf deren unvoreingenommene Hilfe sie sich stets hatte verlassen können. Allerdings dauerte es eine Weile, bis sie sich zu diesem Telefonat durchrang. Sie sollte doch jetzt eine tüchtige Erwachsene sein, keine Schülerin, die in einer Krise steckte. Mrs McCray war in der Schule ihre Vertrauenslehrerin gewesen, und von ihr waren immer wertvolle Ratschläge gekommen, auch wenn sie kein Blatt vor den Mund nahm. Abbey gehörte zu der Handvoll Schüler und Schülerinnen, die Mrs McCray fast wie eigene Kinder behandelte. Es waren vier oder fünf, die in Crossing Trails geblieben waren und den Kontakt zu ihrer ehemaligen Lehrerin nicht hatten abreißen lassen. Nach dem Schulabschluss hatten sie sich nie aus den Augen verloren, und mittlerweile waren sie gut befreundet.

Mary Ann gefiel Abbeys Humor, ihre Aufrichtigkeit und ihre geistige Stärke. Sie fand immer ein paar freundliche Worte und eine herzliche Umarmung für die junge Frau.

Wie Mary Ann war auch Abbey eher sachlich und nüchtern. Sie erledigte ihre Aufgaben, war hilfsbereit und sah die Dinge so, wie sie waren – Eigenschaften, die Mary Ann bewunderte. Außerdem hatten sie und Link zweifellos die zwei süßesten Kinder von Crossing Trails. Auch George schien Link recht gernzuhaben. Als er erfahren hatte, dass Link seinen Job verloren hatte, hatte er ihn gefragt, ob er ihm nicht beim Heumachen helfen wollte. Es war harte, schlecht bezahlte Arbeit, doch die beiden schienen gemeinsam ihren Spaß damit zu haben.

Mary Ann pflegte ihre Verbindung zu Abbey auf unterschiedliche Weisen, und jede kam von Herzen. Sie schickte ihr Geburtstagsgrüße, rief immer wieder einmal an, um zu sagen, dass sie an sie dachte, und tauchte bei Keenans Baseballspiel auf, als er zum ersten Mal der Pitcher war. Da ihre Enkel mehrere Stunden weit entfernt von ihnen lebten, genoss sie diese besonderen Gelegenheiten mit Abbeys Kindern umso mehr.

An einem stillen kalten Vormittag rang sich Abbey endlich zu dem Telefonat durch. Nervös zählte sie mit, während es läutete. Beim fünften Mal hob Mary Ann ab. »Hallo.«

Schon allein Mary Anns Stimme war tröstlich für Abbey, und sie spürte, dass sie das Richtige tat. »Mrs McCray, ich bin's, Abbey.«

»Guten Morgen, Abbey«, begrüßte Mary Ann sie herzlich. »Wie geht es dir? Jetzt, wo Weihnachten vor der Tür steht, habe ich ohnehin an dich und die Kinder gedacht. Ich wollte ihnen irgendeine lustige Kleinigkeit besorgen, aber vielleicht brauchen sie ja auch was Konkretes, Kleider zum Beispiel?«

»Das ist wirklich sehr nett von Ihnen, aber...« Abbey holte tief Luft. »Hier läuft's gerade nicht so gut. Ich fürchte, deshalb rufe ich Sie auch an.«

Mary Ann stützte sich an der alten Kiefern-Arbeitsplatte in ihrer Küche ab. Als sie hörte, wie gequält Abbey klang, betete sie inständig, dass es sich nicht um einen Unfall oder eine schlimme Krankheit handelte. »Was ist denn los, Schätzchen? Was ist passiert?«

Als hätte man es ihr soeben erlaubt, ließ Abbey los und schluchzte sich durch die letzten Monate. Die Arbeitslosigkeit, die finanziellen Sorgen, das Trinken, Trunkenheit am Steuer, Streit, verletzende Worte, die ganze Palette der Entfremdung. Während sie ihre Geschichte erzählte, merkte Abbey abermals, dass ihr jeglicher Respekt vor dem Mann, den sie einst geliebt und geheiratet hatte, verloren gegangen war.

»Mrs McCray, er ist nicht mehr der Link, den Sie und ich gekannt haben. Er ist völlig heruntergekommen. Ich konnte einfach nicht mehr damit leben. Sie wissen ja, dass ich alles Mögliche ertragen kann. Ich gebe nicht so schnell auf. Aber als er aufhörte, sich wie ein Vater zu verhalten, so, als ob die Kinder völlig egal wären...« Sie fing wieder an zu schluchzen, diesmal noch heftiger, und konnte nur mühsam weiterreden. »Das war meine Grenze. Die hat er überschritten. Ich konnte es nicht ertragen. Ich habe ihm gesagt, dass er gehen muss.«

»Endgültig?«

»Ich habe einen Anwalt kontaktiert. Ich kann einfach nicht mehr.«

»Ach, Abbey. Das tut mir so leid. Für dich, für Link, aber natürlich vor allem für die Kinder. Ich weiß, dass sie euch beide lieben.«

»Natürlich lieben sie ihren Vater, aber sie verstehen ihn nicht mehr. Sie fragen mich ständig, warum er nicht mehr für sie da ist, so wie früher. Ich kann ihn nicht verteidigen. Das will ich auch nicht. Nicht mehr. Er macht mich fix und fertig. Er hat mir ein Dutzend Mal versprochen, mit dem Trinken aufzuhören, aber er tut es einfach nicht. Wie soll ich es den Kindern erklären, dass ich ihren Vater aufgefordert habe zu gehen? Wie erkläre ich ihnen die Scheidung? Werden sie mich dafür hassen?« Sie fing wieder an zu weinen. »Mrs McCray, ich weiß nicht, was ich tun soll und wie ich es den Kindern sagen soll.«

»Abbey, Schätzchen, am besten kommst du gleich mal vorbei, dann reden wir darüber.« Mary Anns Tag war zwar verplant, aber alles andere würde warten müssen. Sie wusste, wie wichtig eine Schulter zum Ausweinen sein konnte, und sie stellte sich gern dafür zur Verfügung.

»Jetzt?«, fragte Abbey zweifelnd.

»Natürlich. Jetzt. Solche Dinge können nicht warten.«

Abbey kniete sich vor ihre Kinder ans Sofa und dachte an den Rat, den sie von Mrs McCray bekommen hatte. Sie nahm Keenans und Emilys kleine Hände. »Wisst ihr, wen Mommy und Daddy so lieben wie sonst keinen?«

Emily kicherte. »Grandma und Grandpa Smith?«

Abbey stiegen Tränen in die Augen, doch sie drängte sie zurück. »Nein, Emily«, erwiderte sie, wobei sie sich bemühte, mit fester Stimme zu reden. »Mommy und Daddy lieben dich und Keenan, unsere Kinder, so sehr wie sonst keinen.«

Keenan musterte seine Mutter wissend, denn er ahnte, was gleich kommen würde. »Wollen du und Daddy euch scheiden lassen?«

Der Text, an dem sie mit Mrs McCray so intensiv gearbeitet und den sie vor dem Spiegel geübt hatte, war damit überflüssig geworden. Sie hatte geplant, sich zu diesen Worten vorzuarbeiten und ihre Kinder dabei mitzunehmen. Jetzt war Keenan ihr zuvorgekommen. Abbey schloss ihre Kinder in die Arme. In ihrer Kehle bildete sich ein Kloß. »Ja«, sagte sie mit belegter Stimme. »Mommy und Daddy lassen sich scheiden.«

Keenan rückte von ihr ab und starrte sie mit versteinerter Miene an, die Arme vor der Brust verschränkt. Emily war sich nicht ganz sicher, was diese Worte bedeuteten, doch sie spürte, wie bekümmert ihre Mutter war, und ließ die Tränen fließen.

Nachdem Mary Ann am Spätnachmittag ihr letztes Telefonat mit Abbey, mit der sie zurzeit fast täglich sprach, beendet hatte, schlüpfte sie in ihren Mantel, verließ das Haus und ging, tief in Gedanken versunken, zur Scheune. Sie wusste, dass Abbey den Kindern jetzt gleich die Nachricht eröffnen würde.

In der Scheune ging sie direkt zu Lady Luck. Sie hatte

die Stute vor fünfzehn Jahren erstanden, als das Quarterhorse noch recht jung war. Ihr damaliger Besitzer, Lane Evans, hatte in finanziellen Schwierigkeiten gesteckt, weil sich sein Farmbedarfsladen in Crossing Trails nicht mehr rentiert hatte. Er trennte sich nur sehr ungern von seinem Pferd, aber er brauchte dringend Bargeld für den Umzug in eine andere Stadt. Noch heute rief er immer wieder einmal an, um sich nach seinem Pferd zu erkundigen. »Mary Ann McCray, wie geht's der Stute? Wissen Sie, wenn Sie nicht mehr mit ihr zufrieden sind, dann nehm ich sie gerne zurück. Momentan könnte ich Ihnen ein gutes Angebot machen. Sie wäre genau das Richtige für meine Enkelin.«

Mary Ann hätte sich lieber von ihrem linken Arm getrennt. Sie und ihr Pferd wurden gemeinsam alt. »Nein, danke, Lane. Sie macht sich bei uns wirklich gut.«

Sie fasste Lady Luck am Halfter und brachte sie auf die Koppel an die frische Luft. Sie hatte einen Striegel dabei, mit dem sie Lady Luck kräftig bürstete. Das Pferd spreizte die Beine ein wenig und stemmte sich gegen den beruhigenden Druck des Striegels.

Mary Ann blickte auf den frühabendlichen Himmel. Wie Lady Luck war er grau gesprenkelt.

Vor drei Jahren hatte sie mit dem Reiten aufgehört, auch wenn sie nach wie vor eine gute Reiterin war. Wenn sie früher mal abgeworfen worden war, war sie einfach aufgestanden, hatte sich grinsend den Hintern abgestaubt und war wieder in den Sattel gestiegen. »Eins zu null für das Pferd.«

Doch heute? Eine Frau in den Sechzigern konnte sich

bei so einem Sturz Gott weiß was brechen, was nur mit einem teuren Krankenhausaufenthalt wieder behoben werden konnte. Nein danke. Sie blieb lieber auf dem Boden.

Mit dem Hufauskratzer reinigte sie einen Huf nach dem anderen, dann kämmte sie sorgfältig die Mähne ihrer geliebten Stute. Doch ihre Gedanken schweiften immer wieder zu der Familie Robinson ab. Alle vier – Abbey, Link und insbesondere die zwei Kinder – taten ihr schrecklich leid. Lieber wäre sie von Lady Luck abgeworfen worden, als eine Scheidung durchstehen zu müssen.

Sie dachte an den Rat, den sie Abbey gegeben hatte. Hatte sie etwas versäumt? War der Rat überhaupt sinnvoll gewesen? Worte konnten niemals die Last erleichtern, die sich auf die Kinder herabsenken würde. Im Cherokee County gab es nur eine Handvoll Psychotherapeuten. Sie kannte sie alle. Morgen wollte sie ein paar Anrufe tätigen, sich weitere Tipps besorgen und überlegen, welche tatkräftige Hilfe sie noch anbieten konnte. Das hatte sie Abbey versprochen. Sie war Abbeys Freundin, nicht mehr ihre Vertrauenslehrerin.

Was in Link vorging, wusste sie allerdings nicht so recht. Sie kannte ihn nur durch Abbey, und sie hatte keine Ahnung, wie sie ihm helfen konnte. Vielleicht hatte George ja ein paar Ideen – falls Link überhaupt bereit war, sich helfen zu lassen.

Vielleicht sollte sie Keenan und Emily am Samstag auf die Farm einladen? Sie konnte sie auf Lady Lucks Rücken setzen und ein bisschen in der Koppel herumführen. Ob das wohl ein Lächeln auf zwei ernste kleine Gesichter zaubern würde? Mary Ann war mit der Theorie vertraut, dass manche Kinder, die großen Kummer oder sonstige Schwierigkeiten haben, sehr gut auf Tiere reagieren. Ihre Gedanken schweiften wieder zu Link. Sie stellte sich vor, wie schwer es ihm momentan fallen musste, Zeit mit seinen Kindern zu verbringen, vor allem, weil er Abbey zufolge momentan noch keine eigene Wohnung hatte und deshalb auf dem Sofa eines Freundes übernachtete. Vielleicht sollte sie Link anrufen und ihn bitten, die Kinder zur Farm zu bringen?

Mary Ann hatte ein paar Artikel über Reittherapie gelesen, aber sie wusste nicht recht, wie sie vorgehen sollte. Damit so etwas funktionierte, mussten die Kinder wohl eine gewisse Beziehung zum Pferd aufbauen und umgekehrt. Das würde bei Lady Luck kaum gelingen. Die Stute war bei fast allen Menschen bis auf Mary Ann sehr zurückhaltend. Trotzdem war es einen Versuch wert.

Das schwache Dezemberlicht war mittlerweile völlig verblasst und kündigte das Ende eines weiteren Tages an. Mary Ann war immer in ihrem Beruf, in dem sie sich um andere kümmerte, aufgegangen. Für sie war das nicht nur ein Beruf, sondern ihre Berufung. Aber im Moment fühlte sie sich etwas erschöpft. Manchmal laugte ihre Arbeit sie völlig aus. Wie viele Jahre würde sie wohl noch durchhalten können?

Sie führte ihr Pferd in die Scheune zurück und brachte es in seine Box. Dann ging sie ans andere Ende der Scheune und trat in die kleine Werkstatt. Kurz musterte sie ihren Mann, der wie so oft in letzter Zeit nicht gemerkt hatte, dass sie eingetreten war.

Sie wurden beide älter, was sich in vielen kleinen Dingen zeigte. George hasste es, darüber zu reden, doch er hatte zunehmend Schwierigkeiten beim Laufen. Sein lädiertes Bein war schlimmer geworden, und auch das andere schwächelte inzwischen. Gerade massierte er sich sein Kreuz, dann drehte er sich um, und endlich bemerkte er sie. Er lächelte. Wie immer spürte Mary Ann die Liebe zu ihrem Mann in sich aufsteigen. Sie fragte sich, warum manchen Beziehungen einfach die Luft ausging und andere bestens weiterliefen, wie das bei ihnen der Fall war. Sachte legte sie ihm die Hand auf die Schulter. »Wie steht's mit Abendessen? Hast du Hunger?« Er legte ein öliges Geräteteil zur Seite, schaltete die Schleifmaschine aus, streifte seine Handschuhe ab und spähte über den Rand seiner Brille. »Ob ich Hunger habe? Natürlich hab ich Hunger. Immer. Abendessen klingt sehr gut.«

Gemeinsam gingen sie zum Haus. Auf der Hälfte des Wegs zur Küchentür hielt Mary Ann George an und stellte ihm eine Frage, die ihr auf den Nägeln brannte. »Hast du gewusst, dass fünfzig Prozent aller Ehen geschieden werden?«

»Ach ja? Ist das so?«

»George, hast du dich je gefragt, warum wir es geschafft haben, wenn so viele andere scheitern?«

Er rieb sich das Kinn. »Wir gehören wohl zu den anderen fünfzig Prozent.«

Sie zupfte am Ärmel seiner alten Jeansjacke. »George, jetzt mal im Ernst – auch wir hatten schwere Zeiten, und nicht zu wenige. Was hat uns vor einer Scheidung bewahrt? War es nur das reine Glück?«

Er zuckte mit den Schultern und trat ein bisschen näher, scheinbar nur, um warm zu bleiben. »Ich glaube nicht, dass es nur Glück war. Ein bisschen haben wir schon auch dazu beigetragen.«

Sie liefen am Zaun entlang, der den Scheunenhof umgab. George blieb stehen, lehnte sich an den obersten Zaunbalken und blickte auf das dahinter liegende Land. Die Ackerkrume hatte die Farbe von dunkel geröstetem Kaffee. Fröstelnd schaute er auf den Himmel. Die Wolken hingen so tief, dass die Welt irgendwie kleiner und begrenzter wirkte. Er wandte sich seiner Frau zu. »Ich habe nie aufgehört, dich zu lieben.« Lächelnd deutete er auf den Vollmond, der sich in aller Pracht am Horizont zeigte. »Ich habe auch nie aufgehört, dich umarmen zu wollen.«

Mary Ann genoss diesen Augenblick. »Ich auch nicht«, flüsterte sie.

Er wich ein wenig von ihr ab. »Vielleicht war alles andere doch einfach nur Glück.«

Sie nahm ihn an der Hand und zog ihn zum Haus. »Es schadet übrigens nicht, dass du immer noch so gut aussiehst.«

»Du meinst, du schaffst es immer noch, mich schön zu trinken?«

»Das muss ich gar nicht, aber manchmal bringst du mich dazu«, sie lachte und seufzte dann. Sie wusste, dass sie es jetzt zur Sprache bringen musste, denn sonst würde es den ganzen Abend wie eine dunkle Wolke über ihr hängen. »Abbey und Link lassen sich scheiden.«

»Ach ja? Deshalb also das Thema Scheidungen?«

»Ja. Link hat es ziemlich aus der Bahn geworfen, dass er betrunken am Steuer erwischt worden ist und deshalb seinen Job verloren hat. Er ist noch nicht wieder auf die Füße gekommen – nicht so, wie man es eigentlich von ihm hätte erwarten können.«

George schüttelte den Kopf. »Ich habe gehört, dass er immer noch gern zur Flasche greift. Das hilft vermutlich nicht gerade.«

»Woher weißt du das?«, fragte Mary Ann.

Er zuckte mit den Schultern. »Das hier ist ein kleiner Ort.«

»Ich wünschte, es gäbe etwas, was wir für seine Kinder tun könnten.«

Er streifte ihr die allmählich ergrauenden Haarsträhnen aus dem Gesicht und sah ihr in die Augen. »Mary Ann, wir haben fünf Kinder und zwölf Enkel. Bitte setz jetzt nicht noch mehrere tausend ehemalige Highschoolschüler auf deine Sorgenliste.«

»Zum Glück rufen mich nicht alle meiner Schüler gleichzeitig an.«

»Trotzdem hast du alle Hände voll zu tun, vor allem zurzeit.«

Mary Ann wunderte sich über diese Feststellung. »Wie kommst du darauf?«

»Gute Elfen sind schwer zu finden. In wenigen Wochen ist Weihnachten. Hast du schon welche eingestellt? Deine Werkstatt aufgerüstet? Die Rentiere gefüttert?« Er lächelte. »Auch die wollen gefüttert werden, das weißt du doch bestimmt.«

Sie verdrehte die Augen. Hätte er sie nur nicht an diese Anna-Claus-Geschichte erinnert! »Noch nicht. Aber ich habe die Sofakissen der Familie Claus aufgeschüttelt. Du bist also versorgt.«

Die beiden liefen langsam zu ihrem alten Farmhaus. Die Lampe auf der hinteren Veranda leuchtete warm. Der Mond schlüpfte hinter den dunklen Wolken hervor, und der modrige Geruch des Spätherbstes wehte von den baumbestandenen Hügeln herab, die den Kill Creek wie kampferprobte Wachposten umrahmten. George hielt Mary Ann die Küchentür auf, und sie gingen einträchtig hinein.

6. KAPITEL

»Ich mache Rührei«, verkündete Laura. »Willst du auch?«
Todd saß in seiner ausgebleichten blauen Jogginghose auf der Couch. Elle ließ mit der Schnauze einen Golfball über den Teppich rollen, Gracie lag in der Küche und beobachtete Laura. »Gern«, erwiderte er. »Kann ich meines mit Käse haben?«

Laura arbeitete einen Tag am Wochenende im Gesundheitszentrum von Crossing Trails und hatte dafür am Freitag frei. Todd arbeitete am Samstagvormittag im Tierheim. Freitagvormittags mussten also beide nicht zur Arbeit.

Nun versuchte sie, Todd wieder mal ein wenig anzustupsen. »Ich habe mir überlegt, dass wir nächsten Freitag unsere Eltern zum Abendessen einladen könnten und ich was Gutes koche – so eine Art Willkommensfeier zu deiner Rückkehr. Was hältst du davon?«

»Ich muss meinen Eltern noch sagen, dass wir zusammengezogen sind.« Als Todd sah, dass sich Lauras Gesicht verzog, setzte er hinzu: »Ich fahr raus und red mit ihnen.«

»Gut. Es wäre wohl besser, wenn sie es nicht erst merken, wenn sie zum ersten Mal vor unserer Haustür stehen.«

Todd wechselte das Thema. »Wir müssen Elle besser im Auge behalten. Gestern hat mich der Hausverwalter angerufen. Jemand hat sich beschwert, dass sie zu laut ist.«

Auch nach einer Woche Zusammenleben gab es noch genügend Dinge, die geklärt werden mussten – etwa, wo man seine Zahnbürste hinstellte, wer kochte und wer putzte. Laura hatte Todd endlich dazu gebracht, die Kühlschranktür richtig zu schließen; allerdings erst, nachdem sich Elle eines Abends bei allem, was im Kühlschrank in ihrer Reichweite lag, selbst bedient hatte. Sie arbeitete noch daran, Todd dazu zu bringen, Saft oder Milch in ein Glas zu gießen und nicht aus dem Karton zu trinken. Im Großen und Ganzen lief alles recht gut, doch Laura bemerkte, dass sich ein deutliches Muster abzeichnete: Todd war überwiegend damit beschäftigt, sich um Hunde zu kümmern, und nur am Rande an Menschen und dem Haushalt interessiert – etwa, seinen Eltern zu erklären, dass er, nachdem er drei Jahre mit seiner Freundin zusammen war, nun mit ihr zusammengezogen war. Sie seufzte. Jetzt war er schon wieder zu seiner Hündin abgeschweift.

»Ach ja? Was hat sie denn angestellt?«, fragte sie, während sie den Schinken mit einer Gabel aus der Pfanne holte.

»Ich glaube, wenn sie sich langweilt, fängt sie an, Krach zu machen.«

Laura wunderte sich nicht. Mit Todd zusammenzuziehen hatte sie noch keine Minute bereut. Mit Elle zusammenzuziehen war etwas anderes. »Sie kann einen ganz schön auf Trab halten.«

»Ich werde Hayley fragen, ob es in Ordnung geht, und dann nehme ich sie nächste Woche vielleicht einfach mit in die Arbeit.«

Todd hatte beschlossen, dass es seine Schuld war, wenn Elle Probleme machte. Sie liebte den Kontakt zu Menschen, und deshalb war sie unglücklich, wenn sie alleine war. Es tat ihr nicht gut. Wenn er sie mit in die Arbeit nahm, konnte sie ihn im Tierheim auf Schritt und Tritt begleiten, und er konnte sie im Auge behalten. Hayley hatte zugestimmt, ein paar Ausbildungsprojekte in Angriff zu nehmen. Elle konnte eines davon sein. Es würde nicht leicht werden, einen guten Platz für sie zu finden, doch er war nicht bereit, bei ihr die Segel zu streichen. Noch nicht. Auch wenn er nicht recht wusste, wo Elle am besten hinpassen würde.

»Was hast du denn mit Elle vor?«, fragte Laura fast wie auf ein Stichwort hin. Offenbar dachten beide gerade in dieselbe Richtung.

»Ich weiß nicht. Ich bin ein bisschen besorgt wegen ihr.«

»Hast du denn schon irgendwas für sie in Aussicht?«

»Eine Freundin meiner Mutter, die ebenfalls Lehrerin ist, hat mir erzählt, dass sie in der Schule an ein Leseprojekt denken, bei dem Hunde zum Einsatz kommen sollen.«

Laura schaufelte Todds Rührei auf seinen Teller. »Ich glaube, davon habe ich gehört. Aus welchem Grund auch immer lesen Kinder Hunden gern etwas vor. Glaubst du, dass Elle sich dafür eignen würde?«

»Elle ist fantastisch mit Kindern, aber ob es ihr Spaß macht, still sitzenzubleiben, bezweifle ich.«

Sie setzten sich zum Essen an den kleinen Küchentisch. »Sie frisst gern Papier. Vielleicht sind die Bücher nicht sicher vor ihr«, gab Laura zu bedenken.

»Erinnerst du dich noch an den wundervollen alten Labrador, von dem ich dir erzählt habe? Der letzte Woche ins Heim gekommen ist?«, fragte Todd.

»Der dich an Christmas erinnert? Er heißt Max, richtig?«

»Ja, genau. Max passt vielleicht besser in das Leseprojekt.«

Todd hatte Max rasch ins Herz geschlossen. Der Hund war sehr geduldig, aber weil er alt war, würde es vermutlich schwierig werden, einen guten Platz für ihn zu finden – wie das auch bei Elle der Fall war. Sobald der Weihnachtstrubel vorbei war, wollte Todd anfangen, die Hündin für dieses Projekt zu trainieren. Bis dahin wollte er an Elles Gehorsam arbeiten, und er hoffte, dass sich im Lauf der Zeit auch für sie ein gutes Zuhause finden lassen würde.

»Mach dir um Elle keine Sorgen«, versicherte er jetzt Laura ebenso wie sich selbst. »Ich weiß, dass sich etwas für sie ergeben wird. Bis dahin kann sie ja bei uns bleiben.«

Laura dachte, dass es für alle Beteiligten vermutlich besser wäre, wenn sich für Elle möglichst bald eine dauerhafte Lösung außerhalb ihrer Wohnung finden ließe, doch sie wusste, wie sehr Todd an dem Hund hing, und sagte es deshalb nicht. »Na gut, dann versuchen wir's eben mal so«, beendete sie das Gespräch.

Am Montagmorgen um zehn Uhr musste Todd zugeben, dass sein Plan, Elle in die Arbeit mitzunehmen, ein paar Haken hatte. Hayley hatte mit ihrer Vermutung recht gehabt, dass sie in den ersten Monaten im Tierheim sehr beschäftigt sein würden. Ihre Einrichtung war die Einzige im ganzen Bezirk, in der schwer vermittelbare Tiere nicht eingeschläfert wurden. Es landeten also mehr als genug Tiere bei ihnen. Sie mussten zusehen, dass ihr Projekt, Tiere an den Feiertagen in Pflegestellen zu geben, in die Gänge kam. Todd hielt drei Mal die Woche einen Obedience-Kurs für Hunde ab, und ihre Schützlinge, aber auch potenzielle Adoptivfamilien brauchten schier unendlich viel Aufmerksamkeit und Zeit. Für die Ausbildung einzelner Hunde blieb somit kaum Zeit, zumindest nicht im Moment.

Todd überlegte, ob aus Elle vielleicht eine Assistentin im Tierheim werden könnte, eine Art Begrüßungskomitee für neue Hunde, die ihnen half, sich an ihre neue Umgebung zu gewöhnen. Er versuchte es ein paar Stunden lang, doch Elle schien der Aufgabe nicht gewachsen zu sein.

Elle war ein Menschenhund, sie zeigte wenig Interesse daran, ihre Hundebrüder und -schwestern zu trösten. Eine ganze Reihe anderer Dinge hingegen gefielen ihr sehr. Als Todd den Boden wischen wollte, dachte er, sie könnte ja einfach mitkommen, doch sie war ihm nur im Weg. Sie steckte die Schnauze in den Mülleimer und verteilte den anregenden Inhalt auf dem ganzen Fußboden. Als er die Hunde füttern wollte, versuchte sie, den Karren, auf dem das Futter stand, umzustoßen, um als Erste an das Fressen zu kommen. Gegen Ende des Tages wollte Todd im Eingangsbereich mit Interessenten für einen Hund sprechen, und Elle versuchte unaufgefordert, auf den Schoß einer älteren Besucherin zu springen. Hayley musterte sie missbilligend, und Todd wusste, dass ihm Ärger ins Haus stand. Er kam Hayley zuvor. »Keine Sorge, ich setze sie in eine der leeren Boxen.«

»Gute Idee«, erwiderte Hayley. »Elle, aus dir wird wohl eher kein Diensthund werden. Dafür bist du Amerikas allererster Bärendiensthund. Wir sind echt stolz auf dich«, setzte sie scherzhaft hinzu.

Todd brachte Elle in den hinteren Teil des Tierheims und steckte sie in eine der leeren Einzelboxen, in denen neue Hunde vierundzwanzig Stunden lang untergebracht wurden, um sicherzugehen, dass sie nicht krank waren. Nachdem er die Tür der Box geschlossen hatte, kniete er sich davor und sagte: »Es tut mir leid, Elle, aber du musst jetzt hier auf mich warten. Ich habe noch einiges zu erledigen.«

Sobald Todd verschwunden war, begann Elle, in der Box unruhig zu werden und lautstark nach Todd zu bellen, damit er sie wieder freiließ. Sie hörte nicht damit auf, bis sie völlig erschöpft war. Erst dann legte sie traurig den Kopf auf ihre großen Vorderpfoten und döste resigniert vor sich hin.

Als Doc Pelot zu seiner täglichen Runde vorbeikam, warnte Hayley ihn vor Elle. Sie war ein lustiger Hund, ein netter Hund, ein liebevoller Hund, der ein gutes Zuhause verdiente. Doch sie war kein guter Dienst- oder Assistenzhund, und es würde auch nie einer aus ihr werden. Nicht jeder Mensch hat das Zeug dazu, ein guter Herzchirurg zu werden, und genauso konnte nicht jeder Hund ein Assistenzhund sein. Die offenkundige Zeitverschwendung frustrierte Hayley, und all dies erklärte sie auch dem Doc. »Warum hängt er nur so an diesem Hund?«, fragte sie abschließend.

Doc Pelot versuchte, es ihr zu erklären. »Hayley, wenn du lang genug darüber nachdenkst, dann wirst du das bestimmt verstehen.«

Wann immer sie darüber nachdachte, wusste sie, dass sie es durchaus verstand. Wo sollte Elle landen, wenn nicht bei Todd? Jetzt schüttelte sie jedoch nur den Kopf und meinte: »Sie haben recht. Danke. Ich werde versuchen, geduldiger zu sein.«

An ihrem zweiten Tag in der Arbeit mit Todd fand Elle eine neue, andere, ebenfalls sehr lästige Weise zu nerven. Sobald sie in die Box verfrachtet worden war, legte sie den Kopf zurück und fing aus tiefster Seele an zu heulen wie ein Wolf. »Whuu! Whuu!« Zuerst war es lustig, wie diese besonderen Laute es schafften, den Radau im Tierheim – klirrende Schüsseln, kläffende Hunde, redende Menschen – zu übertönen, doch Elles Hundeoper war nur ein paar Takte lang unterhaltsam. Nach einer Stunde ging das Geheule selbst Leuten, die daran gewöhnt waren, dass Hunde den ganzen Tag lang kläfften, auf die Nerven.

Todd eilte zur Box und starrte Elle an. Sie wedelte mit dem Schwanz. Offenbar war sie richtig stolz darauf, dass sie es geschafft hatte, ihn auf Befehl herbeizurufen. Todd stemmte die Hände in die Hüften. »Kannst du mal Ruhe geben?«

Sie schien zufrieden zu sein. Todd machte kehrt, doch er war noch keine zehn Meter von der Box entfernt, als Elle den Kopf wieder entschlossen in den Nacken legte und ihre Trauerarie von neuem sang. »Whuu! Whuu!«

Todd drehte sich um und deutete mahnend mit dem Finger auf sie. »Nein, Elle! Das ist mein Ernst. NEIN!«, sagte er mit sehr fester Stimme.

Doch sobald er sich ein paar Schritte entfernt hatte, begann sie wieder von vorn. Elle war sehr ausdauernd. Die Leute hielten Todd für einen fantastischen Hundetrainer. Elle stand ihm in nichts nach und war eine fantastische Menschentrainerin.

Todd stapfte zur Box zurück. »Elle, nein! Hör auf! Du kannst nicht so weitermachen!«

Seine Worte prallten an ihr ab. »Whuu!«, tönte sie erneut.

»Jetzt reicht's.«

Er öffnete die Tür der Box. »Elle, wenn du nicht ruhig sein kannst, dann musst du raus. Du bekommst einen der Hundeausläufe ganz für dich. Ich muss ein wichtiges Gespräch mit meiner Mutter führen, auch wegen dir.«

Er brachte Elle in einen leeren Auslauf. Doch schon nach fünf Minuten ging es wieder los. »Whuu!«

Bald konnte Todd es nicht mehr ertragen. Er ging nach draußen, hob Elle hoch und ließ es zu, dass sie sich in seinen Arm kuschelte. »Bist du jetzt glücklich?«

Sie wedelte eifrig mit dem Schwanz. Ja, jetzt war sie endlich glücklich.

Hayley streichelte die Kleine. »Todd, ich glaube kaum, dass aus Elle je ein Assistenzhund wird, der im Tierheim irgendeinen nützlichen Dienst verrichten kann. Grundsätzlich ist die Idee aber nicht schlecht. Vielleicht probierst du es mal mit einem anderen Hund?«

Todds Miene spiegelte seine Mutlosigkeit. Er sah aus, als hätte er soeben wieder mal einen Algebra-Test nicht bestanden. »Ja, du hast recht. Sie macht sich nicht so gut. Ich habe noch nie einen Hund gehabt, den ich nicht trainieren konnte. Ich weiß nicht, was ich falsch mache.«

Er tat Hayley leid, aber trotzdem durfte sie ihm nichts vormachen. »Es gibt bestimmt etwas Besseres für sie. Du hast es nur noch nicht gefunden.«

Todds Anruf an diesem Tag hatte Mary Anns Sorgen bestätigt. Schon zwei Mal hatten George und Mary Ann ihren Sohn angerufen und ihm vorgeschlagen, dass sie ja mal vorbeikommen und Todds neue Wohnung besichtigen könnten, und zwei Mal hatte er sie vertröstet. Und dann hatte er seine Mutter in der Schule während der Mittagspause angerufen. »Mom, ich muss mit dir und Dad etwas besprechen. Etwas Wichtiges.«

»Wir können ja bei dir vorbeischauen«, schlug Mary Ann erneut vor.

»Hm. Kann ich heute nach der Arbeit vielleicht zu euch kommen? So gegen fünf? Ist es okay, wenn ich Elle mitbringe?«

»Natürlich«, erwiderte Mary Ann mit Wärme. »Willst du zum Abendessen bleiben? Wir haben noch ein paar Reste von Thanksgiving in der Tiefkühltruhe.«

Er zögerte. »Eher nicht.«

»Auch gut, Todd. Dann reden wir einfach nur.«

»Vielleicht werdet ihr enttäuscht sein.«

Mary Ann wusste nicht, was sie von dieser Bemerkung halten sollte. Sie hatte ihren Sohn dieses Wort noch nie in dieser Weise sagen hören. »Todd, wir sind so gut wie nie von dir enttäuscht. Doch selbst wenn wir es wären, würden wir darüber hinwegkommen.«

Mary Ann hegte einen gewissen Verdacht: Todd hatte sieben Hunde in seiner Wohnung. Die Hausverwaltung hatte es spitz gekriegt, und jetzt wollten sie ihn rauswerfen. Er hätte doch einfach in dem Häuschen neben ihnen wohnen können, und George und sie hätten ihm helfen und seine berüchtigten Projekte im Auge behalten können. Aber er war ja entschlossen gewesen, seinen Kopf durchzusetzen und allein in der Stadt zu wohnen. Sie rechnete fest damit, dass ihn irgendeine Katastrophe heimgesucht hatte, obwohl er erst seit ein paar Wochen in seiner Wohnung lebte. George würde ihm helfen müssen. Sie hatte einfach nicht die Zeit dafür, denn sie war vollauf beschäftigt mit Plänen für Anna Claus, den Vorbereitungen für die Feiertage, den Schulaufgaben, die sie korrigieren musste, dem Weihnachtskonzert der Schule, das sie vorbereiten musste, der täglichen Fürsorge für Hank Fisher und die Familie Robinson. Wenn sie mit ihrem Verdacht richtiglag, dann konnte George Todd helfen, in das Häuschen umzuziehen.

Nachdem sie den Hörer aufgelegt hatte, goss sich Mary Ann eine Tasse grünen Tee ein und nutzte den Rest ihrer Mittagspause, um im Internet nach Vorlagen für Santa-Claus-Kostüme zu suchen. Sie war froh, dass das Lehrerzimmer leer war und niemand mitbekam, was sie auf ihrem alten Laptop recherchierte. Allerdings war sie von den Vorschlägen nicht sonderlich angetan, aber das hätte sie eigentlich nicht wundern dürfen. Fast alle Modelle waren auf Männer abgestimmt. Die wenigen, die es für Frauen gab, waren der reinste Witz. Zu aufreizend, zu schlicht oder einfach nur potthässlich. Je mehr sie suchte, desto verzagter wurde sie. Viel Zeit hatte sie nicht mehr, diesen Look hinzukriegen, und sie musste noch ein paar wichtige Entscheidungen fällen. Santa Claus hatte einen Bart. Wie sollte Anna Claus das halten? Nein, kein Bart, beschloss sie. Sie war keine Frau, die vorgab, ein Mann zu sein. Sie war Anna Claus, eine Frau. Natürlich trug Anna Claus keinen Bart. Aber wie sollte sie ohne Bart denn ihr Gesicht verbergen?

Bei weiteren Recherchen stieß sie auf eine Quelle, die behauptete, dass Santa Rot trug, um seine Rolle als rauer Naturbursche zu symbolisieren. Das leuchtete ihr ein: Santa flog mitten im Winter auf einem Schlitten durch die Lüfte. Das Weiß in seiner Kleidung symbolisierte angeblich Liebe und Großzügigkeit.

Die traditionellen Porträts einer plumpen, fröhlichen Mrs Claus waren fade und altmodisch. Aus ihrem Image ging nur hervor, dass sie Santas kleines Frauchen war. Doch genau an diesem Punkt witterte Mary Ann ihre Chance. Wenn niemand wusste, wie Anna Claus aussah, konnte sie ein Kostüm ganz nach ihrem Geschmack entwerfen. Je mehr sie darüber nachdachte, desto mehr fragte sie sich, ob sie die ganze Santa-Geschichte nicht ein wenig modernisieren sollte. Sie war sich nicht einmal sicher, ob sie in der herkömmlichen Form überhaupt noch sinnvoll war.

Warum sollte man Kinder zu dem Glauben verleiten, dass ihr Glück einzig und allein darin wurzelte, beschenkt zu werden?

Mary Ann klappte zweifelnd ihren Laptop zu. War es wirklich eine gute Idee, Santa Claus komplett umzuschreiben? Vielleicht führte das ja zu einem Aufstand. Vielleicht sollte sie die Tradition einfach fortführen, jedoch mit einem weiblichen Anstrich versehen?

Ein Gedanke nagte besonders heftig an ihr. Ein Gedanke, der den meisten Menschen ab und zu kam. War Weihnachten nicht zu einem Marathon der Maßlosigkeit verkommen, bei dem es hauptsächlich um Kommerz ging? Trug Santa Claus eine Teilschuld daran, dass dieses Fest so ausuferte? War seine Botschaft immer noch die beste Botschaft, die man Kindern verkünden konnte? Falls Anna Claus eine andere Botschaft zu verkünden hatte als Santa Claus, wie sollte sie lauten? Mary Ann hörte Santa die Kinder fragen: »Und was wünschst du dir zu Weihnachten?« Vielleicht war das ja die falsche Frage. Und wenn ja, wie lautete dann die richtige?

Sie musste vorsichtig sein. Natürlich klagten viele Leute darüber, wie kommerziell Weihnachten geworden war. Aber hieß das denn, dass sie bereit waren, Weihnachten in einem anderen Licht zu sehen?

Nach der Schule wollte Mary Ann bei Hank vorbeischauen, dessen Haus auf dem Weg zu ihrer Farm lag. Hanks Kinder lebten nicht in der Nähe, und sie hatte ihnen versprochen, ab und zu nach der Arbeit oder an den Wochenenden nach ihrem Vater zu sehen. Hank war einen

Großteil ihres Erwachsenenlebens ihr Nachbar gewesen. Da ihre Eltern längst verstorben waren, kümmerte sie sich sehr gern um Hank und genoss die Zeit mit ihm sehr. Hank hatte zweiundvierzig Jahre lang den Santa Claus gespielt. Vielleicht hatte er ja eine Erleuchtung, was das Dilemma Anna Claus versus Santa Claus betraf.

7. KAPITEL

Link rutschte unruhig auf seinem Plastikstuhl herum. Er und Abbey saßen im Untergeschoss des Landratsamtes in einem nüchternen Raum, ausgestattet mit einer Weißwandtafel und ein paar weiteren Plastikstühlen, und warteten. Nach und nach kamen weitere Leute herein und setzten sich – weitere Paare, überwiegend sehr still, die aus demselben Grund wie sie in diesen Unterrichtsraum bestellt worden waren. Ob es den anderen Männern wohl genauso ging wie ihm? Er hatte das Gefühl, dass er mit einer Fremden redete, nicht mit seiner Frau. »Ich finde es furchtbar, hier herumzusitzen«, sagte er.

»Das kann ich gut verstehen«, sagte Abbey. »Aber ob es dir nun gefällt oder nicht, es ist nötig.«

»Ach ja?«

»Es war eine gerichtliche Auflage. Hast du das denn vergessen?«

Link schnaubte abfällig. »Wir brauchten keine Elternkurse, als wir beschlossen haben, dass wir Kinder haben wollten. Warum brauchen wir jetzt einen? Nur weil du beschlossen hast, dich von mir scheiden zu lassen?«

Abbey war es leid, dass er stur darauf beharrte, ihr die Schuld an der Scheidung in die Schuhe zu schieben. Dieser Kurs war auf Familien mit Kindern angelegt, die besonders große Konflikte hatten. Abbey war sich sicher, dass der Richter ihnen aufgetragen hatte, den Kurs zu besuchen, weil er Links Entscheidungen vor Augen gehabt hatte, nicht ihre. Eigentlich sollte sie sich beklagen, nicht er. Sie hatte einen Großteil der elterlichen Pflichten und nahezu die gesamte finanzielle Last zu tragen. Trotzdem hörte er nicht auf zu meckern.

Langsam atmete sie ein und aus und wartete darauf, dass ihr Zorn sich auflöste. Sei nüchtern, mahnte sie sich. Sachlich und nüchtern. Diesen Rat hatte sie auch in den Kursunterlagen gelesen.

»Unsere Scheidung ist auf einem schlechten Weg, Link. Deshalb hat uns der Richter hierher bestellt.« Sie konnte sich zwar nicht vorstellen, dass eine Scheidung sich auf einem guten Weg befinden konnte, aber Link machte die Sache nur noch schlimmer. Ihr fiel ein, dass Link vielleicht wirklich nicht wusste, warum sie zu diesem Kurs verdonnert worden waren. Vermutlich hatte er sich noch nicht mit dem Unterrichtsmaterial beschäftigt. Das sähe ihm durchaus ähnlich. Aufzukreuzen, aber nicht wirklich anwesend zu sein. Da zu sein, ohne teilzunehmen. »Hast du die Sachen gelesen, die uns der Richter geschickt hat?«, fragte sie. »Ich fand sie sehr hilfreich. Und sie würden vielleicht auch dir helfen zu verstehen, warum wir hier sind und was wir hier lernen sollen. Deshalb hat man uns die Sachen im Voraus geschickt. Du weißt schon, um sie zu lesen.«

»Na klar. Ich habe sie mir angesehen. Ein geschiedenes Elternteil zu sein ist schwierig. Wenn wir unsere Scheidung nicht richtig hinbekommen, bezahlen vielleicht die Kinder den Preis dafür. Das ist ja wohl der Kern dieser Aussagen.«

»Also hast du die Broschüre gelesen?«

Link zögerte. »Ich lese sie später zu Ende.«

Sie seufzte. »Das hab ich mir doch gleich gedacht.«

Link richtete sich auf und beugte sich zu Abbey vor. »Warum soll ich mir die Mühe machen, das Zeug zu lesen? Du tust, was du dir vorgenommen hast. Ich habe dabei nicht viel zu melden. So ist das doch, oder?«

Sie starrte ihn böse an. Diese lächerlich hohen Wangenknochen, das wellige braune Haar, der Zweitagesbart. Die Baseballkappe lässig in die Stirn geschoben. Er sah verdammt gut aus. Wieder musste sie sich mahnen: Bleib nüchtern und sachlich. Geh ihm nicht auf den Leim. »Du hattest sehr oft die Wahl, Link, und zwar viele Jahre lang. Du hast ein paar gute Entscheidungen getroffen, aber auch sehr viele schlechte. Bestimmt habe auch ich meinen Teil dazu beigetragen. Deshalb sind wir ja hier. Das hier ist nicht meine Scheidung und auch nicht deine Scheidung. Es ist unsere Scheidung.« Sie wusste nie, wie viel Aufrichtigkeit er verkraften konnte, aber es machte wenig Sinn, bei ihm auf einen besseren Tag zu hoffen.

Er starrte sie ausdruckslos an. Sie kannte diesen Blick: Ich will das nicht hören. Verschon mich mit deiner ewigen Nörgelei.

Sie reagierte darauf, als hätte er es laut gesagt. »Link, rede dir bitte nicht ein, dass du das Opfer irgendeiner Laune meinerseits bist. Vielleicht hattest du am Anfang dieser Scheidung wenig Mitspracherecht, aber bis wir an diesen Punkt kamen, hattest du immer genügend zu sagen, und deshalb sind wir jetzt hier. Du musst endlich darüber hinwegkommen, dass ich die Scheidung beantragt habe. Du hast dich jahrelang so aufgeführt, als wäre diese Ehe längst vorbei. Wir müssen uns jetzt auf eines konzentrieren; denn an diesem Punkt ist nur eines wirklich wichtig: wie die Scheidung sich auf unsere Kinder auswirkt.«

»Habe ich ein Mitspracherecht?«

»Selbstverständlich. Beschäftige dich mit dem Kursmaterial. Die Kinder brauchen uns beide, jetzt mehr denn je.« Sie legte das blaue Ringbuch, in das sie alle Unterlagen, die sie vom Gericht bekommen hatte, geordnet und abgelegt hatte, auf ihren Schoß. Die Dinge, die sie wichtig fand, hatte sie mit einem gelben Leuchtstift markiert. Nun schlug sie das Kapitel mit den Auswirkungen einer Scheidung auf Kinder auf und reichte ihm den geöffneten Ordner.

Während er so tat, als würde er sich damit beschäftigen, starrte Abbey frustriert vor sich hin. Sie war enttäuscht von seinem mangelnden Interesse bei so einem wichtigen Thema. Aber sie blieb gefasst und entschlossen, nicht die Geduld mit ihm zu verlieren. Sobald sie es den Kindern erzählt hatte, hatte sich etwas in ihr verändert. Sie fühlte sich jetzt stärker; fähiger, sich dem zu stellen, was vor ihr und ihren Kindern lag. Natürlich war sie immer noch abgrundtief traurig, doch sie hatte begriffen, dass sie ein neues Kapitel aufschlagen musste – mit oder ohne Link.

Er blickte hoch und klappte den Ordner zu. »Weißt du, das alles ist völlig egal, wenn ich nicht mal meine Kinder sehen kann, wann ich will.«

Abbey nahm ihm den Ordner ab. »Und wer ist daran schuld?« Sie wusste, dass er es hasste, wenn er das Gefühl hatte, gerügt zu werden. Aber welchen anderen Ton konnte sie ihm gegenüber anschlagen?

Link schwieg eine Weile, und sie spürte, dass seine Stimmung umschlug. Als er sie wieder ansah, bemerkte sie, dass Traurigkeit an die Stelle seines Zorns gerückt war. »Vielleicht kann ich besser damit leben, wenn ich glaube, dass du an der Scheidung schuld bist. Es ist vermutlich nicht fair von mir, aber ich bin noch nicht dazu bereit, es anders zu sehen.«

Wenn er sich aus seiner Deckung wagte und sich verletzlich zeigte, also ihr gegenüber aufrichtig war, egal, wie kurz, dann erinnerte sie sich daran, warum sie ihn geliebt hatte. Es war nicht nur sein gutes Aussehen gewesen. Er konnte einfühlsam, freundlich, großzügig, ehrlich und auch versöhnlich sein. Doch leider war so etwas in letzter Zeit viel zu selten vorgekommen. Meistens schaltete er einfach nur ab, als würde er sich weigern, sich den schwierigen Herausforderungen in seinem Leben zu stellen. Natürlich war es leichter, sich mit einem Bier in der Hand vor die Glotze zu setzen und ein Spiel anzuschauen. Nun versuchte Abbey, sich ebenso verletzlich und offen zu zeigen. »Ich habe das Gefühl, dass du es nicht ertragen kannst, wenn ich dir gegenüber aufrichtig bin, Link; wenn ich von dir erwarte, dass du Verantwortung übernimmst; dass du der Mann bist, von dem ich weiß, dass du es sein kannst.«

Er brummte und dachte an den wunderbaren Familienurlaub, den sie gemacht hatten, bevor er seinen Job und seine Familie verloren hatte. »Keiner hat mir gesagt, dass es die Disney World nur eine Woche lang geben würde.«

»Und wir konnten uns nicht mal diese eine Woche leisten.« Es tat weh, so mit ihm zu scherzen. Als wäre alles ganz normal. Nichts war normal. Nicht einmal annähernd. »Hör mal, Link, es tut mir leid. Ich weiß, dass du mich hasst, weil ich die Scheidung eingereicht habe. Aber du musst mir vertrauen. Ich habe es nicht aus egoistischen Gründen getan. Ich glaube wirklich, dass es für uns alle das Beste ist. Sonst hätte ich es uns allen nie im Leben auferlegt. Unsere Beziehung war nicht mehr gut für uns alle, und vor allem nicht für die Kinder. Und es ist auch zu deinem Besten.«

Er berührte ihr Knie, sanft, instinktiv. Aus reiner Gewohnheit. »Mein AA-Sponsor – er ist schon ziemlich alt – hat mir gesagt, dass es zum Schwierigsten gehört, Dinge wiedergutzumachen. Es ist einer der zwölf Schritte, aber ich habe vergessen, der wievielte.«

Abbey lächelte schief. »Dazu könntest du ganz schön lang brauchen.« Sie war überrascht, aber auch erfreut, dass er etwas gegen seine Trinksucht unternahm. »Wann hast du denn bei AA angefangen?«

»Ich bin seit drei Wochen nüchtern.«

Sie nahm seine Hand und entfernte sie von ihrem Knie. »Und wann fängst du mit der Wiedergutmachung an?«

»Das liegt noch vor mir.«

»Was hat dir dein Sponsor denn sonst noch gesagt?«

Er sah ihr in die Augen. Zum ersten Mal seit etlichen Monaten entdeckte sie eine Art Frieden in seinem Blick. »Er hat unsere Ehe mit einem Kanarienvogel in einer Kohlengrube verglichen. Als sie tot umgefallen ist, weil sie keinen Sauerstoff mehr bekam, war das eine ernste Warnung, dass es höchste Zeit für mich war, aus dieser Grube aufzutauchen und Luft zu schnappen. Ein paar Dinge zu verändern. Bei ihm war es ein Herzinfarkt, bei mir eine Scheidung.«

»Also hast du dir vorgenommen, mit dem Trinken aufzuhören, und das ist dir jetzt drei Wochen lang gelungen.«

»Ich weiß, dass das noch lange nicht heißt, dass ich über dem Berg bin. Ein Tag nach dem anderen, heißt es in meiner AA-Gruppe. Einen Schritt nach dem anderen.«

»Link, es tut mir echt leid, dass du in diese Grube abgerutscht bist.«

»Ich würde gern wieder rauskommen. Gemeinsam mit dir, meine ich. Ist es zu spät?«

Tränen traten ihr in die Augen. Langsam schüttelte sie den Kopf und flüsterte: »Link, es tut mir so leid, aber wir sind als Paar erledigt. Es ist aus und vorbei.«

Link war an den Rand seines Fassungsvermögens gestoßen worden. Er wandte sich ab und tat so, als würde er die anderen Eltern in diesem Kurs beobachten. War das bei denen auch so? Dass ein Partner versagt hatte und der andere ihm nicht verzeihen konnte? Schließlich schloss er die Augen, verschränkte die Arme und lehnte sich auf seinem Stuhl zurück. Er wollte alldem einfach nur noch entkommen.

Er versuchte, in Worte zu fassen, was in ihm vorging. Es kam ihm vor, als wäre er in einen schrecklichen Unfall geraten. Aber hier ging es nicht um seinen roten Ford F-150, der einen Totalschaden erlitten hatte. Hier ging es um sein zerstörtes Leben. Teile von ihm, so schien es ihm, waren in alle Richtungen versprengt. Offenbar hatte er sein Leben unwiderruflich ruiniert, und dabei auch noch das Leben der Frau, die er liebte, und das seiner Kinder.

Er spürte, wie ihm Tränen hochkamen. Er steckte fest. Er brauchte Abbey, sosehr er sie manchmal hasste. Er schlug die Augen auf und versuchte, wieder mit ihr in Kontakt zu treten. »Wie geht es den Kindern?«

»Sie vermissen dich.«

Es waren nicht so sehr ihre Worte, sondern wie sie sie gesagt hatte. Sie klang vorwurfsvoll, als wollte sie ihm sagen, dass er auch seine Beziehung zu den Kindern ruiniert hatte. Natürlich hatte sie recht, doch das machte es umso schlimmer. Der zornige Link beschloss, den traurigen Link zu retten und sich wieder ins Gespräch einzubringen. Er richtete sich kampflustig auf. Er wollte sich nicht von ihr demütigen lassen. »Sie zu sehen ist echt ein Riesenaufwand. Es nervt. Es lohnt sich nicht«, knurrte er.

Abbey konnte sich diesen plötzlichen Stimmungsumschwung nicht erklären. Sie versuchte, ihn wieder auf den Boden der Tatsachen zurückzuholen. »Du irrst dich, Link. Natürlich lohnt es sich. Sie brauchen dich, jetzt mehr denn je.« Sie musterte den Mann, den sie geliebt hatte und der jetzt so missmutig, verbittert und gebrochen neben ihr saß. »Und du brauchst sie auch.«

Er verdrehte abfällig die Augen. »Warum hast du sie mir dann weggenommen?«

»Link, ich habe sie nicht ...«

Er fiel ihr ins Wort. »Na gut, dann sorge dafür, dass diese Anordnung, dass ich sie nur unter Aufsicht sehen kann, aufgehoben wird. Ich häng doch nicht im Keller der Baptistenkirche rum mit zwei Sozialarbeiterinnen, die mich mit Adlerblicken beäugen.« Sein Zorn wuchs. »Sie notieren sich jedes meiner Worte! Es ist grässlich.« Trotzig schüttelte er den Kopf. »Versuch du es doch mal, nur ein einziges Mal. Dann wirst du schon sehen, ob es dir gefällt, deine eigenen Kinder zu besuchen. Eltern sollten ihre Kinder nicht *besuchen*.«

Abbey weigerte sich, sich von ihm in die Enge treiben zu lassen. Auch ihr Ton wurde nun schärfer. »Ich bin nicht in ihrer Anwesenheit betrunken auf dem Sofa rumgelegen. Ich wurde nicht betrunken am Steuer erwischt, mit den Kindern auf dem Rücksitz. Ich bin auch nicht vor unseren Kindern verhaftet worden.« Es kostete sie große Mühe, hier vor all den anderen Eltern nicht laut loszuschreien. Dass er betrunken Auto gefahren war, konnte sie ihm nie verzeihen, denn er hatte ihre Kinder gefährdet. Ihnen eine derartige Angst einzujagen! Link hatte ihr genügend angetan, doch all diese Dinge konnte sie ihm verzeihen. Nicht hingegen das, was er den Kindern angetan hatte. »Ich bringe kein Fünkchen Mitleid mit dir auf. Übernimm endlich die Verantwortung für das, was du getan hast. Verändere dich. Werde erwachsen!«

»Ja, ja, ich bin ein Klassekerl.« Er wandte sich ab, die Arme vor der Brust verschränkt, und starrte auf die erste Seite der PowerPoint-Präsentation. »Eine höhere Ebene finden: Kinder und Scheidung«, lautete die Überschrift.

In letzter Zeit ging es Link in Abbeys Anwesenheit schlechter, als es ihm ohnehin schon ging. Sie schien wild entschlossen, ihn komplett zu zerstören; ihn wie einen Käfer auf dem Küchenfußboden zu zertreten. Er malte sich aus, wie es wäre, wenn er weit, weit weg wäre, vielleicht in einer abgelegenen Ecke von Kanada, wo er Touristen auf Angeltouren begleiten könnte. Derartige Fantasien hatte er so oft, dass er angefangen hatte, irgendwo anders nach Jobs zu suchen. Hier gab es nichts für ihn. Nicht mehr. Sein Leben und Crossing Trails hinter sich zu lassen erschien ihm überaus vernünftig. Er stählte sich zunehmend gegen Abbey. Wenn sie ihn nicht mehr haben wollte, gut. Wenn sie nicht wollte, dass er die Kinder sah, auch gut. Er würde weiterziehen, die Beziehung verkümmern lassen. Dieses Kapitel seines Lebens hinter sich lassen und irgendwo anders neu anfangen. So wie eine dieser reisenden Bands, die quer durch Amerika touren, würde er einfach seine Sachen packen und zum nächsten Gastspiel aufbrechen. Da sich sein Vater vor vielen Jahren ihm gegenüber genauso verhalten hatte, fiel es ihm leicht, sich ein solches Szenario vorzustellen. Doch gleichzeitig – und das wusste er genau – könnte er sich nicht verzeihen, wenn er diese Gedanken tatsächlich in die Tat umsetzen würde.

Links innerer Monolog wurde unterbrochen, als der Kursleiter, ein Mann mit schütteren Haaren Mitte sechzig, hereintrat. Er bewegte sich langsam und vorsichtig mit Hilfe eines Stockes. Langsam schrieb er seinen Namen an die Weißwandtafel: »Gary!« Als er fertig war, drehte er sich zu den überwiegend jüngeren Paaren in dem kleinen Saal um. »Wir sind heute Abend hier, um über Ihre Kinder und Ihre Scheidung zu sprechen.«

Abbey hoffte, dass der Bursche seinen Job gut machen würde.

Link hingegen hoffte, dass er sich kurz fasste. Wenn nicht, würde er einfach den Raum verlassen. Was konnte der Richter ihm schon antun? Ihm seine Kinder wegnehmen? Ihn nach Alaska schicken? Das käme ihm durchaus entgegen. Vielleicht schickte er ihn ja auch in eine entlegene Ecke von Kanada, wo es gute Fischgründe gab und man als Angelführer eine Stange Geld verdienen konnte.

8. KAPITEL

Hanks Haus war selbst für das ländliche Kansas sehr schlicht. Sein Urgroßvater hatte es 1884 über dem Keller der ursprünglichen Blockhütte errichtet. Den alten, damals noch von Hand ausgegrabenen Keller gab es noch immer. An seinen Wänden reihten sich Holzregale voller Einmachgläser mit Tomaten, Mais, grünen Bohnen und längst verblichenem Datum. Um 1960 herum war auf der Rückseite des Hauses eine neue Küche angebaut worden, und die Fishers hatten beschlossen, sich auch den Luxus eines kleinen Badezimmers zu gönnen. An der Westseite des Hauses lagen zwei Schlafräume, an der Ostseite die lang gezogene Wohnstube mit Holzdielen aus Rotkiefer und einem gusseisernen Ofen, der sich redlich bemühte, das Haus in den kalten, schneereichen Wintern zu heizen.

So bescheiden das Haus auch war, Hank achtete stets darauf, es ordentlich und sauber zu halten. Er war nie darauf aus gewesen, seinen materiellen Besitz zu mehren, doch das, was er hatte, pflegte er hingebungsvoll. Wie viele Familien im ländlichen Raum besaß er nicht viel Geld, aber viel Land. Er las regelmäßig in der Bibel und nahm die Stellen ernst, in denen vor protzigem Reichtum gewarnt wurde. Für ihn waren materielle Güter die Kamele, die nie durch das sprichwörtliche Nadelöhr passen würden.

Je mehr es mit seiner Gesundheit bergab gegangen war, desto stärker hatte Hank die Arbeit auf seiner Farm reduzieren müssen. Vor ein paar Jahren hatte er seine Milchkühe verkauft, für die verbleibenden Aufgaben holte er sich, wenn nötig, ein paar Helfer. Seine Frau lebte nicht mehr, seine Kinder waren längst erwachsen. Sie führten ihr eigenes Leben in modernen Vorstadtsiedlungen – für Hank eine völlig fremde Welt. Er hatte sein ganzes Leben auf der Farm verbracht und kannte nichts anderes. Ein Umzug hätte für ihn bedeutet, dass er resignierte und sich mit dem Tod abfand. Deshalb versuchte er, so unabhängig wie möglich, weiterhin auf seiner Farm zu existieren. Allerdings wusste er selbst, dass er es nur mit Hilfe von Freunden und Verwandten schaffte, so schwer es ihm auch fiel, Hilfe anzunehmen. Er versuchte immer wieder mal, George und Mary Ann für ihre Unterstützung zu bezahlen, aber sie weigerten sich standhaft, ein Entgelt, das über ihre Freundschaft hinausging, anzunehmen.

Nachdem Mary Ann ihn benachrichtigt hatte, dass sie bei ihm vorbeischauen würde, hievte er sich aus seinem Stuhl, humpelte ins Gästezimmer und öffnete die alte Truhe, die dort stand. Er wollte George etwas geben. Als er fand, wonach er gesucht hatte, steckte er es in eine Stofftasche und kehrte zu seinem Stuhl zurück, während er versuchte, die Schmerzen in seinen Beinen und seinem Rücken davon zu überzeugen, ihn endlich in Frieden zu lassen. »Findet doch mal ein neues Zuhause!«, murrte er. Als er sich etwas entspannt hatte, schloss er die Augen, um ein bisschen zu dösen, doch bald wurde er durch ein Klopfen an der Tür geweckt. Er richtete sich auf und atmete tief durch, damit er laut und deutlich rufen konnte: »Herein!«

Mary Ann brachte stets viel Energie mit. Sie selbst stellte immer wieder fest, dass sie älter wurde, doch für Hank war sie noch das junge Mädchen, das er einen Großteil ihres Lebens gekannt hatte.

»Guten Morgen, Hank.« Sie drückte ihm einen Kuss auf die Wange und ging gleich weiter. »Ich leg dir rasch was in den Kühlschrank – noch ein paar Reste von Thanksgiving.«

»Ich bin mit dem letzten Teller, den du mir gebracht hast, noch nicht fertig.«

Mary Ann schloss die Kühlschranktür und drehte sich besorgt zu Hank um. »Isst du denn ordentlich?«

Er lachte. »Du bringst so viel vorbei, dass es ein alter Mann einfach nicht schaffen kann.«

Mary Ann zuckte mit den Schultern. Wahrscheinlich hatte er recht. Er aß einfach nicht mehr so viel. Sie trat zu ihm und forschte nach Anzeichen von Schmerzen oder einer Krankheit. »Fühlst du dich denn wohl?«

»Das willst du gar nicht wissen.«

»Was ist los, Hank? Fühlst du dich schlapp? Ärgern dich deine Gelenke wieder?«

Er nickte. »Jawohl. Ich hab auf nichts Lust. Ich bin so faul wie ein Coonhound im August.« Er klopfte auf die Armlehne seines Sessels. »Ich verbringe mein Leben zwar in einem komfortablen Sessel, aber das macht mein Leben noch lange nicht bequem. Nicht mehr.«

Auf seinen roten Wangen, die aussahen, als hätten sie von all den Jahren im Freien einen dauerhaften Sonnenbrand, zeigten sich kleine zerplatzte Äderchen. Hank war zeit seines Lebens davon überzeugt gewesen, dass mit harter Arbeit und Beharrlichkeit fast jede Herausforderung zu bewältigen war. Als die Fähigkeit, Dinge anzupacken, ihn zunehmend verließ, hatte er Kraft und Lebensinhalt in seinen Freundschaften und kleineren Projekten gefunden, mit denen er einen Beitrag zum Gemeinwohl leisten konnte. Wie zum Beispiel das neue Tierheim »Wie geht es dir denn?«

»Hank, ich wollte mit dir mal über deine Santa-Pflichten reden.« Sie hatte sich vor diesem Gespräch gescheut, doch George hatte natürlich recht gehabt. Sie hatte sich gewünscht, dass Hank wie immer den Santa spielen konnte, und dabei übersehen, dass es wirklich zu viel für ihn gewesen wäre.

Er senkte den Kopf. »Mary Ann, ich habe beschlossen, dass ich es nicht mehr machen kann. Ich habe nicht mehr die Kraft dazu.«

»Das ist doch völlig in Ordnung. George hat mir gesagt, dass du dazu tendierst, und der Büchereivorstand hat tatsächlich auch schon andere Möglichkeiten erwogen«, erklärte Mary Ann, auch wenn sie es als grobe Vereinfachung betrachtete, das, was an jenem schicksalsträchtigen Treffen abgelaufen war, so zusammenzufassen.

»Welche zum Beispiel?«, fragte Hank einigermaßen erleichtert, dass man dort zu demselben Schluss gekommen war wie er.

»Na ja – mir persönlich wäre es am liebsten gewesen, wenn du es weiterhin gemacht hättest, aber wir haben eingesehen, dass selbst Santas Kräfte irgendwann nachlassen, und uns deshalb einen Ersatzplan ausgedacht.«

»George?«, schlug Hank hoffnungsvoll vor.

»Nein. Wir haben in eine – in eine ganz andere Richtung gedacht, nämlich, dass es doch mal lustig wäre, wenn dieses Jahr Anna Claus Crossing Trails besucht.«

»Anna wer? Wer zum Teufel ist das denn?«, fragte er verblüfft. »Santas bessere Hälfte?«

»Ja, genau. Wir gönnen Santa eine kleine Pause. Vielleicht möchtest du ja nächstes Jahr den Job wieder übernehmen, wenn es dir ein bisschen besser geht. Ich habe mich zur Verfügung gestellt – natürlich nur, wenn du nichts dagegen hast.«

»Du willst Mrs Santa Claus sein?«

Sie nickte. »Ja, ich habe mich dazu bereit erklärt.«

»Aber wenn du jetzt von mir wissen willst, was du als Anna Claus tun sollst, bin ich überfragt. Ich habe keine Ahnung, wie es ist, Anna Claus zu sein. Was treibt sie denn so?«

Mary Ann zuckte mit den Schultern. »Soviel ich herausgefunden habe, weiß das niemand so genau. Aber vielleicht kannst du mir ja weiterhelfen.«

»Hm. Irgendeine Frauenarbeit, nehme ich mal an, oder?«

Mary Ann spürte ein vertrautes Gefühl in sich aufsteigen. Einen Anflug von Wut. Sie versuchte, ihn zu unterdrücken, denn sie wusste, dass Hank nur eine Vermutung anstellte, nicht eine durchdachte Meinung kundtat. Und außerdem stammte er ja tatsächlich aus einer anderen Generation.

»Wahrscheinlich hast du recht. Die meisten Leute würden jedenfalls davon ausgehen. Sie macht Santas Wäsche und bekocht die Elfen.«

Hank entnahm ihrem Ton, dass sie sich ein wenig über seine Antwort geärgert hatte. »Aber du hast andere Vorstellungen von Mrs Claus?«

»Ich hätte gern andere. Hank, offengestanden frage ich mich, ob das Image der Familie Claus nicht vielleicht ein wenig aufpoliert werden sollte.«

Hank richtete sich auf. »Erzähl mir doch, was du dir so vorstellst.«

»Als Santa vor fast zweihundert Jahren seine Arbeit aufnahm, hatten Kinder nur sehr wenig. Sie brauchten Hoffnung. Manchmal reichte schon ein Apfel oder eine kleine Süßigkeit. Heute haben sehr viele Kinder bereits viel zu viel, und andere haben zu wenig. Fast nichts. Kinder sehen diese Unterschiede, und sie fragen sich, warum Santa den Nachbarskindern alles gebracht hat, was sie sich gewünscht haben, ihnen aber fast nichts. Es sieht dann so aus, als ob Santa ein paar Kinder nach Strich und Faden verwöhne und andere hingegen maßlos enttäuscht. So etwas kann für Kinder ganz schön hart sein. Die Lehrkräfte in der Grundschule beobachten das bei ihren Schützlingen.«

»Aber was kann Santa – ich meine Anna – Claus dagegen tun?«

Mary Ann zuckte ratlos mit den Schultern. »Ich weiß es nicht. Vermutlich ist genau das mein Problem.«

»Ich glaube, dass die meisten Eltern es gutheißen würden, wenn du versuchst, ein paar Dinge zu verändern. Aber vergiss nicht: Es geht nicht nur um die Kinder. Die Eltern erinnern sich an ihre eigene Kindheit. Wenn du zu viel veränderst, nimmst du den Eltern vielleicht etwas weg.«

»Du hast recht. Anna Claus könnte zwar die Tradition verbessern, aber manche finden dann vielleicht, dass ich sie zerstört habe.«

»Du sitzt da wohl zwischen den Stühlen, Mary Ann.«

»Wie meinst du das?«

»Vielleicht ist es ja Annas Aufgabe, ein gewisses Gleichgewicht zu finden.«

Mary Ann schien mit sich zu hadern. »Was immer ich tue, ich fürchte, dass ich die Leute verärgern oder von mir selbst enttäuscht sein werde, weil ich nicht das Richtige tue.«

Hank nickte. »Du hast es ja selbst schon gesagt – niemand weiß, was man von Mrs Claus erwarten soll. Vielleicht liegt es an dir herauszufinden, was es mit ihr auf sich hat.«

Hank lenkte seine Stuhllehne mit einem Hebel in eine aufrechtere Position, dann beugte er sich nach unten und holte eine Stofftasche. »Weißt du, Mary Ann – ich bewundere George.«

»Tun wir doch alle.« Sie lächelte.

»Ehrlich gesagt wollte ich dich bitten, ihm das hier zu geben.« Er reichte Mary Ann die Stofftasche. »Sag ihm das bloß nicht, aber ich finde es jetzt viel spannender, es dir zu geben.«

Mary Ann warf einen Blick in die Tasche. Sie enthielt Hanks altes Santa-Kostüm. »Danke dir.«

»Vermutlich ist es zu groß für dich, aber du sollst es tragen, wenn du kannst.« Er nahm ihre Hand, dann fuhr er fort. »Mary Ann, wenn jemand Weihnachten eine neue Würde und Güte verleihen kann, dann du.«

Am liebsten hätte Mary Ann vor Dankbarkeit geweint. Zum ersten Mal seit dem Vorstandstreffen hatte sie nicht das Gefühl, dass sie einfach nur stur versuchte, etwas zu beweisen. Das Projekt »Anna Claus« ging weit darüber hinaus. Sie beugte sich vor und umarmte den alten Mann.

Er hielt ihre Hand fest. »Ob du dieses Kostüm nun trägst oder nicht, ich habe das Gefühl, dass es dir gelingen wird, in es hineinzuwachsen.«

»Hank, ich werde gut darauf achtgeben. Danke, dass du es mir anvertraust.«

Sie wussten beide, dass sie nicht das Kostüm meinte. Hank hatte Mary Ann seinen Segen gegeben und vertraute ihr, dass sie den Kindern, die an Santa glaubten, dieselbe Zuneigung und Aufmerksamkeit schenken würde, die er in den letzten zweiundvierzig Jahren gezeigt hatte.

Er drückte ihr einen Kuss auf die Wange, dann tätschelte er ihre Hand ein letztes Mal, bevor er sie losließ. »Wenn ich Anna Claus wäre und Hilfe bräuchte, würde ich mich an Mary Ann McCray wenden. Vertraue dir selbst, mehr musst du gar nicht tun.«

9. KAPITEL

Todd nahm Elle an die Leine. Gracie lag vor dem Sofa, ihr Kopf ruhte neben Lauras Füßen. »Ich bin bereit«, sagte er. »Gehen wir.«

»Wohin?«, fragte Laura.

»Zu meinen Eltern. Um es ihnen zu sagen.«

»Bist du deshalb etwas früher heimgekommen?«

»Ich wollte es hinter mich bringen, und...« – Todd zögerte – »...und ich dachte, dass wir es vielleicht gemeinsam tun sollten. Zu ihnen gehen und mit ihnen reden. Was meinst du?« Laura schüttelte den Kopf. »Ich finde das keine gute Idee. Ich habe ohne dich mit meinen Eltern geredet. Erinnerst du dich?«

»Also soll ich das jetzt allein bewerkstelligen?«, fragte Todd zweifelnd.

»Ja. Ich möchte, dass sie sagen können, was sie denken, ohne auf meine Gefühle Rücksicht zu nehmen.«

»Mir sind deine Gefühle wichtig.«

»Das weiß ich. Aber es sind deine Eltern, also musst du es ihnen sagen, und zwar allein.«

»Das kann ich natürlich auch.«

»Gut. Also zieh los und sag es ihnen.«

»Okay. Ich nehme Elle mit.«

»Wenn du meinst.«

Als er neunzehn Jahre alt war, hatte sein Vater ihm den alten blauen GMC Pick-up geschenkt. Todd liebte diesen Wagen und pflegte ihn sorgfältig, auch wenn er seine besten Jahre hinter sich hatte. Das Beifahrerfenster klemmte und schloss nicht ganz. Das kam Elle sehr gelegen. Sie stellte sich auf die Hinterbeine und streckte den Kopf aus dem Spalt. Ihre großen Schlappohren wurden von der kühlen Dezemberluft nach hinten geweht. Hier konnte sie ungestraft heulen, und Todd nahm das als Zeichen, dass es ihr gut ging und sie ihm das gerne mitteilen wollte. Gelegentlich beugte er sich zu ihr und kraulte ihr Hinterteil. Dann drehte sie sich zu ihm um, sah ihn liebevoll an, hüpfte auf seinen Schoß und gab ihm ein kleines Küsschen, bevor sie sich wieder dem Fenster zuwandte mit einer Miene, die auszudrücken schien: »Ist das Leben nicht großartig?«

Todd trug eine Wollmütze und Handschuhe gegen die Kälte. Mit der Linken umfasste er das Steuer, mit der Rechten stabilisierte er Elle, wenn sie das Gleichgewicht zu verlieren drohte. Der Himmel war grau und mit einigen schwarzen Wolken verhangen, aus denen ab und zu ein paar Schneeflocken rieselten. Todd lenkte den Truck um eine sanfte Kurve, die von kahlen Ulmen und ein paar Heckenbäumen gesäumt war. Vor ihm tat sich der vertraute Anblick des Farmgebäudes auf dem McCray-Hügel auf. Sein Zuhause hatte sich immer wie – wie zu Hause angefühlt. Aber heute kam es ihm anders vor. Nicht ganz so behaglich.

Er wusste nicht recht, warum Laura so viel Aufhebens um die Sache machte, aber er vertraute ihr, und er wusste, dass es einiges im Leben gab, das er nicht so ganz verstand. Vielleicht war das hier wieder mal so etwas.

Schließlich bog er auf die Einfahrt seines Elternhauses ein, stellte den Motor ab und öffnete die Tür. Elle sprang aufgeregt aus dem Wagen, lief vor ihm her und als Erste durch die in die Küche führende Hintertür, ganz so, als wäre das hier eher ihr Zuhause als seines. »Mom, ich bin's«, verkündete Todd.

Mary Ann legte die Stoffmuster, mit denen sie experimentiert hatte, auf den Esszimmertisch. Sie hatte sich immer noch nicht entschieden, ob sie versuchen sollte, Hanks altes Kostüm zu retten, oder ob sie ganz neu anfangen sollte. Doch jetzt musste Anna Claus ein Weilchen warten. Sie ging in die Küche, um ihren Sohn zu begrüßen. »Ich habe dich vermisst!« Sie umarmte ihn und legte die Hände auf seine Schultern. »Seit du nach Crossing Trails zurückgezogen bist, warst du erst zwei Mal hier. Warst du denn so beschäftigt?«

Er wandte den Blick ab und sah auf seinen Hund. »Ja, ich war beschäftigt.«

»Na schön. Dann komm mal ins Esszimmer, setz dich und erzähl mir, was so los ist bei dir.«

Als Todd die Stapel von Fotos und Stoffmustern auf dem Tisch musterte, erklärte ihm Mary Ann: »Ich versuche gerade, zu beschließen, wie mein Anna-Claus-Kostüm aussehen soll.«

»Wer ist Anna Claus?«, fragte Todd.

»Sie ist die Frau von Santa, und sie wohnt wie er am Nordpol.«

»Wie kommt es, dass ich noch nie was von ihr gehört habe?«

Mary Ann hob ein paar der Mrs-Claus-Fotos auf, die sie im Internet gefunden hatte, und betrachtete sie. Sie waren hoffnungslos altmodisch. Keines schien den richtigen Ton zu treffen. »Gute Frage«, sagte sie. »Das versuche ich schon seit geraumer Zeit herauszufinden. Der Tisch ist das reine Chaos, und ich kann dieses ganze rot-grüne Zeug schon nicht mehr sehen. Komm, setzen wir uns ins Wohnzimmer.«

Sie ließ sich auf das Sofa fallen, Todd setzte sich auf einen Stuhl und kam allmählich auf sein Anliegen zu sprechen. »Ich bin in meine Wohnung eingezogen.«

»Ja, das weiß ich, und ich finde es sehr aufregend. Lädst du uns denn bald mal ein?«

»Bald.« Elle winselte vor Todds Füßen. Er half ihr, auf seinen Schoß zu hüpfen, wo sie dann wie auf einem Thron saß. Mit Daumen und Zeigefinger massierte er ihr die Pfoten. »Elle macht sich nicht so gut in unserer Wohnung. Und auch nicht in der Arbeit. Sie ist ständig im Weg und hört nicht sehr gut. Und sie bellt zu viel. Aber sie ist trotzdem ein toller Hund.«

Mary Ann hatte Todd und Elle an etlichen Wochenenden in der Arbeit besucht, sodass ihr bewusst war, das der kleine Hund ganz schön anstrengend sein konnte. Sie stand auf und stellte sich auf das ein, was vermutlich gleich kommen würde: *Mom, mein Vermieter macht mir Probleme wegen Elle, und ich dachte, vielleicht wäre Thornes Häuschen doch ein besseres Zuhause...* Sie trat zu ihrem Sohn und legte die Hand auf seine Schulter. »Das tut mir leid. Ich habe Elle sehr gern, aber ich weiß, dass sie ziemlich nerven kann.«

Sie setzte sich auf den Boden. »Komm mal her und besuche Anna Claus«, lockte sie den kleinen Hund. Elle hüpfte von Todds Schoß und tapste zu Mary Ann, wo sie mit einer kleinen Umarmung begrüßt wurde. »Müssen wir dich ins Büro des Schulrektors schicken?«

»Sie ist nicht schlimm.« Todd versuchte, die richtigen Worte zu finden. »Ich weiß, dass sie schwierig ist, aber sie ist einer der liebevollsten Hunde, die ich kenne.« Er lachte, dann gab er zu: »Manchmal enttäuscht sie mich.«

Mary Ann streichelte eines von Elles langen, flauschigen Ohren. »Wenn du dich nicht benehmen kannst, wirst du wohl nicht zum besten Arbeitshund aller Zeiten.«

»Darüber wollte ich mit dir reden.«

»Ja?« Mary Ann war sich ziemlich sicher, was jetzt gleich kommen würde.

»Na ja, du weißt ja, dass Christmas schon ziemlich alt ist. Und er ist Dads Hund.«

Mary Ann nickte. »Die zwei sind unzertrennlich.«

»Ich habe mir gedacht, dass du vielleicht Elle gern als deinen Hund haben würdest. Sie ist ein sehr guter Hund, aber ich bin mir nicht sicher, ob ich einen guten Platz für sie als Assistenzhund finden kann.«

Mary Ann schubste Elle von ihrem Schoß, dann stand sie auf und streifte die Hundehaare von ihren Hosenbeinen. Dieses Gespräch verlief in eine etwas andere Richtung, als sie sich gedacht hatte. Der Hund war zwar das Problem, genau wie sie vermutet hatte – Tiere waren gewöhnlich das Problem bei ihrem Jüngsten –, aber Todd betrachtete das Häuschen nicht als Lösung. Sie würde ihn wohl ein bisschen in diese Richtung lenken müssen.

Sie setzte sich wieder aufs Sofa und beobachtete Elle, die offenbar versuchte zu ergründen, ob sie wieder auf ihren Schoß eingeladen war. Mary Ann bedachte sie mit einem strengen Blick – nicht auf die gute Couch! –, sodass der Hund sich wieder zu Todds Füßen niederließ.

»Todd, ich mag Elle. Sie ist wirklich süß, und ihr Gesichtsausdruck ist ganz entzückend. Aber sie folgt nicht sehr gut, sie ist extrem neugierig, und sie bellt zu viel. Das wissen wir beide. Außerdem ist sie kaum zehn Minuten hier und hat schon so viele Haare verloren, dass man damit eine Matratze stopfen könnte. Ich glaube nicht, dass ich an einem solchen Hund interessiert wäre – selbst wenn ich nach einem Hund suchen würde. Was ich nicht tue. Wenn sie in deiner Wohnung Probleme macht, solltest du vielleicht eine andere Möglichkeit in Betracht ziehen.«

Todd betrachtete Elle. »Könntest du sie wenigstens eine oder zwei Wochen übernehmen? Während ich versuche, ein anderes Zuhause für sie zu finden?«

Mary Ann bemühte sich, standhaft zu bleiben. »Kann sie denn nicht im Tierheim bleiben? Vielleicht findet sie ja dort einen neuen Besitzer. Oder…« Sie legte eine kurze Pause ein – ein bewährter Trick aus ihrem Debattierklub –, bevor sie zu dem vordrang, worum es ihr eigentlich ging. »Oder vielleicht würde es dir und Elle in Thornes altem Häuschen besser gehen. Du weißt ja, dass du dort immer willkommen bist.«

Todd seufzte. »Ich glaube nicht, dass das Tierheim ein guter Ort für Elle ist, und ich möchte nicht in dem Häuschen wohnen.«

»Warum nicht?«, fragte Mary Ann einigermaßen verblüfft. Sie war sich sicher gewesen, dass er die Sache genauso wie sie sehen würde. Das Häuschen war doch die perfekte Lösung. Aber vielleicht sollte sie ihn lieber ausreden lassen?

»Elle ist nicht vermittelbar. Deshalb habe ich ja versucht, sie als Arbeitshund auszubilden.«

Das sah Mary Ann ein. Todd versuchte, mit dem Training einige von Elles weniger wünschenswerten Eigenschaften zu kompensieren. Trotzdem fragte sie: »Warum ist sie denn nicht vermittelbar?«

»Die meisten Leute finden Elle nicht so süß wie wir. Sie bevorzugen Rassehunde. Sie sieht auf dem rechten Auge nicht sehr gut, weil sie als Welpe eine böse Entzündung hatte. Sie hat für manche Leute zu viel Energie, und außerdem bellt sie zu viel. Bellende Hunde stehen auf der Vermittlungsliste ganz unten. Wir müssen den Leuten die Wahrheit sagen, sonst bringen sie den Hund zurück.«

»Verstehe.« Mary Ann war unendlich stolz auf ihren Sohn, doch gleichzeitig hätte sie ihn am liebsten geschüttelt. Er versetzte sie in eine peinliche Lage. Er hatte sehr viel Zeit in die Ausbildung eines Hundes gesteckt, den keiner haben wollte. Dieser Moment war vom erzieherischen Standpunkt aus sehr schwierig. Sollte sie ihrem Sohn helfen oder nicht? Das Problem war, dass das Richtige für den Hund vielleicht das Falsche für Todd war. »Todd, ich weiß nicht«, sagte sie schließlich. »Vielleicht ist Elle zu anstrengend für mich.«

»Wie wär's mit ein paar Tagen statt mit zwei Wochen?«

»Kannst du denn keine andere Lösung finden?«

»Ich kann es versuchen. Ich werde morgen mit Doc Pelot reden. Elle lenkt mich von meiner Arbeit ab. Aber sie ist ein Superhund«, setzte er eifrig hinzu.

»Das weiß ich doch, Todd. Na gut, ich springe ein, wenn du in der Klemme steckst, was du offenbar gerade tust. Aber damit hat es sich dann auch. Es ist nur vorübergehend, okay?«

»Ja. Das wäre wirklich eine große Hilfe. Danke.« Todd musterte seine roten Converse-Sneaker und merkte, dass die Schnürbänder offen waren. Er beugte sich vor und verknotete sie, dann atmete er tief durch. »Mom?«, meinte er fragend.

»Ja?«, erwiderte sie.

»Da ist noch etwas. Aber ich möchte dich nicht enttäuschen.«

»Noch ein Hund?«

»Nein.«

»Eine Katze?«

»Nein.«

»Ein Stinktier?«

Todd lachte. »Nein.«

»Was denn dann?«, fragte Mary Ann.

»Ich will nicht in dem Häuschen leben. Das ist nicht mehr das Passende für mich – und auch nicht für Laura.«

Mary Ann beugte sich vor. Ihre Neugierde war geweckt.

»Was meinst du damit? Was ist mit Laura? Geht es ihr gut?«

Als Todd nicht gleich antwortete, merkte sie, dass er wieder einmal um die richtigen Worte rang. Irgendwann würde er sie finden, aber allmählich war Mary Ann beunruhigt und versuchte deshalb, ihm ein bisschen auf die Sprünge zu helfen. »Ist sie krank? Geht es euch gut miteinander? Ihr habt euch doch nicht etwa getrennt?«

»Nein.« Plötzlich kramte Todd etwas aus seiner Erinnerung hervor, was er einmal seinen Vater hatte sagen hören. Irgendwie gefiel ihm dieser Ausdruck und kam ihm sehr angemessen vor, weil er so schön beiläufig klang. »Laura und ich pennen zusammen, in unserer Wohnung.«

Bei diesen Worten sprang Mary Ann auf, als hätte das Sofa ihr plötzlich einen elektrischen Schlag versetzt. »Ihr – ihr pennt zusammen? Todd McCray, wovon redest du?« Da ihr klar war, dass das nicht das beste Vorgehen war, wenn sie wollte, dass Todd weiterredete, stellte sie einen heroischen Versuch an, sich zu beruhigen.

»Wir leben in der Wohnung zusammen. Das wollte ich dir sagen.«

Plötzlich fiel es ihr wie Schuppen von den Augen. Das erklärte, weshalb er keine Hilfe beim Umzug und bislang auch keinen Besuch hatte haben wollen. »Todd, warum hast du uns das nicht gesagt?«

»Ich habe es doch gerade getan.«

»Ich meinte früher.«

»Ich wusste nicht, ob es euch gefallen würde.«

Mary Ann begann, unruhig auf und ab zu laufen.

»Du meinst, ob wir das gutheißen würden?«

»Ja.«

»Du hast recht. Ich bin mir nicht sicher, ob ich es gutheißen soll, und ich bin mir auch nicht sicher, ob dein Vater es gutheißen wird.«

»Bist du enttäuscht?«

Benommen setzte Mary Ann sich hin und überlegte, ob der Raum sich um sie herum drehte. Elle watschelte zu ihr, stellte sich auf ihre kurzen Hinterpfoten und legte ihr pelziges Kinn auf Mary Anns Knie. Der Hund war der geborene Tröster. »Tja, Todd, vermutlich bin ich enttäuscht. Aber ich bin mir nicht sicher, ob ich das Recht dazu habe. Laura ist toll. Wir haben sie wirklich sehr gern. Das weißt du ja.«

»Ja, das weiß ich.«

Todd stand auf und setzte sich neben seine Mutter aufs Sofa. Elle, die sich vernachlässigt fühlte, kratzte um Aufmerksamkeit heischend an Todds Schienbein. Todd strengte sich an, den Dingen auf den Grund zu gehen. »Bist du enttäuscht, weil wir nicht zuerst geheiratet haben?«

Mary Ann musterte Todd. Neben ihr saß ein junger Mann, der unendlich geduldig, gütig und weise und vor allem aufrichtig interessiert an ihren Gefühlen und Sorgen wirkte. Woher nahm er das? Wann war er erwachsen geworden? Sie dachte über seine Worte nach. »Nein, Todd. Ich glaube nicht, dass das der Grund ist«, sagte sie schließlich. »Ich fühle mich so, als wäre …« Plötzlich stiegen ihr Tränen in die Augen, und sie musste um Worte ringen. »Ich – ich fühle mich, als wäre ich aus deinem Leben ausgeschlossen worden. So habe ich mich noch nie gefühlt. Es tut mir weh.« Sie legte die Arme um ihren Sohn, und er schmiegte sich an sie. Sie weinte nicht nur vor Kummer, sondern auch vor Freude. Todd war nicht der erste ihrer Söhne, der zu einem starken jungen Mann herangewachsen war. Aber bei Todd war alles ein wenig anders.

»Todd, ich habe das Gefühl, dass ich meinen Jungen verloren habe, und das macht mich traurig. Aber ich habe auch das Gefühl, dass ein großartiger junger Mann an seine Stelle getreten ist. Ich kenne ihn noch nicht so richtig, aber bislang glaube ich, dass er wirklich großartig sein wird. Vermutlich ist das der normale Lauf der Dinge, aber das heißt nicht, dass es nicht trotzdem wehtut.«

Nun kamen auch Todd die Tränen. »Kann ich denn nicht ein Mann und trotzdem noch dein Junge sein?«

»Natürlich kannst du das. Immer und jederzeit.«

Elle sprang aufs Sofa, denn sie spürte die starken Gefühle, die in der Luft lagen. Sie versuchte, ein paar Küsschen zu verteilen, doch Mary Ann schubste sie runter. »Nein, Elle. Nicht jetzt, und nicht auf meinem guten Sofa.«

Sie stand auf und bürstete eine schiere Lawine von Hundehaaren von ihrem Schoß. Dann wischte sie sich die Augen. »Kann denn die verdammte Welt nicht einfach mal stillstehen? Nur einen oder zwei Tage lang? Aber vermutlich wird es nie dazu kommen. Vielleicht wäre es sogar ziemlich langweilig.«

Todds schiefes Grinsen kehrte augenblicklich zurück. »Mir gefällt es, wenn die Welt sich dreht.«

Mary Ann betrachtete ihren Sohn und fasste zusammen, was in ihr vorging. »Zum Glück haben wir Leute wie dich, denen es zu verdanken ist, dass sich vieles doch in die richtige Richtung dreht.«

Todd war sich nicht sicher, was sie damit sagen wollte, aber er schöpfte neue Hoffnung. »Heißt das, dass du nicht mehr enttäuscht von mir bist?«

»Ja, Todd, genau das wollte ich damit sagen.«

»Das klingt sehr gut. Denn morgen bringe ich euch Elle für ein paar Tage vorbei.«

Mary Ann musterte den Hund, nickte und lächelte liebevoll. Ihre Tränen waren bereits dabei, wieder zu trocknen. »Vermutlich kann ich hier ein bisschen Hilfe gebrauchen. Um diese Zeit habe ich immer ungeheuer viel zu tun. Was meinst du, Elle? Wirst du dir Mühe geben und mir helfen?«

Elle legte den Kopf schief und bellte zweimal kurz und laut. Endlich einmal zum passenden Zeitpunkt.

10. KAPITEL

Zwölf Meilen entfernt und ein paar Stunden vorher saß Link neben seiner Pflichtverteidigerin im Amtsgericht auf der Anklagebank. Die junge Anwältin praktizierte erst seit einem Jahr, doch sie nahm ihr Mandat sehr ernst. Der Gerichtsdiener klopfte mit dem Hammer auf das Richterpult und rief den nächsten Fall auf. »Der Staat von Kansas gegen Link Robinson.«

Der Staatsanwalt des Cherokee Countys stellte fest: »Hohes Gericht, der Staat von Kansas wird durch den Staatsanwalt des Cherokee Countys, dem stellvertretenden Bezirksstaatsanwalt Larry Sanderson, vertreten.«

Links Anwältin verkündete: »Der Beklagte wird von seiner Pflichtverteidigerin McKenzie Clark vertreten.«

Richter Borne spähte über den Brillenrand auf den jungen Mann auf der Anklagebank. »Nehmen Sie ins Protokoll auf, dass wir hier über eine Anklage wegen Trunkenheit am Steuer verhandeln. Ms Clark, ist Ihr Klient bereit, zu der Anklage Stellung zu nehmen?«

McKenzie hob den Blick. »Euer Ehren, mein Klient ist bereit, sich unter der Bedingung einer üblichen Bewährungsstrafe, wie es Mr Sanderson und ich vereinbart haben, für schuldig zu erklären.«

Richter Borne sah auf den kleinen Zettel, den er aus

seinem Büro in den Gerichtssaal mitgebracht hatte. Dann schweifte sein Blick zu McKenzie und zuletzt zum Staatsanwalt. »Ist das so?«

Der Staatsanwalt wirkte überrascht. »Ja, Euer Ehren. Der Staat hat der üblichen Bewährungsstrafe zugestimmt. Wir haben sie Ihnen zur Billigung vorgelegt. Da es Mr Robinsons erstes Vergehen ist, halten wir eine Bewährungsstrafe für angemessen.«

Der Richter lehnte sich zurück. »Ich habe die üblichen Bedingungen überflogen, doch ich bin mir nicht sicher, ob das hier ein üblicher Fall ist. Wie wär's, wenn sich die Verteidigerin und der Staatsanwalt kurz hinsetzten?«

Link beschlich ein mulmiges Gefühl. Er blickte hilfesuchend auf McKenzie. Seine Anwältin ignorierte ihn jedoch und konzentrierte sich weiterhin auf den Richter.

Als die beiden Anwälte Platz genommen hatten, fuhr Richter Borne fort. Er schlug eine Akte auf seinem Tisch auf. »Dem mir vorliegenden Gutachten zufolge befinden Sie, Mr Robinson, sich momentan in einer Scheidung, sind arbeitslos und müssen sich jetzt wegen Trunkenheit am Steuer vor Gericht verantworten. Stimmt es, dass Ihre beiden kleinen Kinder sich zu dem fraglichen Zeitpunkt mit Ihnen im Auto befanden?«

Link nickte schweigend und beschämt. Als seine Anwältin ihn mit dem Ellbogen anstupste, antwortete er: »Ja, Euer Ehren, das stimmt so.«

»In dem Gutachten heißt es, dass Sie an AA-Treffen teilnehmen und mittlerweile nicht mehr trinken. Stimmt das ebenfalls?«

»Ja, Sir«, erwiderte Link.

»Nun – bevor ich Ihr Schuldeingeständnis akzeptiere, möchte ich, dass Sie verstehen, dass ich zwar die heute empfohlene Bewährungsstrafe in Erwägung ziehen kann, dieser Empfehlung aber nicht folgen muss. Für Ihre Schuld kann ich auch eine Gefängnisstrafe von dreißig Tagen verhängen.«

Links Unbehagen wuchs. »Ja, Euer Ehren, das verstehe ich.«

Richter Borne beugte sich vor, um sich zu vergewissern, dass er Links volle Aufmerksamkeit hatte. »Meiner Erfahrung nach sind Alkohol und Drogen ein erbärmlicher Ersatz für eine anständige Arbeit und eine stabile Familie. Vermutlich bin ich deshalb nicht besonders geneigt, in Ihrem Fall die übliche Bewährungsstrafe zu verhängen, Mr Robinson.« Er entfaltete einen Zettel, auf dem er die telefonische Nachricht seines alten Freundes, Doc Pelot, notiert hatte. »Sie wollen wohl nicht ins Gefängnis, oder?«

»Nein, Sir.«

»Na gut, dann stelle ich Sie vor die Wahl: Gefängnis oder Bewährung. Während Ihrer Bewährungszeit erwarte ich allerdings von Ihnen, dass Sie entweder Vollzeit arbeiten oder aber zwanzig Stunden die Woche Sozialstunden in einer gemeinnützigen Einrichtung leisten. Wofür entscheiden Sie sich?«

Verteidigerin und Klient unterhielten sich flüsternd, außerhalb der Reichweite der Zeugenmikrofone. Link wirkte zögerlich, so, als ob er lieber dreißig Tage im Gefängnis absitzen wollte, obwohl er gerade das Gegenteil behauptet hatte.

»Link, Sie wollen doch bestimmt nicht, dass eine Gefängnisstrafe in Ihrem Führungszeugnis steht«, flüsterte McKenzie. »Entscheiden Sie sich für die gemeinnützige Tätigkeit. Die wird Ihnen guttun.«

»Warum zwingt er mich dazu?«, flüsterte Link zurück.

»Das weiß ich nicht, aber ich glaube, dass er versucht, Ihnen zu helfen.«

»Das ist doch Blödsinn. Warum soll mir gemeinnützige Arbeit guttun? Ich sitze lieber einen Monat lang im Knast, als grauenhafte Suppe in einer Suppenküche zu verteilen und auf einem schmutzigen Sofa zu schlafen. Mir kommt das nicht so vor, als ob er mir eine richtige Wahl lässt.«

»Sie haben recht. Also finden Sie sich damit ab, vermeiden Sie das Gefängnis und entscheiden Sie sich für die Bewährung plus die gemeinnützige Arbeit«, beschied McKenzie ihrem Klienten mit erstaunlicher Festigkeit.

Nachdem Link widerwillig mit den Schultern gezuckt hatte, erhob sich McKenzie und wandte sich an den Richter. »Euer Ehren, mein Klient möchte die vorgeschlagene zusätzliche Weisung zu den Bewährungsauflagen, also zwanzig Wochenstunden gemeinnützige Arbeit, akzeptieren.«

Der Richter nickte. »Gut, Mr Robinson. Ich gebe Ihnen die Telefonnummer der Leiterin unseres neuen Tierheims. Können Sie mit Hunden und Katzen umgehen?«

»Ja«, erwiderte Link, wobei er sich bemühte, nicht mürrisch, sondern freundlich zu klingen. Hunde und Katzen? War das sein Ernst?

Der Richter schob dem Gerichtsdiener den Zettel zu, damit der ihn Link überreichte. »Sie brauchen dort noch ein paar Ehrenamtliche. Hunde müssen ausgeführt, Käfige gesäubert werden. Es gibt viel Arbeit. Bis Sie einen Job finden, sind Sie dort bestens beschäftigt. Schauen Sie doch gleich heute noch im Tierheim vorbei. Je eher Sie anfangen, desto besser. Stimmt's?«

Link hatte wenig Erfahrung mit Tieren und erst recht keine in einem Tierheim. Am liebsten hätte er gefragt, ob man denn nicht eine bessere Stelle für ihn finden könnte, doch McKenzie brachte ihn mit einem scharfen Blick dazu, den Mund zu halten. »Ja, Euer Ehren, ich melde mich gleich heute im Tierheim«, verkündete er kleinlaut.

Der Richter stand auf, während der Gerichtsdiener anordnete: »Bitte erheben Sie sich.«

Link und die beiden Anwälte folgten der Aufforderung, der Richter verschwand durch eine Tür hinter seinem Pult. Link wandte sich an McKenzie und salutierte spöttisch: »Gefreiter Link Robinson, oberster Kackebeseitiger.«

McKenzie glaubte, dass ihr Klient versuchte, die Sache mit Humor zu nehmen oder wenigstens gute Miene zum bösen Spiel zu machen, doch auf Link Robinsons Gesicht zeigte sich kein Lächeln.

11. KAPITEL

Nachdem Todd gegangen war, überlegte Mary Ann, wie sie George die großen Neuigkeiten beibringen sollte. Sie selbst hatte sie immer noch nicht recht verdaut. Vielleicht half es ihr, wenn sie sich wieder Anna Claus' Garderobenproblem zuwandte? Sie zog das uralte Santa-Kostüm aus dem Beutel, den Hank ihr überlassen hatte, und probierte es an. Es war viel zu groß, vor allem die Hose. Hank war jetzt dürr und zerbrechlich, doch früher war er ein großer, stattlicher Mann gewesen. Außerdem hatte er das Kostüm noch mit ein paar Kissen ausgestopft. Nein, es war sinnlos, das Ding war einfach zu groß.

Sie überlegte, ob sie wenigstens die Jacke gebrauchen konnte. Sie steckte die Hände in die Taschen und paradierte ein wenig vor dem Spiegel hin und her. Doch es dauerte nicht lange, bis sie entschied, dass dieses Kostüm einfach nicht das Richtige für sie war. Sie sah aus wie ein Kind, das in ein Kleidungsstück seines Vaters geschlüpft war, und genauso fühlte sie sich auch. Nein – Anna Claus brauchte ein eigenes Kostüm.

Als sie Santas Jacke auszog, fiel ein gefalteter Zettel auf den Boden. Sie bückte sich und hob ihn auf. Es war eine Nachricht für Santa, die ein Kind geschrieben hatte. Vermutlich hatte Hank im Lauf der Jahre zahllose solcher

Nachrichten erhalten. Das Papier war ziemlich vergilbt. Mary Ann setzte sich die Lesebrille auf und glättete den Zettel auf dem Tisch, um die Nachricht besser lesen zu können.

Santa, meine Mom sagt, dass du gern hättest, dass ich zuverlässig meine Hausaufgaben mache. Ich vergesse sie häufig. Tut mir leid. Ich kann es verstehen, wenn du mir dieses Jahr nicht viel bringst. Das ist völlig in Ordnung, und ich mag dich trotzdem. Meine Mom hätte gern einen neuen Wintermantel. Blau wäre am besten, weil ihre Augen leuchtend blau sind. Mein kleiner Bruder braucht neue Kleider, weil er seine immer so schnell schmutzig macht. Mein Daddy will einfach nur heimkommen, weil er uns vermisst. Er ist in Vietnam.
    Viele Grüße
    Annabel Larson,
    4114 Boulder Ave.
    Crossing Trails

Mary Ann traten Tränen in die Augen, denn sie wusste, dass Corporal John Larson, den sie gut gekannt hatte, nie von seinem Einsatz zurückgekehrt war. Außerdem wusste sie, dass Annabel Larson sich schließlich doch daran erinnert hatte, ihre Hausaufgaben pünktlich zu machen, denn sie hatte später Medizin studiert. Ihr war klar, warum Hank ausgerechnet dieses Briefchen aufbewahrt hatte und nicht die Hunderte von anderen, die er im Lauf der Zeit erhalten haben musste.

Sie trocknete die Tränen an seinem Jackenärmel und nahm sich fest vor, wie es Hank wohl auch getan hatte, diese Nachricht aufzubewahren – jetzt allerdings in Anna Claus' Jacke.

Was hätte Anna Claus wohl zu Annabel Larson gesagt? Mit Sicherheit waren es keine Spielsachen, die das Mädchen damals gebraucht hätte oder die Keenan und Emily Robinson jetzt benötigten. Ja, vielleicht waren Spielsachen genau das, was den *meisten* Kindern am wenigsten fehlte. Diesen Job sollte Santa Claus behalten. Anna Claus wollte mit einem persönlicheren Geschenk aufwarten. Aber was konnte das nur sein? Und auf welchem Weg konnte sie es den Kindern geben? Wenn sie das nur gewusst hätte!

Mary Ann stand auf, ging nach unten und zog ihren Mantel an. Da es heftig zu schneien begonnen hatte, zog sie auch Stiefel, einen Hut und Handschuhe an.

Manchmal stellte sie fest, dass es ihr half, ihre Stute zu striegeln, wenn sich ein Problem in ihrem Kopf festgesetzt hatte, das gelöst werden musste. Sie fing an Lady Lucks Halsansatz an, zuerst entlang des Strichs, dann gegen den Strich den Hals nach oben. Staubpartikel stoben wie winzige Sterne in die Luft. Mary Ann mochte den Pferdegeruch. Er erinnerte sie an den Geruch guter lehmiger Erde im Frühling. Erfüllt von Lebensenergie. Sie legte die Arme um ihre Stute und hielt sie eine Weile lang ganz fest. Es war so, wie einen alten Freund zu umarmen. Das Pferd stupste sie mit dem Kopf an. So gaben Pferde kund, dass sie gern am Kopf gekrault werden wollten. Hunde sendeten ähnliche Signale aus, wenn sie sich auf den Rücken legen und alle viere in die Luft streckten, damit man sie am Bauch streichelte.

Mary Ann trat einen Schritt zurück und musterte die Stute. »Dir ist es völlig egal, wenn ich dich umarme, stimmt's? Du willst nur ordentlich am Kopf gekrault werden.« Sie fuhr mit der Bürste über Lady Lucks Blesse. Das Pferd stemmte sich gegen die Bürste, um den Genuss zu steigern.

Mary Ann liebte Lady Luck, doch sie musste zugeben, dass ihr Pferd ihre Liebe nicht in dem gleichen Maße erwiderte. Das störte sie jedoch nicht. »Schon gut, die Umarmungen sind eher für mich als für dich«, erklärte sie der Stute und bückte sich, um Lady Lucks Fesseln zu striegeln.

Manchmal ist es schwer zu sagen, woher die Eingebung kommt, doch diese überkam Mary Ann so plötzlich und intensiv, dass sie beinahe den Striegel hätte fallen lassen.

Sie wiederholte den Gedanken: Ihre Umarmungen waren für sie selbst und nicht für das Pferd. Vielleicht war das der Schlüssel? Sie führte die Stute in ihre Box zurück und wiederholte den Gedanken dabei mehrmals. Sie drehte und wendete ihn hin und her, doch so ganz schlüssig war ihr die Sache immer noch nicht. Sie näherte sich dem Kern, doch es fehlte noch ein Stück. Schließlich beschloss sie, sich dem Abendessen zu widmen und danach ihr Kostüm zusammenzustellen und dabei weiter nachzudenken. Vielleicht würde sie dann auf die Antwort kommen, die sie suchte.

Während sie Kartoffeln schälte und George und Christmas, der Hund, im Wohnzimmer die Abendnachrichten sahen, nahm Mary Ann ihren Mut zusammen, um mit

George über Todd zu reden. Sie hatte keine Ahnung, wie dieses Gespräch verlaufen würde. »George!«, rief sie ins Wohnzimmer. »Kannst du mal kurz herkommen?«

Als er in der Küche war, fragte er: »Haben wir in der Lotterie gewonnen?«

»Nicht ganz. Es geht um Todd. Aber bevor ich es dir sage, möchte ich mich erst noch entschuldigen, dass ich es dir nicht vorhin schon gesagt habe. Ich musste erst noch ein bisschen darüber nachdenken, aber offen gesagt bin ich immer noch so fassungslos wie zu dem Zeitpunkt, als er es mir gesagt hat.«

»Ist er aus seiner Wohnung geflogen?«, fragte George.

»Das wäre ja nicht weiter schlimm. Ich fürchte, die Sache ist komplizierter.«

»Komplizierte Sachen sind nicht so mein Ding. Soll ich mich hinsetzen?«

»Ich an deiner Stelle täte es.«

»Na toll.« George setzte sich an den kleinen Tisch an der nördlichen Wand. »Schieß los.«

Mary Ann konnte ihren Kummer nicht verhehlen, als sie es ihm sagte. »Todd und Laura sind zusammengezogen. Sie ›pennen zusammen‹, hat er es, glaube ich, genannt.« Sie widmete sich wieder den Kartoffeln, um Georges Blick aus dem Weg zu gehen.

George war aufgestanden. »Echt wahr?«

Mary Ann legte den Kartoffelschäler weg und lehnte sich an die Theke. »Jawohl. Ich glaube, er hatte Angst, es uns zu erzählen. Ich habe versucht, kein großes Tamtam darum zu machen.«

»Wie ist dir das gelungen?«, fragte George, und in seiner Stimme schwang ein deutlicher Anflug von Unglauben mit.

Mary Ann zuckte mit den Schultern. »Vielleicht habe ich überreagiert… ein klein wenig«, gab sie zu.

George war sich ziemlich sicher, dass sie das getan hatte, aber er war sich nicht sicher, was er von der Sache halten sollte. Er hielt sich an der Stuhllehne fest. »Ich setze mich jetzt lieber mal wieder, denn ich habe das Gefühl, dass der Boden unter meinen Füßen schwankt. Das habe ich wahrhaftig nicht kommen sehen. Ich dachte immer, bei Todd und Laura würde alles seinen normalen, geordneten Gang gehen.«

Mary Ann ging es genauso wie ihrem Mann, auch sie hatte das Gefühl, dass der Boden ins Schwanken geraten war. Während sie versuchte, sich zu fassen, fiel ihr wieder ein, was George gerade gesagt hatte, und sie musste kichern. »George, du hast gerade die Worte ›Todd‹ und ›normal‹ in einem Satz verwendet.«

»Du hast recht. Was habe ich mir nur dabei gedacht? Aber vielleicht ist eben das völlig normal. Es sieht doch ganz danach aus, dass junge Leute heutzutage genau das tun – sie pennen miteinander und ziehen zusammen, auch ohne Trauschein.«

Mary Ann setzte sich George gegenüber an den Tisch und fragte ihn: »Bist du ein bisschen neidisch auf diese neue Normalität?«

»Ich bin mir nicht sicher«, erwiderte George.

»Ich auch nicht.«

George seufzte. »Ich muss etwas gestehen. Vermutlich habe ich tatsächlich schon länger darüber nachgedacht.«

»Was denn?«

»Meine erste Reaktion auf die Nachricht, dass Todd und Laura zusammengezogen sind – ich weiß nicht, ob es richtig oder falsch ist, aber das ist mir als Erstes in den Sinn gekommen.«

»Ja? Sprich weiter«, drängte Mary Ann ihn, als er verstummte.

George griff über den Tisch nach ihrer Hand und umschloss sie. »Ich freue mich für Todd. Ich denke daran, was es für mich bedeutet, dass du in meinem Leben bist...« Seine Kehle schnürte sich zusammen, auch wenn er nicht recht wusste, warum. Manchmal werden solche direkt aus dem Herzen kommenden Geständnisse von Tränen begleitet. Er räusperte sich und senkte den Blick. »Das wünsche ich mir auch für ihn. Er wirkt glücklich. Mehr will ich nicht.«

Mary Ann nickte bedächtig. Sie war stolz auf ihn, dass er es auf den Punkt gebracht hatte. »Das ist die richtige Antwort.« Seufzend fuhr sie fort: »George, das Problem ist nur, dass ich den ganzen Tag lang versucht habe, an diesen Punkt zu gelangen, und es einfach nicht geschafft habe. Es ist mir richtig peinlich. Ich weiß, was ich fühlen sollte, aber ich fühle es nicht.«

»Ist es wegen Laura? Weißt du nicht, ob sie die Richtige für ihn ist?«, fragte George.

»Nein, das ist es überhaupt nicht.« Als sie gezwungen war, ihre Gedanken in Worte zu fassen, kamen ihre Gefühle an die Oberfläche. »Nein, das Problem liegt eher bei mir. Es fällt mir wahnsinnig schwer, mir eine Welt vorzustellen, in der Todd sehr gut ohne uns zurechtkommt. Oder vielmehr ohne mich.«

George war sich sicher, dass sie das schon längst allein erkannt hatte. Ihre Aufgabe als Eltern bestand darin, Todd darin zu unterstützen, unabhängig zu werden. Aber das spielte keine Rolle, was ihre Gefühle anging. Ungebunden zu sein ist nicht nur befreiend, sonder auch beängstigend. »Du bist eine fantastische Mutter, Mary Ann. Aber vergiss nicht – genau das haben wir uns immer für Todd gewünscht. Eine größtmögliche Normalität. Wir haben es geschafft. Lass uns doch wenigstens kurz diesen Erfolg genießen.«

»Danke.« Mary Ann befürchtete, dass sie gleich beginnen würde zu weinen, wenn sie sich nicht ganz schnell mit etwas anderem beschäftigte. Sie stand auf und kehrte zum Spülbecken zurück. »Ich mach jetzt das Essen fertig. Wir können uns später noch ausführlicher darüber unterhalten. Vielleicht brauche ich einfach ein bisschen Zeit, um es zu verdauen.«

An diesem Abend kam George mehrmals ins Obergeschoss und spähte ins Nähzimmer. Dort war Mary Ann noch immer mit dem Kostüm von Anna Claus beschäftigt. Beim dritten Abstecher nach oben – mittlerweile war es bereits nach zehn Uhr – trat er ein, um zu sehen, wie sie vorankam. »Ich hatte keine Ahnung, dass es mit so viel Arbeit verbunden sein würde, Mrs Claus zu werden.«

»Ich auch nicht.« Mary Ann warf einen Blick auf Annabels Zettel auf ihrem Tisch. Sie hatte ihn George nicht zeigen wollen, weil sie befürchtete, dass es ihm sehr nahegehen würde, ihn zu lesen; denn er hatte in Vietnam Schreckliches erlebt. Abgesehen davon hatte er an diesem Abend schon genügend emotionale Herausforderungen bewältigen müssen.

Sie stand auf und wollte ihn aus dem Raum drängen, aber es war zu spät.

George blickte auf den vergilbten Zettel und fragte: »Was ist denn das?«

»Eine Nachricht, die ich in Hanks Santa-Kostüm gefunden habe.«

Sie konnte ihn nicht daran hindern, den Zettel aufzuheben und Annabels Nachricht zu lesen. Als er ihn weglegte, trat sie zu ihm und umarmte ihn.

»Manche Dinge sind einfach nicht fair«, murmelte er.

Als sie endlich Seite an Seite im Bett lagen, legte George sachte die Hand auf die Schulter seiner Frau, und bald merkte sie, dass er eingeschlafen war. Doch ihre Gedanken ließen ihr keine Ruhe, sie schweiften hin und her und bereiteten ihr schlaflose Stunden. Sowohl das Gespräch mit Todd als auch ihr Dilemma mit Anna Claus stimmten sie ungewöhnlich nervös. Sie verstand, warum Todds Enthüllung sie so aufgewühlt hatte, aber sie konnte sich nicht erklären, warum ihre neue Weihnachtsrolle sie dermaßen beschäftigte. Sie dachte über die möglichen Gründe nach. Hatte sie Angst vor einer Demütigung? Nein, sie glaubte nicht, dass da das Problem lag. Für sie war Anna Claus einfach wichtig, sie wollte dieser Rolle gerecht werden. Wie so oft lag ihren Sorgen wohl ihr Hang zum Perfektionismus zugrunde, beschloss sie.

Mit einem Blick auf die Uhr stellte sie fest, dass es nach Mitternacht war. Plötzlich fiel ihr wieder ihre Stute ein und dass es oft genauso wertvoll war, einen anderen zu umarmen, wie selbst umarmt zu werden.

Das konnte sie deutlich im Leben ihrer Kinder und Enkelkinder erkennen. Einigen ihrer Kinder fiel es sehr leicht, in Weihnachtsstimmung zu geraten und anderen etwas zu schenken. Sie hatten viel Spaß damit, Geschenke auszuwählen, sie sorgfältig einzuwickeln und dann Freudenschreie auszustoßen, wenn sie ausgepackt wurden. Die Weihnachtsstimmung hatte sie fest im Griff. Leider war das nicht bei all ihren Kindern der Fall. Manche schienen Probleme mit Weihnachten zu haben – mit Weihnachten als Zeit des Gebens. Wenn Weihnachten näher rückte, neigten sie dazu, mürrisch zu werden; fast so, als fühlten sie sich außen vor. Viel zu oft beschäftigten sie sich nur damit, was sie gerne haben wollten, und waren sich pessimistisch sicher, dass das perfekte Geschenk einfach nie daherkommen würde.

Offenbar konnte Weihnachten das Beste oder auch das Schlechteste in den Menschen hervorrufen. Von Jahr zu Jahr beobachtete Mary Ann das auch bei sich selbst. Woher kam das? Anna Claus musste die Antwort finden.

12. KAPITEL

Am folgenden Nachmittag stand Mary Ann vor dem großen Spiegel in der Damentoilette der Bücherei von Crossing Trails und wartete auf ihr Debüt als Mrs Claus. Sie war zwar aufgeregt, aber auch sehr konzentriert. Allmählich hatte sie das Gefühl, dass ihre Auftritte funktionieren könnten.

Das Kostüm von Anna Claus war ganz passabel geworden. Sie sah tatsächlich wie ein echtes Mitglied der Familie Claus aus, auch wenn sie das Kostüm etwas modernisiert und mit einer weiblicheren Note versehen hatte. Da ihre Hosenbeine zu lang waren, hatte sie sie in ihre schwarzen Reitstiefel gestopft. Bei der Jacke hatte sie beschlossen, die Farben umzukehren. Anna Claus trug eine weiße Jacke mit rotem Besatz. Mary Ann fand, dass sich darin das spiegelte, wofür Anna Claus stehen sollte. Sie wollte nämlich das Geben in den Vordergrund rücken, und außerdem sollte das Kostüm nicht so sehr zum Ausdruck bringen, dass Santa Claus ein rauer Naturbursche war. Darüber hinaus hatte sie die Farbe Grün als dritte Weihnachtskomponente in das Kostüm eingebracht. Ihren Recherchen nach stand Grün für Harmonie und Ausgeglichenheit. Das fand sie einleuchtend, und da so etwas an den Feiertagen mancherorts fehlte, wollte sie es umso mehr in den Vordergrund rücken. Sie hatte große grüne Knöpfe gefunden und sie als Verschluss an die Jacke genäht.

Da sie keinen Bart hatte, hinter dem sie sich verstecken konnte, hatte sie mehr Rouge als sonst aufgetragen und eine Mütze genäht, die einen Großteil ihres Gesichts verbarg. Allerdings fand sie, dass sie mit den Ohrenklappen und der dicken wollenen Kordel unter dem Kinn eher wie Snoopy aussah.

Trotzdem war sie im Großen und Ganzen zufrieden. Sie schob ihren Pony unter die Mütze, dann atmete sie tief ein und hielt möglichst lange die Luft an. Als sie sich im Spiegel betrachtete, fragte sie sich, ob sie vielleicht zu jung für diese Rolle war. Doch dann erinnerte sie sich an ihre eigenen Worte auf der Vorstandssitzung der Bücherei: das Aussehen spielt keine Rolle.

Mary Ann wusste, dass große Schauspielerinnen im Format von Meryl Streep versuchten, vollkommen in ihrer jeweiligen Rolle aufzugehen – so zu leben und zu denken wie ihre Rolle. Das verlieh ihnen immense Glaubwürdigkeit, und damit hatte auch Mary Ann keine Probleme; denn schließlich versuchte allein sie Anna Claus zum Leben zu erwecken und ihr eine Bedeutung zu verleihen.

Auf der Fahrt zur Bücherei war ihr immer klarer geworden, was Weihnachten fehlte und was sie daran ändern musste. Vielleicht war es ganz plötzlich passiert, vielleicht auch allmählich im Lauf der Zeit, doch passiert war es: Geben und Nehmen hielten sich nicht mehr die Waage. Die Herausforderung für Anna Claus bestand darin, das Gleichgewicht wiederherzustellen. Sozusagen Weihnachten wieder jenes Grün zu verleihen, das diesem Fest zunehmend abhandenkam.

Anna Claus musste mehr sein als eine Verneigung vor allen Frauen, und auch mehr als eine Attacke gegen eine abstrakte Idee – der Kampf gegen die berühmten Windmühlen. Auf der anderen Seite dieser Toilettentür warteten fünfzig Kinder begierig auf Santa Claus. Anna Claus musste etwas auslösen, sie musste diesen Kindern eine Tür zur wahren Bedeutung von Weihnachten öffnen, sonst würde es egal sein, was sie sagte oder tat.

Mary Ann war Lehrerin, Beraterin und als Leiterin ihrer Debattierrunden eine Meisterin der hohen Kunst der Überzeugung. Darauf verstand sie sich ausgezeichnet, und deshalb würden das auch die Fähigkeiten sein, die sie gleich einsetzen würde. Wenn Anna Claus eine Art Lehrerin war, dann musste das Problem – ihr Unterrichtsplan – ganz klar sein.

Was Kinder gern haben wollen, deckt sich selten mit dem, was sie vielleicht brauchen. Es war Anna Claus' Aufgabe, die Kinder weg vom Nehmen und hin zum Geben zu lenken. Ein ziemlich großer Auftrag. Ein unmöglicher Auftrag? Vielleicht.

Sie wandte sich vom Spiegel ab, doch dann kehrte sie noch einmal zurück und hielt Zwiesprache mit ihrem Spiegelbild. »Du bist seit über dreißig Jahren Lehrerin. Wenn es irgendjemand schafft, dann du, Mary Ann McCray.« Lächelnd verbesserte sie sich: »Ich meine natürlich Anna Marie Claus.« Sie erteilte sich noch ein paar weitere Anweisungen. »Du musst nicht die ganze Welt verändern. Gib diesen Kindern einfach die Gelegenheit, das Beste in sich nach außen zu kehren. Mehr musst du gar nicht tun.«

Sie steckte die linke Hand in ihre Jackentasche, umschloss den alten Zettel und legte die rechte Hand auf den Türknopf. »Das tue ich jetzt für dich, Annabel Larson, und für all die Kinder, die dir ähnlich sind.«

Mary Ann trat in den Eingangsbereich der Bibliothek und näherte sich dem kleinen Podest, das für diese Gelegenheit aufgestellt worden war. Eine Frau in einem Santa-Claus-Kostüm erregte natürlich Aufsehen, und bald wurde es mucksmäuschenstill im Raum. Kinder standen auf und entfernten sich fasziniert, wenn auch ein wenig vorsichtig von ihren Eltern, um einen besseren Blick auf das Geschehen zu erhaschen. Zwei Handschuhe, die einem kleinen Mädchen in der vordersten Reihe gehörten, lagen in einer Pfütze aus geschmolzenem Schnee. Die Lehrerin in Mary Ann verspürte den Impuls, sich zu bücken, die Handschuhe aufzuheben und dem kleinen Mädchen zu sagen: »Deine Handschuhe gehören in dein Regalfach.« Doch sie erinnerte sich rechtzeitig daran, dass das nicht ihre Rolle war. Jetzt nicht.

In der Bücherei hatte man beträchtliche Zeit und Mühe darauf verwandt, Anna Claus' ersten offiziellen Besuch in Nordamerika zu feiern. Über dem alten Schlitten auf der Bühne hing ein Transparent, auf dem in Großbuchstaben zu lesen war: »CROSSING TRAILS HEISST MRS CLAUS HERZLICH WILLKOMMEN«. In früheren Jahren hatten gut hundert Kinder an diesem Ereignis teilgenommen und Santa Claus begrüßt. Eine der Vorstandsdamen hatte Mary Ann vorgewarnt, dass das Publikum dieses Jahr kleiner sein würde. »Keine Sorge«, hatte Mary Ann sie beruhigt. »Die Leute wissen noch nicht so recht, was sie von Anna Claus erwarten sollen. Nach dem heutigen Tag wird sich das aber ändern.«

An alle lokalen Medien waren Pressemitteilungen verschickt worden, und viele waren auf der Suche nach einer Story, die einen gewissen Nachrichtenwert besaß, bei den Feiertagen vom Üblichen abwich und amüsant war. Mehrere Fernsehteams waren aus den städtischen Zentren des Staates über hundert Meilen weit angereist. Vielleicht würde das ja dazu beitragen, Anna Claus' Botschaft bekannt zu machen.

Mary Ann trat zu den Erwachsenen, die sich in der Nähe des wunderschönen, mit Girlanden aus Immergrün geschmückten Schlittens versammelt hatten. Die kleine Bühne war mit Kunstschnee bedeckt, die Stufen zum Schlitten zierte ein roter Teppich.

Die Bürgermeisterin von Crossing Trails trat ans Mikrofon, das wie eine Schleiereule auf der verchromten Haltestange thronte. »Herzlich willkommen, liebe Anwesende, und vor allem die Kleinen im Publikum. In ganz Amerika besucht Santa Claus heute viele Tausende von Orten. Früher war Mrs Claus immer zu beschäftigt gewesen, um uns einen Besuch abzustatten, aber dieses Jahr hat sie unsere Einladung zu unserer großen Freude angenommen. Endlich lernen wir die bessere Hälfte von Santa Claus kennen!

Ich möchte Ihnen Anna Claus vorstellen. Mrs Claus, können Sie ein paar Worte vor allem an unsere Kinder richten?«

Anna Claus trat ans Mikrofon und strich ein paar nicht vorhandene Falten in ihrer Jacke glatt. »Als Erstes möchte ich mich bedanken, dass ich heute Crossing Trails besuchen darf«, sagte sie leise, doch dann wuchs ihr Selbstvertrauen. »Mein Mann und ich haben es all die Jahre sehr genossen, ein Teil eurer Weihnachtstradition zu sein. Santa hat mir gesagt, dass er, wenn er über Crossing Trails fliegt...« – sie machte eine kleine Pause und blickte nach unten, wie aus großer Höhe auf einem Schlitten thronend – »... immer findet, dass dies hier der hübscheste Ort in ganz Amerika ist und hier einige der nettesten Kinder der Welt leben. Jetzt sehe ich, dass er recht hat.«

Sie versuchte einzuschätzen, ob es ihr gelang, die Kinder zu fesseln. Sie wirkten sehr aufmerksam. Da sie wusste, dass kleine Pausen die Aufmerksamkeit von Kindern steigern, wartete sie kurz, bevor sie fortfuhr. »Santa hat mich beauftragt, euch zu sagen, dass es ihm großen Spaß macht, euch allen Geschenke zu bringen, und dass er sich sehr über die Hilfe freut, die ihr ihm mit euren Ideen und Vorschlägen gebt. Er weiß, dass er es in manchen Jahren vielleicht mal nicht ganz richtig getroffen hat. Das tut ihm natürlich sehr leid. Er hat mich gebeten, euch daran zu erinnern, dass der Platz auf einem Schlitten nur sehr begrenzt ist. Also bitte – keine Elefanten auf der Wunschliste.«

Ein paar Kinder kicherten. Sie wartete, bis wieder Stille eingekehrt war. Jetzt kam der wichtigste Teil. Der Teil, der ihr am meisten am Herzen lag, und gleichzeitig der riskanteste Teil. Der Teil, mit dem sie sich zwei Wochen lang gedanklich intensivst beschäftigt hatte. An diesem Punkt würde Anna Claus aus der Reihe tanzen. Hier würde sich das Wesen von Anna Claus offenbaren.

Mary Ann hatte beschlossen, dass es wichtiger war, Umarmungen zu spenden, als welche zu erhalten. Sie wollte die gleiche aufgeregte Stimme benutzen wie Santa, wenn er fragte: »Was wünscht ihr euch denn zu Weihnachten?«

Doch Anna Claus würde diese Frage umkehren. Mit der gleichen aufgeregten Stimme wollte sie an diesem Nachmittag die Kinder fragen: »Womit wollt ihr denn andere an Weihnachten beschenken?«

Sie schob die Haare unter ihre Mütze und versuchte, ganz ruhig zu bleiben. Als Lehrerin kannte sie ein paar wirkungsvolle Strategien, wenn es im Klassenzimmer zu unruhig wurde. Eine bestand darin, eine eigene Schwäche zuzugeben und die Zuhörer so zu Verbündeten zu machen.

Jetzt grub sie ganz tief in ihrer Trickkiste und gestand: »Ich habe ein bisschen Angst, hier vor euch zu stehen. Ihr wisst, dass viele Jahre lang Santa Claus vor euch getreten ist.« Sie deutete auf sich. »Aber jetzt steht Anna Claus vor euch, und das tut sie zum ersten Mal. Vielleicht sind einige von euch enttäuscht, dass Santa nicht da ist. Vielleicht würde es mir an eurer Stelle auch so gehen. Aber ich bin hier, weil ich euch ein paar sehr wichtige Dinge sagen will.« Ihr war klar, dass sie das Geben ebenso lustig hinstellen musste wie das Nehmen. Sie musste etwas Magisches daraus machen. Anna Claus musste über eine große Überzeugungskraft verfügen, aber wie sollte sie es schaffen, die Kleinen mit dieser Kraft zu beeindrucken? Sie atmete tief durch und hoffte, dass es klappen würde. Dann versuchte sie, ihren Text so vorzutragen, wie sie ihn geübt hatte. Sie ließ ihn direkt aus ihrem Herzen fließen, damit er nicht unnatürlich oder übermäßig einstudiert klang.

»Dieses Jahr bin ich den langen Weg vom Nordpol nach Crossing Trails gekommen. Ich musste aus meiner gemütlichen Küche weg, in der ich all die Jahre geschuftet habe, um Santas Helfer durchzufüttern. Und das habe ich getan, weil ich eure Hilfe brauche.« Sie ächzte ein wenig. »Kinder, ich weiß nicht mehr weiter.« Das war ein weiterer Trick aus ihrer Lehrerinnen-Trickkiste und eine fantastische Möglichkeit, Kinder dazu zu bewegen, sich einzubringen. »Bitte hebt die Hand, wenn ihr mir sagen wollt, dass ihr Mrs Claus helfen wollt, dieses Riesenproblem zu lösen.« Viele Hände wurden nach oben gereckt. Die Aufregung wuchs.

»Tja, dann sag ich euch jetzt, worum es geht.« Sie stemmte in gespielter Verzweiflung die Hände auf die Hüften. »Ich weiß einfach nicht, was ich Santa Claus dieses Jahr zu Weihnachten schenken soll. Ich habe mit den Elfen gesprochen, ich habe mit den Rentieren gesprochen – keinem ist eingefallen, was Santa gern haben würde. Findet ihr nicht auch, dass Santa ein schönes Geschenk verdient hat? Und jedes Jahr bekommt er das Gleiche: Plätzchen und hübsche Wollsocken. Das sind natürlich hübsche Geschenke, aber ich finde, es ist Zeit, dass er mal etwas anderes bekommt. Findet ihr das nicht auch?«

Aus der Kinderschar erklang es wie aus einem Munde: »Ja!« Ihre Begeisterung war geweckt. Auf die Gesichter einiger Erwachsener trat ein anerkennendes Lächeln, über das sich Anna Claus kurz freute, bevor sie fortfuhr. »Könnte vielleicht ein jeder von euch mal richtig heftig darüber nachdenken und sich dann zu mir setzen und mir seine oder ihre Ideen für Santas Geschenk verraten? Das wäre echt eine große Hilfe.« Sie wischte sich ein paar nicht vorhandene Schweißperlen von der Stirn. »Puh – wir reden hier von jemandem, der alles hat…«

Aus dem Publikum war leises Kichern zu vernehmen. »Ich werde mich jetzt auf Santas Schlitten setzen. Er hat ihn mir geborgt, damit ich euch besuchen kann. Das Einparken ist ganz schön schwer. Die Rentiere in den Rückwärtsgang zu bekommen ist schwieriger, als ihr glaubt. Sobald ich sitze, wäre es schön, wenn ihr euch anstellt und euch dann einer nach dem anderen zu mir setzt, und dann plaudern wir ein bisschen. Wenn ihr mir Vorschläge für Santa macht, dann kann ich euch vielleicht auch ein paar Vorschläge machen, was ihr euren Verwandten und Freunden schenken könntet.«

Mary Ann setzte sich vorsichtig auf den Schlitten. Rasch formte sich eine Schlange, und Kinder stritten sich darum, als Erster an die Reihe zu kommen. Ein kleines Mädchen und ihr Zwillingsbruder weinten. Mary Ann fragte sich, ob sie wohl Angst hatten; denn sie erinnerte sich an ihre Kinder, die oft nicht recht gewusst hatten, was sie von dem Mann in dem roten Kostüm halten sollten. Sie versuchte, bei all dem Lärm im Raum herauszufiltern, was die Mutter der beiden Kleinen und die zwei Kinder sagten. Der Junge war kaum zu überhören. Er stampfte trotzig mit dem Fuß auf und jammerte: »Du hast mir gesagt, dass wir Santa Claus treffen würden. Wo ist Santa?«

»Das ist doch fast dasselbe wie Santa«, versuchte die Mutter, ihn zu beschwichtigen.

Das kleine Mädchen meldete sich zu Wort. »Nein, das ist nicht dasselbe wie Santa.«

Mary Ann fragte sich, ob die Sache wohl doch schwieriger werden würde, als sie erwartet hatte. Aber letztlich spielte es keine Rolle. Santa war überall. Das hier war Annas Auftritt. Er vermittelte seine Botschaft, Anna ihre. Beide waren wichtig.

Sie gab der Bürgermeisterin mit einem Wink zu verstehen, dass sie die rote Samtkordel, die sie aus dem Kino von Crossing Trails geborgt hatten, aufhaken sollte. Ganz vorn in der Schlange entdeckte sie einen kleinen, etwa siebenjährigen Jungen. Er steckte in Kleidern, aus denen er längst herausgewachsen war. Die Säume seiner Hose und seiner Jacke endeten etwa sechs Zentimeter über den Gelenken. Seine Mutter hielt ihn an der einen Hand, an der anderen hielt sie ein kleines Mädchen. Plötzlich erkannte Mary Ann den Jungen und erinnerte sich auch an seinen Namen. Christopher und seine kleine Schwester hatten im Herbst die Sonntagsschule bei ihr besucht. Sie nahm ihren Mut zusammen und meinte: »Christopher, ich heiße Anna Claus. Bitte komm zu mir hoch.«

Eifrig rannte der Junge zur Bühne, kletterte hoch und kuschelte sich auf Mary Anns Schoß. Er sah sie mit seinen sanften braunen Augen an, dann flüsterte er ihr ins Ohr: »Ich glaube, Santa braucht einen neuen Schlitten. Der hier ist ein bisschen wackelig.« Er rutschte vor und zurück und kicherte bei dem Knarzen, das dabei entstand. »Ich bin schon mal darauf gesessen und habe gedacht, dass er vielleicht zerbrechen würde.«

Mary Ann drückte ihn. »Danke, Christopher. Das ist eine wunderbare Idee für Santa. Und wie schaut es bei deiner Mutter und deinem Vater aus? Was, glaubst du, hätten sie gern zu Weihnachten?«

»Sie kaufen sich selber, was sie brauchen. Sie brauchen Santa nicht.«

»Ach ja?«, fragte Mary Ann nach. »Bekommen sie denn von dir auch ein Geschenk?«

»Ich weiß nicht.« Er zögerte ein wenig, dann fügte er hinzu: »Manchmal hilft mir meine Mommy, was für meinen Daddy zu besorgen, weil ich nicht viel Geld habe, und das packen wir dann zusammen ein.«

Mary Ann lächelte und erinnerte sich daran, wie schwer Kindern so etwas fiel. »Manchmal haben meine Kinder die Stiefel ihres Dads geputzt oder die Werkstatt für ihn aufgeräumt. So etwas kostet kein Geld.«

»Du hast Kinder?«, staunte Christopher und riss die Augen weit auf. »Sind das Elfen?«

»Nein, das sind ganz normale Kinder wie du, aber sie sind mittlerweile alle erwachsen. Santa und ich haben fünf Kinder.«

»Ich habe eine Schwester.«

»Ich weiß. Sie kommt gleich nach dir dran. Christopher,

möchtest du mir sagen, was du zu Weihnachten gern hättest, damit ich es Santa ausrichten kann?«

»Ja. Ich will Geld.«

»Geld?«

»Ja, damit ich meiner Mom und meinem Dad und meiner Schwester ein schönes Geschenk kaufen kann.«

Noch einmal drückte sie ihn an sich. »Das ist wirklich sehr lieb von dir, Christopher, aber Santas Helfer können kein Geld machen. Vielleicht könntest du ihnen ein Bild malen oder sonst etwas Hübsches für sie basteln?« Da die wartenden Kinder unruhig wurden, fragte sie ihn, um dieses Gespräch abzuschließen: »Und du? Was hättest du denn gern? Ein Spielzeug, ein Buch oder so?«

»Ich mag Dusty Crophopper.«

»Schön, das werde ich Santa sagen. Und jetzt hüpf runter und sag deiner Schwester, dass sie an der Reihe ist.«

Es dauerte fast eineinhalb Stunden, bis alle Kinder sie besucht hatten. Mary Ann verstand es meisterhaft, die Gespräche kurz zu halten. Am meisten überraschte sie der »Lady-Luck-Effekt«. Es war immens befriedigend, ja richtig beglückend, jedes dieser Kinder zu umarmen und mit ihnen über das Geben zu sprechen. In ihr stieg eine freudige Energie auf, die sie ganz und gar erfüllte.

Als das Ende der Schlange in Sicht kam, war sie zwar erschöpft, aber sehr zufrieden mit ihrem ersten Versuch. Ganz hinten stand George und wartete geduldig auf sie. Nachdem das letzte Kind von ihrem Schoß geklettert war, trat er zu ihr und drückte ihr einen sanften Kuss auf die Wange. »Gut gemacht, Anna Claus.«

»Meinst du wirklich?«

»Unbedingt. All die Eltern haben erstaunt den Kopf geschüttelt, als ihre Kinder aufgeregt und mit völlig neuen Ideen zu ihnen zurückgekehrt sind. Das, was du getan hast, hat funktioniert. Mach weiter so.«

»George, ich hatte solche Angst, es zu vermasseln. Sehe ich gut aus?«

George nahm sein Handy aus der Tasche und hielt es sich ans Ohr, als würde er ein Gespräch entgegennehmen. »Hallo? Ja, ich bin ihr persönlicher Assistent. Ja, sie ist im Moment direkt neben mir. Entschuldigen Sie mich kurz, dann frage ich sie gleich – *Glamour* ruft an und möchte ein Exklusivinterview mit dir. Sie wollen irgendwas über Anna Marie Claus bringen, eine brandneue Titelheldin für eine brandneue Welt.«

»George«, schalt sie ihn liebevoll. »Wenn wir für deine Albernheiten Geld bekämen, wären wir reich.«

Ein Mitarbeiter eines der Nachrichtenteams unterbrach sie. »Mrs Claus, können wir vielleicht kurz mit Ihnen reden?«

George zuckte mit den Schultern und lächelte, wie er es immer tat, wenn er zum Ausdruck bringen wollte: *Na bitte! Hab ich's dir doch gesagt!*

13. KAPITEL

Links Wohnung – vielmehr die Wohnung seines Freundes Sam, in der er in den letzten Monaten auf dem Sofa geschlafen hatte – lag auf dem Weg zum neuen Tierheim. Er fuhr dorthin und zog sich um. Er tauschte Hemd und Krawatte – beides hatte er im Gerichtssaal getragen – gegen ganz normale Arbeitskleidung ein. Genau das Richtige, um Hundekacke zu beseitigen, dachte er grimmig, als er seine alten Stiefel zuschnürte.

Eigentlich hatte er nicht vorgehabt, den Weg zu dem am Stadtrand liegenden Tierheim zu Fuß zurückzulegen, doch als er in seinen Truck geklettert war und den Motor starten wollte, gab die Batterie, die schon länger gezickt hatte, endgültig ihren Geist auf. Super Timing, dachte er erbittert. Da er kein Geld für eine neue Batterie hatte, musste er jetzt laufen.

Unterwegs dachte er ständig daran, wie erbärmlich seine finanzielle Lage war. Sein Arbeitslosengeld deckte gerade die Miete, die ihm sein Freund abknöpfte, und den Unterhalt für die Kinder, den er Abbey schickte. Ersparnisse hatte er keine. Er hatte sich nicht mal Handschuhe gekauft, denn er hatte sich gesagt, dass er ja die Hände in die Taschen stecken konnte. Nun stellte er rasch fest, dass ungefütterte Taschen zwar für ein bisschen Kleingeld und

Schlüssel ganz nützlich waren, aber nicht für kalte Hände. Immer wieder rieb er sich die Hände und blies auf seine Fingerspitzen, um mit dem warmen Atem die Gelenke aufzuwärmen.

»Sind Sie Hayley Donaldson?«, fragte er, als er im Eingangsbereich des Tierheims eine junge Frau an einer mit munter blinkenden Lichterketten geschmückten Theke sitzen sah.

Hayley schaute hoch. »Ja.«

»Heute ist es saukalt«, sagte er. »Ach, beinahe hätte ich es vergessen.« Er streckte ihr die Hand hin. »Link Robinson.«

»Hallo, Link. Schön, dich wiederzusehen. Oha«, sagte sie, als sie seine eiskalte Hand schüttelte. »Du hast recht, es ist echt kalt.«

»Kennen wir uns?«, fragte Link erstaunt.

»Aus der Highschool«, erklärte Hayley freundlich. »Aber du erinnerst dich wahrscheinlich nicht mehr an mich. Es ist ja schon eine Weile her. Doc Pelot hat mich vorhin angerufen und gesagt, dass du uns hier ein Weilchen aushelfen wirst. Wir sind sehr froh über deine Hilfe. Es ist alles Mögliche liegengeblieben, und besonders um Weihnachten herum ist hier die Hölle los.«

Link war ihr erster ehrenamtlicher Mitarbeiter. Sie brauchte die Hilfe dringend, auch wenn sie sich von ihm nicht allzu viel erhoffte. Sie erinnerte sich an Link und Abbey in der Highschool. Die beiden waren zwei Klassen unter ihr gewesen und im zweiten Schuljahr, als sie die letzte Klasse besuchte, schon ein Paar. Ein gut aussehendes

Paar, damals allseits bekannt und beliebt. Doch vermutlich hatte er keinen Schimmer, wer sie war. Sie hatte einer anderen Gruppe angehört – langweilig, strebsam, still, mit Gewichtsproblemen kämpfend –, ein Mauerblümchen, an das man sich kaum erinnerte.

Die Zeiten hatten sich geändert, und zwar für sie beide, dachte Hayley. Für sie selbst definitiv zum Besseren. Wie Link jetzt vor ihr stand, sah er zwar immer noch gut aus, doch sein großspuriger Charme war verflogen. Er wirkte niedergeschlagen und gedemütigt. Doc hatte ihr einiges über ihn erzählt, und deshalb wusste Hayley, dass es Link nicht gut ging. Seine Kleider waren zerknittert und schäbig, so, als ob er sie dort, wo er Unterschlupf gefunden hatte, gerade aus dem Koffer gezogen hätte. Nach allem, was sie so gehört hatte, war das vermutlich tatsächlich der Fall. Außerdem ließen Abbey und er sich gerade scheiden. Traurig. Dennoch – er hatte sich zu zwanzig Stunden die Woche verpflichtet, und das kam einem Wunder gleich. Sie war für zwei weitere Hände unendlich dankbar; denn im Tierheim war von Anfang an viel mehr los gewesen als erwartet, da die Nachricht, dass es wieder eine solche Einrichtung gab, sich wie ein Lauffeuer verbreitet hatte. Als sie sich bei Doc Pelot darüber beklagt hatte, dass sie dringend Unterstützung benötigte, hatte er ihr versprochen, dass er sich darum bemühen würde. Er kenne ein paar Leute, denen es guttun würde, wenn sie einen Lebensinhalt hätten, hatte er gemeint. Und dann hatte er ihr an diesem Nachmittag mitgeteilt, dass Link Robinson auf dem Weg zum Tierheim sei.

Hayleys fester Händedruck und ihr Lächeln wiesen auf etwas hin, was Link lange nicht mehr gespürt hatte – Respekt. Er überlegte, ob er die Sache richtigstellen sollte. Schließlich war er nicht freiwillig hier, und Doc Pelot war sein AA-Sponsor, nicht sein Freund. Er war ein Alkoholiker, der kurz davor gestanden hatte, ins Gefängnis zu wandern, kein Gutmensch. Aber seine Geschichte, sein Drama, ging die anderen nichts an, und außerdem wäre es für alle peinlich gewesen, wenn er sich vollkommen offenbart hätte. Vermutlich kannte Hayley ohnehin die Wahrheit, also war es unnötig, sie ihr jetzt mitzuteilen. Der Richter hatte ihn vor die Wahl gestellt, er hatte sich für die Sozialstunden in einer gemeinnützigen Einrichtung entschieden, und deshalb war er hier. Doch eines wollte er von Anfang an klarstellen: »Ich bin auf der Suche nach einem richtigen Job, aber bis ich den finde, kann ich gern hier aushelfen.«

»Ja, das kann ich gut verstehen. Wir freuen uns einfach, dass du uns hilfst, solange du kannst. Ich zeig dir gleich mal die Örtlichkeiten, aber zuerst möchte ich dir Todd vorstellen. Wir leiten das Tierheim gemeinsam. Er kümmert sich um die Tiere, ich um die Verwaltung.« Sie deutete auf das Ende des Ganges. Dort saß ein erwachsener Mann auf dem Boden. Er hatte ein Handtuch in der Hand, an dem ein kleiner Hund sachte zog.

Link erinnerte sich an Todd aus der Highschool. Er war zwei Klassen unter ihm gewesen, ein Außenseiter, den die anderen hänselten. Er erinnerte sich auch vage daran, dass er einmal eingegriffen und jemandem gesagt hatte, dass er Todd in Ruhe lassen sollte. Jetzt hatte er den Eindruck, dass Todd versuchte, seinem ziemlich komisch aussehenden vierbeinigen Kumpel etwas beizubringen, denn er belohnte den Hund immer wieder mal mit Leckerlis.

Hayley lag es auf der Zunge zu sagen: »Und jetzt siehst du auch, warum hier so viel Arbeit liegen bleibt.« Doch das hätte unprofessionell geklungen. Deshalb versuchte sie, ihren Frust in eine positivere Beobachtung umzumünzen. »Todd versteht sich hervorragend darauf, den Hunden die Aufmerksamkeit zu schenken, die sie verdienen.« Doch auch in dieser Formulierung klang ihr Frust durch.

Zum zweiten Mal in zehn Jahren kam Link Todd zu Hilfe. »Es gehört ja wohl zu der Stellenbeschreibung, dass man Hunde mögen sollte.«

Hayley lächelte. »Du hast vollkommen recht. Ich wollte mich nicht beklagen. Es ist nur so, dass momentan echt viel Arbeit liegen bleibt.« Als Todd hochsah, fuhr Hayley fort: »Todd, ich möchte dir gern Link Robinson vorstellen, unseren ersten Ehrenamtlichen.«

Todd erkannte Link sofort, denn mit ihm verband er eine der wenigen guten Erinnerungen, die er aus jener Zeit seines Lebens hatte.

Todds Jahre auf der Highschool waren für ihn überwiegend finster und unangenehm gewesen. Zuhause hatte er sich immer geachtet und wertgeschätzt gefühlt, und in den kleinen Klassen der Grund- und Mittelschule hatten seine Lehrerinnen ihn immer geschützt. Aber auf der Highschool von Crossing Trails wurde sein Selbstwertgefühl von Anfang an auf eine harte Probe gestellt. Die Lehrer benoteten seine Hausaufgaben mit mangelhaft. Auf dem Schulflur rückten ihm immer ein paar Jungs nahe, die ihn anrempelten und anpöbelten: »Spasti«, »Blödmann«, »Trottel«. Sie lachten und machten sich ein Spiel daraus. Er wusste, dass sie ihn damit meinten, doch er wusste nicht, wie er sich dagegen wehren sollte. Also ignorierte er sie einfach und lief weiter.

Die Gruppe wuchs zu fünf oder sechs Jungs an, und ihr Spott war immer schwerer auszublenden. Todd war verwirrt und verängstigt. Eines Tages legte sich die Hand seines schlimmsten Peinigers auf Todds Schulter, und er wiederholte ständig diese seltsamen Ausdrücke. Todd verstand nicht ganz, was sie bedeuteten, doch er spürte, dass ihm Grausamkeit widerfuhr, nicht Güte. Tränen traten ihm in die Augen, und sein Herz pochte heftig. Er wusste nicht, was er tun sollte.

Plötzlich verschwand die Hand, und hinter ihm gab es ein dumpfes Geräusch. Es klang, als würde ein Körper gegen einen Spind geworfen und zu Boden gehen. Als Todd sich umdrehte, war es mucksmäuschenstill im Gang, und Link Robinson beugte sich über den Jungen, der auf dem Boden lag.

»Du bist der Trottel«, sagte Todd laut und lächelte breit. Hayley hob fragend die Brauen, Link wirkte noch erstaunter.

Todd lächelte Link weiter breit an, während er sich deutlich an jenen Vorfall erinnerte.

»Was hast du gesagt?«, fragte Link und versuchte zu

kapieren, warum dieser Bursche so fröhlich aussah und ob er ihn soeben beleidigt hatte.

»Das hast du zu dem Jungen gesagt, der mich beschimpft hat. ›Du bist der Trottel.‹ Daran erinnere ich mich noch sehr gut.« Er legte eine kleine Pause ein, dann beendete er seinen Gedanken. »Damals in der Highschool. Da hast du das zu ihm gesagt.«

Hayley begriff es sofort. Todd gab oft etwas von sich, was völlig aus dem Nichts zu stammen schien, doch tatsächlich hatten solche Äußerungen immer eine Ursache. Klar, dachte sie; offenbar hatte sich Todd durch Links Auftauchen schlagartig an diesen lange zurückliegenden Vorfall erinnert, den er tief in seinem Gedächtnis vergraben hatte. »Todd, es ist in dieser Welt nicht leicht, Leute zu finden, die für einen einstehen. Es klingt ganz danach, dass Link so einer ist.«

Für dich einstehen. Todd hatte nie recht begriffen, was dieser Ausdruck bedeutete, doch jetzt glaubte er, dass er ihn verstanden hatte. »Ja. Danke, dass du für mich eingestanden bist.«

Die Details dieses Vorfalls hatte Link längst vergessen, aber die Geschichte klang nach etwas, was er tun und sagen würde. Aggressionsbewältigung gehörte nicht zu seinen Stärken. »Ja, das habe ich vermutlich getan. Gern geschehen, es freut mich, dass ich dir mal helfen konnte.« Er betrachtete Todd eingehender. »Deine Mom ist doch Mrs McCray, die Beratungslehrerin, und dein Dad heißt George, stimmt's?«

»Jawohl. Mom ist Mrs McCray, und Dad ist George.

Ich habe auch noch ein paar Brüder und eine Schwester.« Todd sah zwar immer wieder einmal hoch, doch gleichzeitig ermunterte er den Hund unablässig, an dem Handtuch zu zerren.

»Ich habe mal ein bisschen auf eurer Farm gearbeitet, deinem Dad mit dem Heu geholfen. Ein- oder zweimal.« Link hatte mit Haustieren nie viel am Hut gehabt. Als Kind hatte er nie eines besessen. Für ihn waren Haustiere nur zusätzliche Mäuler, die es zu füttern galt. Deshalb verstand er auch nicht, warum Todd und dieser Hund so verbunden schienen. »Sieht so aus, als ob du und dieser Hund gut miteinander auskommt.«

»Sie heißt Elle. Ich bilde sie zu einem Assistenzhund aus.«

»Was ist ein Assistenzhund? Ein Hund für blinde Leute?«, fragte Link.

»Gute Frage. Du denkst an einen Blindenhund, aber ein Assistenzhund kann noch viel mehr. So ein Hund hilft Leuten bei Dingen, die sie alleine nicht so gut tun können. Ich versuche, Elle beizubringen, dass sie vorsichtig an diesem Handtuch zieht. Als Nächstes möchte ich sie dazu bringen, vorsichtig an einem Ärmel zu ziehen. So könnte sie einer Person helfen, die sich nicht selbst ausziehen kann.«

»Ich hatte keine Ahnung, dass Hunde so was tun können.«

»Ja, und sie können noch viel mehr.«

Link setzte sich neben Todd, denn das Thema begann, ihn zu interessieren. Elle fand rasch eine neue Aufgabe. Todd und das Handtuch waren Schnee von gestern. Link war ein Quell von frischen Gerüchen und ungewöhnlichen Energien – ängstlich, wachsam, traurig. Elle näherte sich ihm vorsichtig. Als Link ihr die Hand hinstreckte, schnüffelte sie daran. Seine Hände waren so kalt wie der Frost auf ihrer Nase. Sie kroch etwas näher, und Link hob sie behutsam hoch und setzte sie sich auf den Schoß. Sie legte den Kopf an seine Brust und ließ sich von ihm die großen weichen Ohren kraulen. Sie erinnerte Link an jemanden – an seinen kleinen Kobold. Wenn Emily müde war, legte sie den Kopf genau so an seine Brust. Etwas Kleines, Hilfloses vertraute darauf, dass es bei ihm sicher war. Es löste ein sehr beruhigendes Gefühl in ihm aus. Elle winselte leise vor Behagen. Er streichelte ihr Fell. Sie fühlte sich gut an.

»Ich glaube, sie mag dich«, sagte Todd.

»Ach ja?«, fragte Link. »Wie kommst du darauf?«

»Normalerweise lässt sie vom Spiel mit dem Handtuch nicht ab, solange das Haus nicht brennt.«

»Ich habe eine Idee«, meinte Hayley, und als beide Männer zu ihr hochsahen, fuhr sie fort: »Link, wenn du mit ein paar Hunden Gassi gehen würdest, dann hätte Todd Zeit für andere Aufgaben.«

Die Idee, wieder raus in die Kälte zu gehen, stieß bei Link auf wenig Gegenliebe. Er fror immer noch bis auf die Knochen. »Gibt es nicht etwas, was ich drinnen machen kann? Ich habe keine Mütze und auch keine Handschuhe dabei. Draußen ist es ziemlich kalt.«

»Natürlich«, erwiderte Hayley. »Tut mir leid, dass ich nicht daran gedacht habe.«

Todd zuckte mit den Schultern, ging zur Garderobe, holte

seine himmelblaue Strickmütze und seine mit Fleece gefütterten Lederhandschuhe aus seiner Manteltasche und bot Link an: »Du kannst gern meine Sachen tragen.« Er nahm ein paar Leinen von einem Wandhaken. »Nimm die mit. Du solltest Elle immer an der Leine führen. Sie reißt gern aus.« Er hakte ein Ende der Leine an dem Halsband des kleinen Hundes ein und streckte Link das andere Ende hin.

Link hatte etliche Pferde und ab und zu auch mal eine Kuh ausgeführt. Ein Hund konnte nicht viel anders sein. Nachdem er Mütze und Handschuhe angezogen und den Reißverschluss an seiner Jacke zugezogen hatte, nahm er die Leine und starrte auf die kleine Töle. Sie saß noch auf dem Boden, wedelte jedoch eifrig mit dem Schwanz.

Hayley ging zur Tür. »Zwanzig Minuten pro Hund reicht. Wir versuchen, die östliche Reihe am Morgen auszuführen und die westliche am Nachmittag.« Sie schickte einen Blick Richtung Decke, wie um eine höhere Macht um Hilfe anzuflehen. »Außer Elle. Todd nimmt sie immer bei beiden Gruppen mit.«

»Sie braucht mehr Auslauf als die meisten anderen Hunde«, fügte Todd erklärend hinzu.

Link machte sich auf den Weg. Er zog sanft an Elles Leine. »Los geht's, Elle.«

Die kleine Hündin blickte erst zu Todd, dann zu Link, doch sie rührte sich nicht vom Fleck, auch als Link ein bisschen heftiger zog.

Todd sprach ihr Mut zu. »Alles ist gut, Elle. Geh mit Link, ich muss arbeiten.«

Hayley hielt die Tür weit auf. Es sah wie eine Extrainladung an Elle aus, mit einem Fremden loszuziehen. Zögernd setzte sich der kleine Dickkopf in Bewegung. Link ließ die Leine mit seinem Handgelenk schnalzen, sodass sie sich bis zu Elles Halsband kräuselte. Vorsichtig näherte sich Elle der Tür, und Link ermutigte sie, so gut er konnte. »So ist's gut, Elle. Braver Hund.«

Etwa zwei Meter von der Tür entfernt drehte Elle sich um und bedachte Link mit einem liebevollen Blick aus ihren braunen Augen, dann überwand sie den Rest des Weges mit ein paar behutsamen Schritten. Doch plötzlich machte sie einen Riesensatz und stürmte ins Freie, so schnell, als wäre ihr ein Rudel Wölfe auf den Fersen.

»Hey, Elle!«, schrie Link, als die rote Leine aus der Tür verschwand – ohne einen Menschen am anderen Ende.

»Nein, Elle!«, schrie Hayley zum tausendsten Mal.

»Es ist besser, wenn du die Leine gut festhältst«, lautete Todds trockener Rat für Link.

Link nickte. »Das werde ich mir merken.«

14. KAPITEL

Das Two Trails Café liegt westlich vom Gerichtsgebäude am Hauptplatz von Crossing Trails. Unter dem Namen des Restaurants prangt stolz in roten Buchstaben: »In Crossing Trails seit 1954 beheimatet.« Die Einheimischen witzeln seit Jahren darüber, dass dieser Hinweis angesichts der heruntergekommenen Fassade überflüssig sei.

Hier trafen sich alle möglichen Leute: Mitarbeiter des Gerichts, Leute auf einem Einkaufsbummel, Freunde und Bekannte. Mary Ann McCray und Abbey Robinson hatten sich in den letzten zwei Wochen schon zwei Mal hier verabredet, und heute wollten sie sich ein weiteres Mal treffen.

Mary Ann stand Abbey nach wie vor, so gut sie konnte, zur Seite, doch sie bemühte sich auch stets, ihr klarzumachen, dass sie keine Partei ergreifen wollte. Falls man sie darum bitten würde, würde sie natürlich auch mit Link zu reden versuchen, oder mit den beiden jungen Leuten gemeinsam. Sie hatte Link angerufen und ihm eine Nachricht hinterlassen, dass es ihr leidtat, dass sie sich scheiden ließen, und dass sie an ihn dachte. George hatte ebenfalls versucht, ihn zu erreichen, doch keinem von ihnen war es bisher gelungen.

Abbey drückte zur Begrüßung kurz Mary Anns Schulter, dann zog sie einen Stuhl heran und setzte sich an das Tischchen mit den verchromten Beinen und der roten Resopalplatte. Mary Ann, die sich erinnert hatte, dass Abbey gern Limonade trank, hatte ihr eine Cola bestellt, die bereits auf sie wartete. Abbey nahm einen großen Schluck, dann bedankte sie sich und beugte sich nach unten zu ihrer Schultertasche, in der ein paar Bücher aus der Bücherei und diverse Unterlagen steckten. Sie kramte ein Notizbuch heraus, in das sie ihre Gedanken und Fragen geschrieben hatte.

Der Küchendampf legte sich auf die Fenster des kleinen Restaurants. Die meisten Gäste, die hier zu Mittag aßen, waren bereits gegangen, doch Mary Ann bemühte sich trotzdem, möglichst leise zu reden. »Wie geht es dir heute?«, fragte sie.

Abbey blieb nur noch eine knappe Stunde Mittagspause, und sie wollte diese Zeit so gut wie möglich nutzen. Deshalb warf sie erst einen kurzen Blick auf ihre Notizen, bevor sie sagte: »Mir geht es gut, und ich glaube, Emily auch. Aber Keenan macht mir Sorgen. Mein Bruder hat letzte Woche ein Gespräch von Mann zu Mann mit ihm geführt und gemeint, dass Keenan jetzt der Mann im Haus sei. Ich finde, das war ziemlich blöd von ihm.«

»Das finde ich auch.« Mary Ann verzog das Gesicht. »Sollen wir ihn verhauen?«

Abbey lachte. »Ich fürchte, das wird schwierig. Er ist knapp einsneunzig.«

»Warum Leute kleinen Jungs sagen, dass sie plötzlich Männer sein müssen, will mir einfach nicht in den Kopf.«

»Ja«, pflichtete Abbey ihr bei. »Es ist ja nicht so, als wäre Link tot.«

»Sieht er die Kinder denn regelmäßig?«

Abbey seufzte gequält. »Der Richter hat ihm eine Bewährungsstrafe gegeben und die Weisung, dass er seine Kinder nur unter Aufsicht sehen darf, aufgehoben. Sie haben letztes Wochenende angefangen, bei ihm zu übernachten, aber das lief nicht so toll. Mittwochs sollen sie ebenfalls bei ihm übernachten. Diese Woche soll es losgehen. Aber ich weiß nicht, ob das so gut ist.«

»Warum nicht?«, fragte Mary Ann.

»Keenan versucht, gegen seinen Vater Partei zu ergreifen. Er will nichts mehr mit ihm zu tun haben. Letztes Wochenende musste ich ihn zwingen, seinen Dad zu besuchen. Er hat mir erklärt, dass er auf keinen Fall auch noch mittwochs bei ihm übernachten will.«

Mary Ann schob ihren Kaffee zur Seite und senkte die Stimme noch weiter. »Wie reagierst du auf solche Aussagen?«

»Ich sage ihm, dass sein Dad ihn lieb hat und immer sein Dad bleiben wird. Ich habe ihm gesagt, dass es wichtig ist, dass er ihn besucht, und dass er aufhören soll, sich darüber zu beschweren.«

»Ich weiß nicht, Abbey – so denken Erwachsene. Vielleicht muss er einfach ein bisschen Spaß mit seinem Dad haben. Das könnte einstweilen völlig ausreichen.«

Abbey sah Mary Ann lange an. Sie war sich nicht sicher, ob sie ihr von den jüngsten Entwicklungen berichten sollte, denn dabei verlor sie meist völlig die Fassung. Daran zu denken tat schrecklich weh, und darüber zu reden würde noch schmerzlicher sein. Sie schwankte hin und her. In einem Moment war sie wütend, im nächsten tieftraurig. Aber es war nicht fair, Mrs McCray um Hilfe zu bitten und ihr dann nicht alles zu sagen. Sie schluckte und schob ihren Zorn zur Seite. Um möglichst große Sachlichkeit ringend erklärte sie: »Die Kinder in der Schule wissen, dass Link betrunken Auto gefahren ist. Eine Mutter kam vorbei und sah, wie der Sheriff die Kinder aus dem Wagen holte. Vermutlich hat sie das den anderen Eltern brühwarm erzählt, und schließlich drang es auch zu den Kindern durch, und sie fingen an, darüber zu reden. Sie wissen ja, wie schnell sich Klatsch in Crossing Trails verbreitet. Jetzt wissen es vermutlich alle. Keenan ist das schrecklich peinlich. Ich glaube, er versucht, das so zu bewältigen, indem er mir sagt, dass sein Dad ein Trinker und ein schlechter Vater ist. Solche Dinge muss er von den anderen Kindern in der Schule aufgeschnappt haben.«

Abbeys Selbstbeherrschung schmolz dahin. Ihre Wut verwandelte sich wieder in Kummer. Tränen liefen ihr über die Wangen. Sie wischte sie unwirsch mit einer Serviette weg. »Ich habe ihm gesagt, dass sein Dad einfach nur unglücklich ist und dass manche Leute trinken, weil es ihnen hilft zu vergessen, wie schlecht es ihnen geht – zumindest vorübergehend. Und dass es ihnen später aber normalerweise umso schlechter geht.« Sie zögerte, dann fragte sie: »War das in Ordnung? Ich wusste nicht, was ich ihm sonst sagen sollte. Natürlich hat Link sich bei den Kindern niemals für diesen schrecklichen Abend entschuldigt. Er tut einfach so, als wäre er nicht passiert.«

Mrs McCray nahm Abbeys Hand. »Schätzchen, das hätte keiner besser formulieren können. So etwas braucht Zeit, um zu heilen. Du brauchst die Zeit, Link braucht sie, und natürlich auch die Kinder.«

Abbey blickte wieder auf ihre Notizen. »Haben Sie mit Ms Nester, Keenans Vertrauenslehrerin in der Schule, gesprochen? Ich habe sie angerufen und ihr die Erlaubnis erteilt, mit Ihnen zu reden.«

»Ja, ich habe mit Maureen gesprochen. Sie ist eine der besten Vertrauenslehrerinnen unseres Schulbezirks, und ich kenne sie sehr gut von ihrer Arbeit an der Highschool. Sie wird morgen in der Pause mit Keenan reden. Dass er im Unterricht einschläft, ist sehr ungewöhnlich für ihn, aber sie meint, dass Kinder genauso wie Erwachsene, wenn sie gestresst sind, oft unter Schlafstörungen leiden. Sie hat mir gesagt, dass Keenan sich auch bei ihr beklagt hat, dass er nicht zu seinem Dad nach Hause will.«

»Mrs McCray, die Kinder müssen bei Link auf einer Luftmatratze schlafen. Das kann doch nicht gut für sie sein!«

»Darüber würde ich mir keine Sorgen machen, Abbey. Todd hat die Hälfte seiner Kindheit auf dem Boden geschlafen, nur mit seiner Zudecke. Wir mussten ihn immer ins Bett legen.« Mary Ann bemerkte, dass Abbey besorgt auf die Uhr sah. »Wir haben uns noch über etwas anderes unterhalten, was ziemlich interessant war. Ms Nester hat vorgeschlagen, dass du es mal mit einem sogenannten ›Übergangsobjekt‹ versuchen könntest.«

»Was ist das denn?«, fragte Abbey.

»Im allgemeinen eine Puppe oder ein Teddybär, irgendein Spielzeug oder sonst etwas, an dem das Kind hängt und das dann zwischen Moms Haus und Dads Haus hin- und herwandert – als Konstante, wenn sich die Welt des Kindes rasch verändert. Ms Nester meinte, so etwas könne dazu beitragen, dass Kinder sich geborgener fühlen und weniger Angst vor dem Unbekannten haben und davor, das sorgeberechtigte Elternteil zu verlassen.«

Abbey lebte sichtlich auf. »Das ist eine Superidee. Keenan könnte seine Star-Wars-Bettwäsche mitnehmen, wenn er bei Link übernachtet. Emily schleppt jetzt schon ihren PAW-Rucksack überall hin mit.«

»Na, dann versuch es doch mal damit. Vielleicht hilft Keenan das bei dem Wechsel.«

Abbey rutschte mit ihrem Stuhl vom Tisch weg, stand jedoch noch nicht auf. »Da wäre noch etwas, auch wenn ich Sie nur sehr ungern darum bitte. Sie haben ja schon so viel für uns getan.«

»Nur zu – worum geht's denn?«

»Am Mittwoch müssen Link und ich nach der Arbeit zu unserem Elternkurs. Das ist eine richterliche Anordnung, wobei der Zeitpunkt ziemlich ungünstig ist, denn das erschwert unsere Situation mit der Kinderbetreuung. Mein Bruder wollte zwar auf die Kinder aufpassen, aber nach diesem Gerede vom Mann im Haus frage ich mich, ob...«

»Um wie viel Uhr?«

»Von halb sechs bis sieben. Ich kann die Kinder bei Ihnen vorbeibringen. Mein Dad wollte Link ein bisschen Geld leihen, damit er sich eine neue Batterie für seinen

Truck besorgen kann. Dad tut es hauptsächlich der Kinder wegen. Link könnte die Kinder dann so gegen acht bei Ihnen abholen, und anschließend können sie bei ihm übernachten.«

»Selbstverständlich – und sei unbesorgt, sie können auch bei uns essen.« Mary Ann fiel noch etwas ein. »Glaubst du, sie würden gern mal auf meiner Stute sitzen? Vielleicht könnte ich sie ein bisschen im Pferch herumführen.«

»Ach, Mrs Cray, das wäre fantastisch! Emily liebt Pferde über alles.«

15. KAPITEL

George studierte in der Zeitung immer die Preise für landwirtschaftliche Erzeugnisse, vor allem für Rind- und Schweinefleisch, Weizen und Mais. Auch das Wetter interessierte ihn meist, das Weltgeschehen und die Politik hingegen weniger. Er hatte das Gefühl, dass er nie die ganze Geschichte zu lesen bekam, sondern immer nur abgespeckte, aus einem bestimmten Blickwinkel geschriebene Versionen. Wenn es niemand mitbekam, las er auch die Ratgeberkolumne, und die Sportseiten interessierten ihn ebenfalls. Heute war er sich nicht sicher, was er von dem großen Farbfoto seiner Frau auf der ersten Seite und der Überschrift »ANNA CLAUS IS COMING TO TOWN« halten sollte.

Nachdem er den Artikel unter dem Foto gelesen hatte, musste er laut lachen. Nur Christmas, sein alter Labrador, war in Hörweite, als er rief: »Das ist wirklich köstlich!« Christmas blickte überrascht auf sein geliebtes Herrchen und wedelte matt mit dem Schwanz, dann widmete er sich wieder seinem Vormittagsnickerchen.

Die Lokalzeitung blies diese Geschichte wahrhaftig riesig auf. George vermutete, dass Mary Ann von dem ganzen Wirbel gar nicht begeistert sein würde. Ihm würde es auf alle Fälle so gehen. Es würde ihm zwar großen Spaß machen, sie deswegen ein bisschen aufzuziehen, doch er beschloss, den Mund zu halten und sie weiterhin zu unterstützen. Sie schien diese Sache ja wirklich sehr ernst zu nehmen. Dabei sprang sie doch einfach nur für einen alten Freund ein. Er las den Artikel ein weiteres Mal.

»Anna Claus hat Crossing Trails diese Woche einen Überraschungsbesuch abgestattet und damit eine jahrhundertelange Tradition des Schweigens gebrochen. Unser Ermittlungsteam hat ein paar Details zu dieser brandaktuellen Story zusammengetragen.

Sie ist etwa einen Meter siebzig groß, selbstbewusst und attraktiv. Die Haare hat sie aus dem Gesicht gekämmt und unter eine weiße, mit einem grünen Bommel versehene Filzmütze gesteckt. Obwohl sie in unserer Gemeinde neu ist, wirkt sie irgendwie bekannt – fast wie die ältere, weisere Version einer jungen Frau, die die meisten von uns recht gut kennen. Sie hat keinen großen roten Rucksack, gefüllt mit Spielsachen, dabei. Stattdessen ist sie mit einer wertvollen Botschaft gekommen.

Allerdings stammt diese Botschaft nicht von ihrem berühmten Ehemann, der aus unerfindlichen Gründen abwesend war. Anna Claus' ganz persönliche Botschaft lautet: »Ich möchte, dass Kinder einen besonderen Moment mit mir teilen, in dem sie mir erzählen, was sie geben wollen, und nicht nur, was sie gern haben wollen.« Stößt diese Botschaft bei Kindern und ihren Eltern auf offene Ohren? Das hofft sie sehr.

Sie gibt zu, dass sie wegen ihres Debüts in der Öffentlichkeit anfangs etwas befangen war, ja sogar gezaudert hat. Knapp zweihundert Jahre in der Küche – das ist eine lange Zeit. In dieser Zeit haben Frauen viel erreicht, was jedoch kaum für unsere Weihnachtstraditionen gilt. Die beliebtesten Weihnachtsfiguren sind männlichen Geschlechts: Santa Claus, die Elfen, der Grinch, Charlie Brown, Frosty, ja, sogar Rudolph – lauter männliche Wesen. Frauen tauchen da nirgends auf.

Anna Claus musste all ihren Mut zusammennehmen, um aus der Küche zu treten und darum zu bitten, auch einmal etwas sagen zu dürfen. Diesen Mut sieht man in den suchenden braunen Augen, in denen auch eine wahre Leidenschaft dafür aufflackert, Anna Claus zu sein. ›Wenn du einen Solo-Auftritt hinlegst, musst du schon sehr gut sein‹, sagt sie.

Nun, bei ihrem ersten Auftritt war das Publikum eher überschaubar. Die Bürgermeisterin von Crossing Trails, Miranda Parks, berichtet: »Etwa fünfzig Kinder waren da, und ich glaube, alle haben es genossen. Anna Claus ist eine willkommene Ergänzung unserer Weihnachtstradition.«

Als Nächstes wird Anna Claus im Sheraton-Kaufhaus am Marktplatz von Crossing Trails auftreten, und zwar am Samstagvormittag von zehn bis zwölf. Sehen Sie zu, dass Sie frühzeitig dort sind.

Und bis dahin – seien Sie vorsichtig. Anna Claus führt eine Liste und überprüft sie ständig!«

George legte die Zeitung beiseite. Vielleicht war Anna Claus doch keine bizarre Eintagsfliege. Er überlegte, ob er ihre fünf Kinder anrufen und ihnen vorschlagen sollte, dass sie mal bei einem der Auftritte von Anna Claus auftauchten, um ihre Solidarität mit ihr zu bekunden. Ihre Mutter schien sich auf etwas ganz Besonderes, ja sogar Mutiges eingelassen zu haben. Vielleicht ging diese Sache doch über Mary Anns stures Bedürfnis, Recht zu haben oder einen Streit zu gewinnen, hinaus. Irgendwie gefiel ihm die Vorstellung, dass seine Frau diese Rolle spielte. Gute Ehepartner unterstützen einander.

Doch andererseits verspürte er auch ein gewisses Unbehagen. Woher stammte das wohl? War er neidisch? Wehrte er sich gegen diese Veränderung der Tradition? Passte eine Anna Claus nicht in seine Vorstellungen von dem, was eine Frau zu tun und zu lassen hatte? Eigentlich hatte er sich nie für einen konservativen Mann gehalten. Er hatte eine Tochter, Hannah, über deren Erfolge er sich freute und der er immer dieselben Perspektiven wie seinen Söhnen gewünscht hatte.

Er musste an seinen Großvater Bo McCray denken, der ihm vor vielen Jahren gestanden hatte, wie schwer es ihm gefallen war, seiner Ehefrau Cora die Schlüssel zu ihrem neuen Auto zu überlassen. So etwas schien heute richtig lächerlich. Selbst Bo hatte später darüber gelacht. Er hatte gezögert, Cora Auto fahren zu lassen? Was hatte er sich nur dabei gedacht? »Die Frau kann sich beim Traktorfahren oder am Lenkrad eines Schneepflugs mit jedem Mann messen, aber mit meinem neuen Auto wollte ich sie nicht fahren lassen.«

George fiel ein, dass er irgendwo gelesen hatte, dass

Männer fast doppelt so häufig wie Frauen bei Autounfällen ums Leben kommen. Er erinnerte sich daran, dass die KFZ-Versicherung für seine Tochter stets deutlich niedriger gewesen war als für seine Söhne. Und das war vollkommen einleuchtend. Jungs sind risikofreudiger, und sie verursachen mehr Unfälle. Trotzdem gab es zahllose Witze über Frauen am Steuer.

George blickte sich um, und er merkte, dass noch überhaupt kein Weihnachtsschmuck angebracht worden war. Vielleicht war es das, was ihn störte. »Ich freue mich wirklich, dass Anna Claus in der ganzen Stadt Weihnachtsstimmung verbreitet, aber wir brauchen ein bisschen mehr davon in diesem Haus«, erklärte er seinem Hund Christmas. »Vielleicht sollte ich dein Halsband ein wenig schmücken?«

Er stand auf und ging zu dem Schrank, in dem Mary Ann das Geschenkpapier aufbewahrte. Nach längerem Suchen fand er ein grünes Band und eine rote Schleife. »Hier sieh mal, das passt doch.« Er beugte sich zu Christmas hinunter und befestigte die Schleife mit dem Band an seinem Halsband. Dann umarmte er ihn. »Du bist besser als sämtliche Rentiere. Und ganz unter uns ...« – er sah sich um, wie um sich zu vergewissern, dass es keine sonstigen Zuhörer gab – »... ich bleibe Santa treu.«

Nachdem George in der Scheune seine abendlichen Arbeiten erledigt hatte, kehrte er zu seinem Lieblingssessel zurück und sah sich die lokalen Abendnachrichten im Fernsehen an. Als hätte der Zeitungsartikel nicht gereicht, gab es zum Schluss noch einen Wohlfühlbeitrag: das Interview mit Anna Claus von ihrem Auftritt in der Bücherei. George blickte auf Christmas. »Da ist sie ja schon wieder! Erst in der Zeitung, und jetzt auch noch im Fernsehen.«

Er verstellte die Sessellehne mit dem Hebel in eine komfortable, beinahe horizontale Lage, dann schloss er die Augen und grübelte weiter über Anna Claus nach. Er war so verwirrt wie schon lange nicht mehr, und er wusste nicht, warum. Er hätte gern ein gutes Gefühl gehabt, doch das wollte sich nicht einstellen. Etwas an dieser ganzen Anna-Claus-Geschichte verunsicherte ihn. Er kam sich vor wie in einer Falle. Betrachtete er es als Rückschritt für einen Mann, wenn eine Frau einen Schritt nach vorne tat? Er kannte ziemlich viele ältere Männer im Ort, denen es so ging, aber eigentlich hatte er sich nie dazugezählt. Nein, es musste etwas anderes sein.

Wollte sein Bauchgefühl ihm zu verstehen geben, dass Anna Claus etwas leicht Verqueres an sich hatte? Sollte sie einfach an den Nordpol zurückkehren und Weihnachten wieder in die fähigen Hände des guten alten Santa Claus legen? Oder war ihre Ankunft notwendig und überfällig, jetzt mehr denn je? Die Welt war definitiv ein komplizierterer Ort als damals, als er ein kleiner Junge mit ein paar sehr einfachen Weihnachtswünschen gewesen war.

Auf unbestimmte Weise hatte er das Gefühl, dass er es Mary Ann schuldete, seinen widersprüchlichen Gefühlen auf den Grund zu gehen. Vielleicht schuldete er das ja auch sich selbst.

16. KAPITEL

Mary Ann traf eine Viertelstunde vor den Chormitgliedern in der Aula ein. Heute war die Generalprobe vor dem jährlich stattfindenden Weihnachtskonzert. Normalerweise nutzte sie die paar Minuten, um die To-do-Liste auf ihrem Smartphone zu aktualisieren. Jahrelang hatte sie zahlreiche Aufgaben angenommen. Sie mochte es, wenn sie immer etwas zu tun hatte. Das erfüllte ihr Leben mit Sinn und Bedeutung. In ihrem Hinterkopf tickte stets eine Uhr, die sie daran erinnerte, dass die Zeit verstrich, und sie motivierte zu erledigen, was anstand.

Sie wusste, dass sie andere manchmal strapazierte, sogar George. Seine Psyche war anders gelagert. Er war ruhiger und bemühte sich, immer wieder ein paar Momente des Friedens und der Einsamkeit zu ergattern. Dann las er die Zeitung, ging mit dem Hund spazieren oder saß einfach nur am Fluss und genoss den Duft der Frühlingszwiebeln, die in Grüppchen am Ufer wuchsen. George konnte sich sehr gut entspannen. Mary Ann gelang das nicht besonders gut, und das gab sie auch bereitwillig zu.

Sich so viel aufzubürden barg gewisse Risiken. Mary Ann lebte mit der ständigen Angst, dass sie etwas vergessen könnte, auch wenn das nur höchst selten vorkam. Sie checkte ihre Liste, die sie an diesem Tag fast abgearbeitet hatte. Während die ersten Schüler hereinschlenderten, sah sie in ihren Terminkalender. Diese Woche musste sie ihre Schüler zu einem Debattierwettbewerb fahren. Außerdem stand das Weihnachtskonzert vor der Tür. Wann würde sie wohl die Zeit finden, Geschenke zu verpacken, den Baum zu schmücken und die traditionelle Vorweihnachtsparty der Familie McCray vorzubereiten? Seit vielen Jahren öffneten sie am Abend vor Weihnachten ihr Haus für Familie und Freunde. Na ja, ein bisschen Zeit blieb ja noch, sie würde es schon irgendwie schaffen.

Mary Ann freute sich, dass Mr Smethers, der Orchesterchef, sich nach wie vor aktiv in das Konzert einbrachte. Seit über zwanzig Jahren gestalteten sie nun schon gemeinsam das Weihnachtsprogramm, hatten also ziemlich viel Übung darin. Dieses Jahr hatten sie beschlossen, ein bisschen Country-Musik einfließen zu lassen, und zwei neue Lieder einstudiert: »Hard Candy Christmas« und eine jazzige Version des Elvis-Klassikers »Blue Christmas«. Während weitere Schüler hereinschlenderten, setzte sie sich ans Klavier und begann, die beiden Lieder zu üben. Die Jugendlichen scharten sich um sie und begannen unaufgefordert mitzusingen. Mary Ann liebte solche Momente, in denen sie die spontane Freude an der Musik intensiv spürte.

Einer von Mr Smethers' Schülern, ein talentierter Jazz-Saxofonist aus der zweiten Jahrgangsstufe, improvisierte ein Solo für »Blue Christmas«, das alle mitriss. Als er sein Instrument absetzte, klatschten die anderen Schüler begeistert, und alle waren sich einig, dass er das auch auf dem Konzert spielen musste.

Die Probe verlief reibungslos, und die Zeit verging wie im Flug, während der Chor und die Musiker das Programm durchspielten. Um fünf Uhr klingelte der Wecker von Mary Anns Handy. Die Probe musste Punkt fünf beendet sein, damit sie um halb sechs zu Hause war, wenn Keenan und Emily eintrafen. »Okay, das war's, ihr Lieben. Ihr seid fantastisch.«

Als sie aus der Aula eilen wollte, hielt Mr Smethers sie auf. »Einige von uns haben uns unterhalten«, sagte er mit einem verschwörerischen Lächeln, ohne näher auf das »uns« einzugehen. »Wir haben uns gefragt, ob Anna Claus dieses Jahr unser Konzert moderieren könnte.«

Mary Ann hatte keine Ahnung, von wem diese Anfrage stammte. Wer war »wir«? Ihre Kollegen? Die Schülerschaft? Damit hatte sie nicht gerechnet, auch wenn sie zugeben musste, dass sie sich geschmeichelt fühlte. Die Nachrichten von Anna Claus hatten sich verbreitet, doch bei dem Weihnachtskonzert standen die Schülerinnen und Schüler im Mittelpunkt. »Bob, das ist eine sehr interessante Anfrage. Ich muss sie an sie weiterleiten. Sie würde den Kids nichts wegnehmen wollen. Schließlich ist das ihr Abend.«

Mr Smethers gab nicht so schnell auf. »Wir finden, dass Anna Claus einen willkommenen Beitrag zu diesem Abend leisten würde. Sie hat Talente, zum Beispiel eine musikalische Begabung, die der alte Santa Claus nicht hat. Die sollte sie ruhig zur Geltung bringen. Also – fragst du sie?«

Mary Ann hatte grundsätzlich nichts dagegen, aber sie wusste einfach nicht, ob sie die Zeit hatte, auch nur eine einzige weitere Aufgabe zu übernehmen. »Wir reden darüber, und dann wird sich eine von uns bei dir melden.«

»Danke!«

Sie holte ihre Handtasche, die sie auf dem Klavierdeckel abgelegt hatte, und hielt kurz inne, denn sie merkte, dass sie eine Art Verantwortung hatte, die über die ihren Schülern und ihrer Familie gegenüber hinausging. Jetzt war da noch eine weitere wichtige Person. Sie wandte sich an Bob. »Anna Claus hilft gerne aus.«

Der Orchesterleiter freute sich sichtlich. »Sag ihr, dass wir uns sehr über ihre Mitwirkung freuen.«

»Wird erledigt«, erwiderte Mary Ann mit einem Lächeln über die Schulter, während sie von der Bühne stieg und sich zu den Büros aufmachte, um die Nachrichten auf ihrem Telefon abzuhören. Ihre Anzahl überstieg das Übliche bei Weitem, doch sie dachte sich, dass es wohl mit der Jahreszeit zu tun hatte. Egal, wie oft sie die Eltern ihrer Schüler informierte, jedes Mal tauchten die gleichen Fragen auf. Vor dem Auftritt riefen immer ein paar Mütter – und gelegentlich auch ein paar Väter – an und fragten: »Soll die Hose jetzt blau oder braun sein?« Offenbar war es die schlimmste Vorstellung aller Eltern, dass ihre Söhne auf dem Konzert eine Hose in der falschen Farbe trugen. Aber heute Abend gab es nur drei solcher Fragen. Die meisten Nachrichten richteten sich nicht an Mrs McCray, sondern an Anna Claus. Täglich wurden es mehr.

Als sie die Stadtgrenze hinter sich gelassen hatte, rief sie George an. Sie blickte auf den Stapel der ausgedruckten Nachrichten auf dem Beifahrersitz. »George?«

»Ja?«

»Ich habe heute in der Schule vierzehn telefonische Nachrichten für Anna Claus erhalten.«

George warf einen Blick auf den Block auf dem Küchentisch. Auch bei ihm hatte das Telefon an diesem Tag sehr oft geläutet. »Das wundert mich nicht. Hier wird die Liste auch immer länger. Du warst sogar im Fernsehen.«

»Anna Claus?«

»Ganz recht.«

»Worauf habe ich mich da bloß eingelassen?«

»Schwer zu sagen.«

»Geht es dir damit gut?«, fragte Mary Ann. In der Ferne sah sie den Hügel auftauchen, auf dem die Farm der McCrays thronte.

George zögerte zu lange und versuchte, das mit Übereifer zu kompensieren. »Jawohl. Absolut. Ich stehe voll und ganz hinter dir.«

»Das klingt in meinen Ohren eher nach ›mehr oder weniger absolut‹.«

»Na gut. Mehr oder weniger absolut, glaube ich. Unbedingt vielleicht.« George verkniff sich weitere Bemerkungen, denn er wusste, dass das die Sache nur noch verschlimmerte.

»Hast du gemischte Gefühle?«

»Ich habe nicht so viel Erfahrung damit, mit einer berühmten Persönlichkeit verheiratet zu sein, die sich anzieht, als käme sie geradewegs vom Nordpol, und einen Schlitten steuert.«

»George?«, fragte Mary Ann ernst nach.

Er wusste, was sie jetzt hören wollte. Bislang war er unentschlossen gewesen, doch Mary Ann zwang ihn zu einer klaren Aussage. Letztlich waren seine Vorbehalte zu dem Konzept von Anna Claus nicht so wichtig. Wichtig war nur eines. »Du hast Santa jahrelang unterstützt, jetzt muss Santa mal Mrs Claus unterstützen. Wenn du dich damit wohlfühlst, dann tue ich das auch.«

Mary Ann bog auf die Zufahrt ein und betrachtete die Farm, auf der sie ihr gesamtes Erwachsenenleben verbracht hatte. Eine Schleiereule breitete die Schwingen aus, erhob sich vom Zaun und stieg in den Himmel. Es war zu spät, einen Rückzieher zu machen. Jetzt nicht mehr. »George?«

»Ja?«

»Ho, ho, ho.«

Sie beendete das Gespräch.

George legte das Telefon weg. Wenn zwei große Bäche sich an einer Gabelung treffen, bildet sich normalerweise ein Fluss. Wenn eine Ehefrau beschließt, die Weihnachtsfrau zu werden… Na ja, er war sich immer noch nicht sicher, was dabei herauskommen würde. Sie würden einen Weg finden müssen, damit die Sache funktionierte. Gemeinsam.

17. KAPITEL

Keenan konnte sich die Stimmung, die ihn wie ein undurchdringlicher Nebel umfing, nicht erklären. Er fand keinen Ausweg daraus, und er wusste auch nicht, wohin das Licht verschwunden war. Ihm fehlten die Worte, um diese Stimmung zu beschreiben, und das Verständnis, sie zu begreifen. Das Einzige, was er in Worten ausdrücken konnte, war, dass ihm alles irgendwie unfair vorkam. Das Leben kam ihm schwer vor und die Luft zum Schneiden dick. Manchmal fiel ihm das Atmen richtig schwer. Natürlich kannte er die Regeln, die für Kinder galten. Er wusste, was von ihm erwartet wurde. Man läuft die Bases in der richtigen Reihenfolge ab, man macht die Hausaufgaben rechtzeitig, man schwätzt nicht im Unterricht. Warum hielten sich seine Eltern nicht an die Regeln, die für Erwachsene galten? Jedenfalls taten sie das nicht mehr. Er hatte den Eindruck, dass das Spiel – das Familienspiel, das Lebensspiel – eine einzige riesengroße Lüge war. Seine Sicherheit kam ihm zunehmend abhanden. Warum sollte er irgendwelche neuen Regeln lernen? Wenn alte Regeln plötzlich und unerklärlicherweise einfach aufgegeben werden konnten, dann konnte mit neuen Regeln ja vielleicht dasselbe passieren.

Keenans Welt war aus den Fugen geraten. Es fühlte sich

an, als ob es nichts und niemanden mehr gab, auf den er sich verlassen konnte. Nicht mehr.

Alles schien auf den Kopf gestellt.

Wenn dieses Gefühl wieder einmal besonders stark war, wollte er einfach nur daheim bei seiner Mutter sein. So würde es vermutlich den meisten Siebenjährigen gehen. Stattdessen wurde er immer wieder irgendwohin geschickt. Diesmal war es das Haus der McCrays. Während Mrs McCray den Tisch fürs Abendessen deckte, saßen er und seine Schwester im Wohnzimmer bei Mr McCray und sahen sich *SpongeBob* an. Mr McCray war ja ganz nett, aber er redete nicht viel, obwohl er zusammen mit Emily über *SpongeBob* und Patrick lachte. Es gab auch noch einen alten Hund im Haus, der ganz in Ordnung zu sein schien, jedoch wenig Interesse an seiner Umwelt zeigte.

»Wie heißt diese Serie gleich noch mal, Emily?«, fragte Mr McCray. »Ich glaub, die muss ich mir öfter anschauen.«

Alte Erwachsene waren wirklich komisch, dachte Keenan. Jeder kannte *SpongeBob*. Na ja, immerhin roch die Lasagne gut, und er war hungrig.

Nachdem sie *SpongeBob* zu Ende gesehen hatten, kramte Emily ihr Malbuch und die Buntstifte aus dem Rucksack, und George saß neben ihr und sah ihr zu, wie sie sorgfältig eine Vorlage ausmalte. Als sie fertig war, überreichte sie ihm das Bild. »Das ist für dich.«

Es zeigte einen Weihnachtsbaum samt brennender Kerzen und Geschenken darunter. »Oh!«, sagte George. »Für mich?«

Emily nickte eifrig. »Ja.«

George holte eine Büroklammer aus dem Schreibtisch im Wohnzimmer, stach sie durch den oberen Rand des Bildes, ging zu dem immer noch schmucklosen Weihnachtsbaum und hängte das Bild daran auf. Das war der erste Weihnachtsschmuck, der Rest war nach wie vor in Schachteln verstaut. Er starrte kurz auf den kargen Baum, dann wandte er sich an Emily. »Na ja, wenn man nur einen einzigen Weihnachtsschmuck hat, dann zumindest einen richtig schönen.«

Nach dem Essen zog George sich zurück, und Mary Ann fragte die Kinder, ob sie gern ein bisschen auf ihrem Pferd Lady Luck reiten wollten. Emily rutschte sofort vom Küchenstuhl, hob eifrig die Hand und hüpfte aufgeregt herum. »Ja, ja! Bitte-bitte!«

Mary Ann sah Keenan an. Er mochte es nicht, wenn die Leute ihn anschauten. Am liebsten hätte er geschrien: »Schau nicht so blöd!« Aber er wusste, dass das unhöflich gewesen wäre. Es gab einfachere Wege, diese Frau dazu zu bringen, ihn in Ruhe zu lassen. »Ich mag keine Pferde«, grummelte er.

Mary Ann schenkte ihm ein beruhigendes Lächeln. »Kein Problem, Keenan. Komm doch einfach mit und schau zu.«

George kehrte in die Küche zurück. Am Abend fand die vierteljährliche Vorstandssitzung des Wasseramts statt, und er war auf dem Weg dorthin. Für dieses Treffen hatte er die obligatorischen zwei Extra-Minuten eingelegt, um sich zurechtzumachen. Er hatte sich die Haare zurückgekämmt und es mit einem neuen Stil ausprobiert: sein Westernhemd hing lose über dem Hosenbund, so, wie es seine Söhne zu tragen pflegten. Es gefiel Mary Ann, dass George immer noch Wert auf sein Äußeres legte. »Gibt es denn zur Zeit was Neues an der Wasserfront?«, fragte sie ihn, als er an ihr vorüberging.

Er nahm seine Jacke vom Haken in der Diele. »Der Ausschuss wird Bericht erstatten, aber ich gehe davon aus, dass das Wasser nach wie vor nass ist.« Er ließ seine Autoschlüssel klirren. »Ich bin so gegen acht wieder da.«

Nachdem die Scheinwerfer seines Trucks in der Nacht verschwunden waren, spülte Mary Ann rasch das Geschirr, dann half sie den Kindern beim Anziehen ihrer Mäntel und Handschuhe, und schließlich machten sie sich auf den Weg zur Scheune. Der alte Labrador trottete hinter ihnen her.

Mary Ann holte Lady Luck aus ihrer Box und klickte die Führleine an ihr Halfter, dann holte sie das Reitkissen, legte es auf den Rücken der Stute und gurtete es sorgfältig fest.

George hatte vergessen, das alte Radiogerät in seiner Werkstatt auszuschalten. Gerade liefen alle möglichen Weihnachtslieder. Mary Ann summte mit. Abgesehen von der kleinen Werkstatt war die Scheune ungeheizt. Die Kinder zitterten ein wenig in der kalten Abendluft.

Emily lehnte sich an Mary Anns Bein. Die Kleine schien bereit, auf Lady Luck zu springen und ins Mondlicht davonzupreschen. Erwartungsvoll trat sie von einem Bein aufs andere. Alles, was mit Pferden zu tun hatte, begeisterte sie, doch der Sattel kam ihr seltsam vor. Es war nur eine Art Polster mit einem Gurt, zwei leichten Steigbügeln und einer weißen Nylonschlaufe, die als Griff diente. Einen solchen Sattel hatte sie noch nie gesehen.

Als der Sattel festgezurrt war, kürzte Mary Ann die Steigbügel so weit wie möglich, dann überprüfte sie den Sattel noch einmal. Jetzt saß er sehr locker. Die Stute war schlau, sie hatte beim Auflegen des Kissens die Luft angehalten, damit ihr Brustkorb sich weitete. Mary Ann wartete, bis Lady Luck ausatmete, dann zurrte sie den Gurt noch einmal fester.

Sie warf einen Blick auf Keenan. Er wirkte höchst gelangweilt, wie er da im Schneidersitz auf dem Boden saß, sich an die Wand lehnte und mit einem Stock in der Hand auf dem Boden herumstocherte. Christmas döste ein paar Meter von ihm entfernt. »Keenan, in der Scheune stehen alle möglichen Gerätschaften«, erklärte Mary Ann ihm. »Das kann gefährlich sein. Du musst hier sitzenbleiben, während Emily reitet. Ist das in Ordnung?«

Er nickte schweigend.

»Emily, bist du bereit, es mal mit einer kleinen Runde zu versuchen?«

Die Kleine warf sich in Mary Anns Arme. Mary Ann freute sich über ihre Begeisterung und wirbelte sie herum. Beide lachten. »Na, dann mal los.«

Mary Ann setzte Emily sanft auf den Pferderücken. Die Augen des Kindes weiteten sich erwartungsfroh. »Halt dich mit beiden Händen an ihrer Mähne fest«, riet Mary Ann. Emily fuhr mit den Fingern durch die drahtigen Haare und hielt sich gut fest. Mary Ann stellte Emilys Füße in die Steigbügel. Das Mädchen rutschte ein bisschen hin und her, bis sie eine bequeme Stellung gefunden hatte. Dann beugte sie sich vor und versuchte, die Arme um Lady Lucks Hals zu legen.

Die Stute wandte den Kopf und sah Mary Ann an. »Willst du einfach nur dastehen und zusehen, wie dieses Kind mich erwürgt?«, schien sie zu fragen.

Mary Ann löste die Führleine vom Haken, an den sie sie befestigt hatte. »Okay, Schätzchen, lehn dich mal zurück, dann machen wir einen kleinen Ausritt in der Scheune.«

Bei all den Enkeln in der Familie wusste Lady Luck, was von ihr erwartet wurde. Sie trottete gemächlich auf dem Mittelgang der alten Scheune auf und ab. Nach vier Durchgängen blieb Mary Ann vor Keenan stehen. »Du könntest auch mit drauf.«

Er schüttelte den Kopf. »Nein, danke.« Dann sagte er zum zweiten Mal an diesem Abend: »Ich mag keine Pferde.«

Er widmete sich wieder seiner Beschäftigung, mit seinem Stock auf dem Lehmboden herumzukratzen und sich zu überlegen, wie er sich davor drücken konnte, zu der anstehenden Übernachtung in die Wohnung seines Vaters entführt zu werden. Die Wohnung war klein, es roch dort komisch, und es fühlte sich nicht wie Zuhause an. Außerdem wirkte sein Vater ständig gereizt.

Mary Ann hörte einen Wagen auf die Zufahrt einbiegen. Kurz darauf wurde der Motor abgestellt und eine Tür zugeknallt. Das damit einhergehende vertraute Quietschen sagte ihr, dass es ihr alter GMC-Truck war. Die hintere Tür der Scheune ging auf, und herein spazierte Todd mit Elle an der Leine.

O weh. Mary Ann hatte völlig vergessen, dass sie versprochen hatte, ein paar Tage auf Elle aufzupassen. Sie versuchte, sich nichts anmerken zu lassen, auch wenn Elle das Letzte war, was sie momentan gebraucht hätte, denn sie hatte wahrhaftig schon genug am Hals.

Todd winkte seiner Mutter zu und setzte sich neben den kleinen Jungen. Sie rief ihm von der gegenüberliegenden Seite der Scheune zu: »Hey, Todd. Das da ist Keenan.«

Todd stellte sich Keenan vor. »Ich heiße Todd, und das hier ist Elle.« Die kleine Hündin kletterte sofort auf den Schoß des Jungen und versuchte, Keenan das Gesicht abzuschlecken.

»Igitt!« Er schob sie weg und fragte Todd: »Warum schlecken Hunde so viel?«

»Es gehört zu ihrem Begrüßungsritual. Elle möchte dir damit zu verstehen geben: ›Schön, dich kennenzulernen‹. Aber vielleicht ist auch ein bisschen Salz auf deiner Haut, und Hunde mögen den Geschmack von Salz.«

»Kann sie nicht einfach mit dem Schwanz wedeln oder ihre Pfote ausstrecken?«

Elle drehte und wand sich, bis sie mit dem Bauch nach oben auf Keenans Schoß lag. Ihr übergroßer Kopf ruhte auf seinen Knien, und mit der kurzen rechten Pfote fing sie an, wie wild in der Luft zu kratzen. »Was ist denn mit ihrer Pfote los?«, wunderte sich Keenan.

»Nichts. Das ist eine Aufforderung. Sie hätte es gern, dass du ihr den Bauch kraulst. Dort kommt sie nicht hin, weil ihre Beine zu kurz sind. Sie liebt es, wenn ihr jemand den Bauch krault. Eine gute Art, sich mit ihr anzufreunden.«

Keenan legte die rechte Hand vorsichtig auf den Bauch des Hundes und machte kreisende Bewegungen. »Ist es so richtig?«, fragte er.

»Nein, eher so, als würdest du dir den Rücken kratzen.« Todd beugte sich über Elle und machte mit seinen Fingerspitzen rasche Hin- und Herbewegungen, fast im Rhythmus der Bewegung von Elles kurzen Hinterläufen, die immer noch wie wild in der Luft zuckten.

»Woher weißt du so viel über Hunde?«, fragte Keenan.

»Ich arbeite im Tierheim. Das ist mein Job.«

Als Todd zu kratzen aufhörte, versuchte Keenan, es ihm nachzumachen. »Ist es so richtig?«, fragte er noch einmal.

»Perfekt.«

Keenan wollte rasch klarstellen, dass ihm das keinen Spaß machte. »Ich mag keine Hunde.«

»Ach ja?« Todd hatte noch nie ein Kind kennengelernt, das Hunde nicht mochte. »Warum nicht?«

»Warum sollte ich?«, konterte Keenan.

»Man kann sich auf Hunde immer verlassen.«

Keenan zuckte mit den Schultern. »Echt wahr?«

Todd nahm einen von Elles Fußballen und massierte ihn sanft mit Daumen und Zeigefinger. »Na klar. Und außerdem sind Hunde witzig.«

Als Mary Ann sicher war, dass Emily auf dem Pferderücken gut saß, beschloss sie, es mit einem Höhepunkt zu versuchen – die Stute zu einem kurzen Trab um den an die Südseite der Scheune angebauten Außenpferch herum zu bewegen. Sie öffnete die große Scheunentür und stellte das Flutlicht an. »Möchtest du gern ein bisschen schneller reiten?«

Sie hätte Emily ebenso gut Flügel überreichen und ihr sagen können: »Na, dann flieg mal los!«

»Geht das wirklich?«, fragte die Kleine begeistert.

»Jawohl, das geht.« Lady Lucks Trab war ziemlich holprig. Emily hüpfte und schlingerte im Sattel wie ein Sack Kartoffeln auf einem Lastenmuli, doch das schien ihren Spaß nicht zu schmälern. Sie vergrub die Hände tief in der Mähne der Stute und hielt sich gut fest. »Das schaukelt«, juchzte sie.

Nach der vierten Runde ging Mary Ann die Luft aus, und sie brachte die Stute wieder zum Stehen. Emily sah aus, als wäre sie bereit, ein Zelt auf Lady Lucks Rücken aufzuschlagen, um für immer dort zu bleiben. »Emily, du bist ein Naturtalent. Würdest gerne wieder mal rauskommen und ein bisschen reiten?«

Emily beugte sich vor, um Lady Luck zu umarmen, dann dachte sie kurz nach. »Morgen?«

Mary Ann hob die Kleine vom Pferd und drückte sie an sich. Kinder standen auf der Liste von allem, was sie auf dieser Welt liebte, an erster Stelle. »Du bist bei uns immer willkommen, Schätzchen. Aber morgen geht es leider nicht. Wie wär's mit nächster Woche? Wir reden mal mit deiner Mom.« Sie zögerte kurz, dann fügte sie hinzu: »Und mit deinem Dad.«

Emily umklammerte Mary Anns Hals, während diese sie in die Scheune zurücktrug. Obwohl sie wusste, dass das Pferd ihr folgen würde, führte sie es an der Leine. Emily flüsterte ihr ins Ohr, als wäre das ein Geheimnis: »Wir fahren heute Abend zu meinem Dad nach Hause.« Sie hielt kurz inne, dann fügte sie hinzu, als wäre eine Erklärung nötig: »Um bei ihm zu übernachten.«

Mary Ann blieb stehen und verlagerte Emilys Gewicht auf ihrer Hüfte ein bisschen höher. »Das wird bestimmt lustig.«

Emily wurde so leise, dass Mary Ann sie kaum noch verstand. »Wenn jemand Keenan dazu zwingt, zu Daddy zu gehen, dann wird er wegrennen und nie mehr zurückkommen«, flüsterte sie. »Nicht mal zu seinem Geburtstag oder zu Weihnachten.«

Mary Ann sah in Emilys sanfte braune Augen. »Hat er dir das gesagt?«

»Ja, aber erzähl es Mommy nicht, weil es ein Geheimnis ist.«

Na toll, dachte Mary Ann. Als ob die arme Kleine nicht schon genügend Sorgen hatte, musste sie nun auch noch befürchten, ihren Bruder zu verlieren. Eine verstörte Mutter, ein abwesender Vater und eine sich auflösende Familie hätten doch wahrhaftig gereicht. Sie hielt das Kind so behutsam fest wie einen Vogel mit einem gebrochenen Flügel. »Mach dir keine Sorgen. Manchmal sagen Jungs solche Sachen, aber sie meinen es nicht so. Sie sagen es nur, weil ihnen gerade danach ist.« Sie hoffte inständig, dass es bloß kühnes Gerede war, doch sie nahm sich trotzdem vor, Keenans Eltern zu warnen.

Emily legte den Kopf auf Mary Anns Schulter, und sie traten in die Scheune. Todd war verschwunden, doch Elle war noch da. Keenan hielt ihre Leine in der einen Hand, mit der anderen übte er die Kratzbewegungen. Elles Lippen kräuselten sich, und es zeigte sich ihr Gaumen. Keenan konnte es kaum glauben. Der Hund grinste. So etwas hatte er noch nie gesehen.

Doch als Elle Mary Ann und das Pferd sah, richtete sie sich auf, hopste von Keenans Schoß und rannte, so weit es ihre Leine zuließ, ängstlich bellend auf das Pferd zu. Mary Ann befürchtete, dass der Lärm Lady Luck erschrecken könnte. Sie versuchte, Elle zum Schweigen zu bringen. »Nein, Elle. Ruhig!«

Die kleine Hündin schien zu merken, dass sie sich mit der Herrin der Scheune Ärger eingehandelt hatte. Sie rannte zurück zu Keenan und brachte sich auf dessen Schoß in Sicherheit.

Keenan spürte, dass die Kleine vor Angst zitterte. Er drückte sie an sich, und weil er glaubte, das Problem zu erkennen, gestand er Elle: »Ich mag Pferde auch nicht so besonders.«

Elle blieb auf Keenans Schoß sitzen, bis Lady Luck wieder in ihrer Box stand und die große Schiebetür fest verriegelt war. Keenan drehte Elle auf den Rücken und kraulte ihr wieder den Bauch. Dann fing er an zu kichern; Elle grinste nämlich wieder. Todd hatte recht – Hunde waren wirklich witzig. Und dieser ganz besonders. Keenan grinste nun auch.

18. KAPITEL

Wenn George mit Hank Fisher zum Vorstandstreffen des Wasseramtes fuhr, fragte er sich in den letzten Jahren jedes Mal, ob das wohl ihre letzte gemeinsame Fahrt sein würde. Es fiel Hank immer schwerer, aus seinem Haus zu kommen und ins Auto zu steigen. Das Schlimmste daran war, dass George wusste, dass er eines Tages vielleicht genauso gebrechlich sein würde wie Hank. Wenn er Hank sah, war das immer eine erschreckende Vorahnung dessen, was auch auf ihn zukommen könnte.

Als George und Hank vor vielen Jahren gefragt worden waren, ob sie in den Vorstand eintreten wollten, war dies eine wichtige kommunale Funktion gewesen. Bis 1978 hatte es keine öffentliche Wasserversorgung gegeben. Jede Farm musste selber für ihr Wasser sorgen – in Seen, Teichen, Flüssen, Brunnen und Zisternen. Wenn die Brunnen versiegten, blieb einem nichts anderes übrig, als das Wasser in riesigen Tanks nach Hause zu karren. Heute schien das frei verfügbare Trinkwasser ebenso natürlich wie die Luft zum Atmen. Niemand dachte groß darüber nach.

Hank genoss die Ausflüge mit George. Auch wenn sie ihn immer anstrengten, tat es ihm gut, mal aus dem Haus zu kommen. »Und – wie fühlt es sich an, mit einer Berühmtheit verheiratet zu sein?«, frage er George, um das

Gespräch von den unausweichlichen Fragen zu seinem Gesundheitszustand abzulenken.

»Hast du die Zeitung gelesen?«, fragte George zurück. Er beugte sich nach unten, klaubte eine Zeitung auf und legte sie auf das Armaturenbrett. »Der dritte Artikel in zwei Wochen. Die Sache scheint schneller zu wachsen, als wir für möglich gehalten hätten.«

»Jawohl, ich habe ihn gelesen. Zweiundvierzig Einladungen in sechs Bezirken – wirklich beeindruckend.«

George wandte den Blick kurz von der Straße ab und schaute Hank irritiert an. »Nein, das stimmt nicht. Nicht mehr. Dieser Artikel ist vier Tage alt. Seitdem klingelt ständig das Telefon. Vermutlich sind es mittlerweile über hundert Anfragen, von Abilene hin zu Dodge City wollen die Leute Anna Claus sehen. Ich stehe kurz davor, einfach nicht mehr ans Telefon zu gehen.«

Hank schüttelte den Kopf. »Ich muss zugeben, dass ich mir nicht so sicher war, ob diese Idee funktionieren würde, als Mary Ann mir davon erzählte. Aber ich wollte sie nicht entmutigen. Du weißt, wie gern ich sie habe, und ich weiß, dass sie nur versucht hat zu helfen. Ich habe mir gedacht, dass die Kinder Santa sehen wollten und sonst nichts.«

»Es hat uns beide überrollt. Und es ist nicht ganz einfach.«

Hank wirkte überrascht. »Wie meinst du das? Die Sache läuft doch fantastisch. Und glaub mir, George, Santa beneidet Anna Claus nicht um die Aufmerksamkeit, die sie bekommt. Er hätte wahrhaftig keine Lust auf all den Krawall mit den Fernseh- und Zeitungsleuten.«

»Versteh mich nicht falsch. Ich halte Mary Ann für die beste Anna Claus auf der ganzen Welt. Aber wenn man Traditionen so umkrempelt und Santa einfach fallen lässt, um Platz für Anna zu schaffen – na ja, vermutlich ist es ganz natürlich, dass sich da ein gewisses Verlustgefühl einstellt.«

»Du meinst also, da ist eine weitere Tradition am Bröckeln?«

»Vermutlich.«

Hank versuchte, sich mit Georges Sorgen auseinanderzusetzen. Er fiel ihm nicht schwer, seine Gefühle nachzuvollziehen. Vor Kurzem war es ihm nämlich ganz ähnlich ergangen. »Am letzten Dienstag ist die Physiotherapeutin gekommen, um mich zum Reha-Zentrum in Crossing Trails zu bringen. Sie versucht, mir zu helfen, damit ich mich besser bewegen kann, vor allem mit dem Rollator. Als wir in den Ort kamen, stand eine Gruppe Jugendlicher an der Ecke Moon Light/Waverly Road und wartete auf den Schulbus. Sie sahen so aus, als würden sie schon in die Highschool gehen. George, ich sage dir, das war das Seltsamste, was ich je gesehen habe.«

George vermutete, dass er wusste, was Hank meinte. Er hatte so etwas auch schon des Öfteren gesehen. »Was denn?«, fragte er trotzdem.

»Sie warteten gemeinsam auf den Bus. Aber sie redeten nicht miteinander. Sie lachten nicht, sie spielten nicht, sie schubsten sich nicht, sie warfen keine Schneebälle und taten auch sonst nichts, was Jugendliche normalerweise tun. Es sah so aus, als wären sie sich völlig fremd oder in irgendeiner Trance. Es waren so um die sechs, darunter die zwei Kirk-Mädchen und die Kinder der Lowes, und alle starrten auf ihre Handys, als steckte dort drinnen etwas viel Interessanteres als das, was sich direkt neben ihnen – draußen, in der richtigen Welt – befand.«

»Na ja, genau das meine ich ja, Hank. Ich habe nichts gegen Handys, aber sie haben auch ihre Nachteile. Warum mussten wir Santa Claus aufgeben, um Anna Claus zu bekommen? Warum reden Leute nicht mehr miteinander, nur weil sie sich Kurznachrichten senden können?«

»Das habe ich die junge Physiotherapeutin auch gefragt, als wir an den Jugendlichen vorbeifuhren. ›Reden Kids nicht mehr miteinander?‹, habe ich sie gefragt.«

»Und was hat sie gemeint?«

»Sie hat gesagt: ›Wenn man im Gehen Fortschritte machen will, muss man sich bewusst werden, dass ein Fuß hinter einem steht und einer vor einem.‹ Kluge Frau, meine Physiotherapeutin, findest du nicht auch?«

»Und was soll das heißen?«

»Das heißt, dass du dir keine Sorgen um Santa machen solltest. Er ist so groß, dass er den Ruhm gut teilen kann, und er hat einen großen Job. Sein Job ist so groß, dass er Hilfe braucht.«

»Du hast recht. Ich brauche wohl nur noch ein bisschen Zeit, um mich daran zu gewöhnen.«

Nachdem George den Wagen geparkt hatte, zog er Hanks Rollstuhl aus dem Kofferraum, während Hank sich bemühte, ein Bein hochzuheben. »Der heutige vordere Fuß wird der morgige hintere sein. Das ist der Lauf der Dinge.«

George half seinem Freund in den Rollstuhl, dann suchten sie sich ihre Plätze am Konferenztisch. Im Verlauf des Treffens stellte George fest, dass es ihm schwerfiel, sich auf Wasserzähler, unzureichende Leitungen und Anleihen zu konzentrieren. Ihn beschäftigten andere Probleme.

Verstohlen musterte er die Ansammlung älterer Männer. Hank und ein anderer saßen im Rollstuhl, einer hatte einen Rollator, die meisten hinkten, geplagt von Arthrose oder sonstigen Gelenkbeschwerden. War das auch sein Schicksal? Doch selbst wenn ihm keine Krankheit ins Haus stand – das Altern gehörte zum Leben, ebenso wie das Ende des Lebens. Er wusste, dass er sich vor diesem Thema drückte, doch gleichzeitig wusste er auch, dass er seine und Mary Anns Zukunft nüchterner betrachten musste – die Farm, welche Pläne sie für das Haus und den Grundbesitz schmieden sollten, falls etwas passierte, und so weiter. Trotzdem konnte er seine Sorgen nicht mit Mary Ann teilen, zumindest nicht sehr oft. Er wollte ja selbst kaum darüber nachdenken, ganz zu schweigen davon, sich damit zu arrangieren, dass auch er älter wurde.

Es hatte vor ein paar Jahren mit einem medizinischen Check-up angefangen, dessen Ergebnis wenig berauschend war. Der Arzt hatte sein Gewicht bemängelt, sein Blutzucker und sein Cholesterin waren viel zu hoch, in seinen Arterien gab es Ablagerungen und seine Bandscheiben waren degenerativ verändert, weil er sein Leben lang zu viele schwere Dinge herumgewuchtet hatte. Die kaputte Bandscheibe klemmte einen Nerv ein, in sein gutes Bein schoss häufig ein Ischiasschmerz. An sein schlechtes Bein, das in

Vietnam verletzt worden war, wollte er gar nicht erst denken, denn das quälte ihn sowieso öfter. George beklagte sich nicht gern und vermied es ohnehin, über seine Malaisen zu reden. Schmerzmittel wollte er nicht nehmen, weil er Angst hatte, davon abhängig zu werden. Er versuchte, die Schmerzattacken durchzustehen, aber sein Arbeitspensum schaffte er kaum noch.

Das zeigte sich auf der Farm an allen Ecken und Enden. Die Zäune verfielen genauso schnell wie sein Körper, Reparaturen von Gerätschaften wurden auf die lange Bank geschoben, das Vieh wurde immer weniger, und er hatte sich auf den Anbau von weniger arbeitsaufwendiger Monokultur verlegt und den Fruchtwechsel aufgegeben. Zwar hatte er noch mit niemandem darüber geredet, doch ihm drängte sich immer wieder der Gedanke auf, die Farm irgendwann verkaufen zu müssen. Bald, vielleicht schon in wenigen Jahren, würde es unumgänglich sein. Er probierte es mit Mittagsschläfchen, Vitaminen und einer Reihe anderer Dinge, die er niemandem gegenüber eingestand, weil es ihm zu peinlich war. Er versuchte, die schwereren Arbeiten zu reduzieren. Aber all diese Maßnahmen verlangsamten nur den Niedergang. Er musste wirklich bald einmal mit Mary Ann über ihre Zeit im Alter reden und wie diese aussehen sollte, und auch darüber, was er noch tun konnte und was nicht – was einfach nicht mehr ging.

Er seufzte leise. Irgendwie war er erleichtert. Nachdem er sich ein paar Tage den Kopf darüber zerbrochen hatte, hatte er festgestellt, was der Grund für seine ablehnende Haltung gegen Anna Claus sein könnte: in einer Zeit, in der er Ballast abwerfen wollte, lud Mary Ann ständig neuen auf. Das hätte es wahrhaftig nicht gebraucht. Aber so war Mary Ann eben, sie halste sich ständig mehr als nötig auf.

Was konnte er dagegen tun? Nicht viel, lautete die Antwort, und schon stellte sich wieder sein Frust ein.

Vielleicht bedeutete es im Großen und Ganzen nicht das Ende der Welt, aber mit der Aussicht, dass die Weihnachtstage in diesem Jahr möglicherweise die letzten auf der Farm waren, wollte er, dass diese Zeit ganz besonders schön wurde. Doch das war nur schwer vorstellbar, wenn Mary Ann ständig unterwegs war und ihr jüngstes Steckenpferd mit einer derartigen Leidenschaft verfolgte. Was sollte er tun? Den Truthahn alleine zubereiten? Die ganzen Weihnachtseinkäufe erledigen? Die Geschenke einpacken? Den Baum schmücken? Und wer würde ihre traditionelle Vorweihnachtsparty organisieren? George wusste nicht, wo er anfangen sollte. Er hatte ja nichts gegen all die Arbeit, doch er wusste nicht, wo er die Kraft und die Zeit dafür hernehmen sollte. Und selbst wenn er die nötige Energie besäße, wusste er nicht, ob er es richtig machen würde – so, wie Mary Ann es eben machen würde. Er hatte sich bei solchen Dingen immer auf sie verlassen, doch in diesem Jahr würde sie nicht da sein.

Link war so viel körperliche Bewegung nicht gewöhnt. Das Winterwetter war schlecht, düstere Wolken hüllten alles in ein graues Licht. Wenn es noch ein wenig kälter werden würde, begänne es sicher zu schneien. Stattdessen hing ständig ein feuchter grauer Nebel über dem Land, und die

Kälte ging trotzdem durch Mark und Bein. Es war ziemlich trostlos, und wenn er dann noch über seine Lage nachdachte... Verfluchter Mist, sagte er sich immer wieder.

Vierzehn Hunde, und mit jedem musste er eine halbe Meile laufen. Sieben Meilen. Am Ende eines Arbeitstages war er fix und fertig, aber gleichzeitig ging es ihm besser. Hunde auszuführen war zwar nicht gut bezahlt – eigentlich war es gar nicht bezahlt –, doch immerhin kam er sich nützlich vor. Nachdem er einen gewissen Rhythmus gefunden hatte, ertappte er sich sogar dabei, dass es ihm Spaß machte. Diese Hunde hatten genau wie Menschen die unterschiedlichsten Persönlichkeiten. Je besser er sie kennenlernte, desto bewusster wurde ihm, dass es nicht nur irgendwelche Köter in irgendwelchen Boxen waren. Einige von ihnen schienen die Spaziergänge eher als unangenehme Störung ihres Nachmittagsschläfchens zu betrachten, doch andere, zum Beispiel Elle, führten sich auf, als hätten sie das große Los gezogen, und zwar jedes Mal, wenn Link mit einer Leine raschelte.

Mit der Zeit konnte Link sich die Namen der Hunde merken und entdeckte, was sie am meisten an ihrem Spaziergang zu genießen schienen. Einigen ging es nur ums Schnüffeln, sie hoben die Schnauze kaum vom Boden. Andere zerrten an der Leine, streckten die Schnauze hoch und wollten möglichst viel laufen. Aber die meisten freuten sich auch über Gesellschaft. Die Schnauzen waren auf Link gerichtet, und sie genossen die Zeit mit ihm. Zu seiner Überraschung ging es ihm ähnlich. Es war schön, mit einem Lebewesen zusammen zu sein, das sich über seine

Anwesenheit freute und nicht ständig an ihm herummeckerte.

Am schönsten fand Link es, wenn Hunde vermittelt wurden. Im Gegensatz zu seiner Familie waren es Familien, die zusammenfanden und nicht auseinanderdrifteten. Hayley erklärte ihm, dass die Hunde in diesen Momenten ihr endgültiges Zuhause fanden. Solche Momente machten ihre Tierheimjobs zu etwas ganz Besonderem, meinte sie, und tatsächlich trieben sie ihr immer noch Tränen der Freude in die Augen. Sie meinte, manche Leute gäben gern damit an, dass sie ein unglückliches Lebewesen gerettet hätten. »Doch in Wahrheit«, stellte sie Link gegenüber lächelnd fest, »sind es die Hunde, die die Leute retten.«

»Das glaube ich dir gern«, erwiderte Link. »Könntest du nicht auch für mich so ein Zuhause finden?«

»Bist du stubenrein?«, witzelte Hayley zurück.

Link grinste breit und sah plötzlich wieder so aus wie der Link, an den sich Hayley aus der Highschool erinnerte. »Kommt darauf an, wen du fragst.«

Da konnte die Konkurrenz nicht mithalten: Elle war Links absoluter Lieblingshund. Ihre Persönlichkeit erinnerte ihn an seine eigene – stur, unabhängig, schlauer als der Durchschnitt, aber irgendwie benachteiligt. Sie war eine kleine Rebellin. Abgesehen davon hatte sie auch Eigenschaften, die ihm fehlten, die er jedoch sehr an ihr schätzte. Ihre Entschlossenheit und ihre Konzentration begeisterten ihn. Dieser Hund bekam, was er wollte. Sie war eine wahre Überlebenskünstlerin. Sie gab nie auf. Und außerdem geriet sie jedes Mal, wenn sie Link sah, vor Freude schier aus dem Häuschen. Er versicherte ihr immer wieder, dass es keine große Sache war. »Wenn ich mit dir Gassi gehe, muss ich nicht in den Knast. Also – warum nicht?«

An den Nachmittagen mit den Hunden hatte Link Zeit zum Nachdenken, und es gab eine Menge, worüber er nachdenken musste. Die Scheidung, die Kinder, Abbey, sein Leben und vor allem seine Zukunft. Er musste unbedingt einen Job finden. Bislang hatte sich nur ein einziges interessantes Angebot aufgetan.

Ein Freund hatte ihn auf einen Internetartikel hingewiesen, in dem es um unbeliebte Jobs ging – Jobs, die niemand machen wollte. Manche waren gut bezahlt, und trotzdem gab es nicht genügend Bewerber. Link konzentrierte sich auf einen bestimmten Arbeitsbereich – die Müllabfuhr. Dort schienen Fahrer immer gesucht. Einige Städte waren so unterbesetzt, dass der Müll gar nicht mehr regelmäßig abgeholt werden konnte. In dem Artikel wurde zwar auf schlechte Arbeitsbedingungen, Überstunden und Mangel an Wertschätzung hingewiesen, doch es war auch die Rede von einem Durchschnittsanfangsgehalt von vierzigtausend Dollar im Jahr für Fahrer mit Berufserfahrung. In manchen Gemeinden mit besonders dringenden Müllproblemen wurde sogar ein Bonus von fünftausend Dollar gewährt, wenn man den Job dort antrat.

Link konnte einen Laster fahren. Er ging zur Bücherei und bewarb sich online auf mehrere Stellen. Sofort wurde er zu einem Vorstellungsgespräch eingeladen, allerdings in einer Vorstadt von Dallas, Texas. Das lag weit weg von

Crossing Trails, Kansas. Abgesehen von dem Ausflug nach Disney World war Link nie mehr als ein paar hundert Meilen über Cherokee County hinausgekommen. Trotzdem musste sich etwas in seinem Leben ändern, und diese Veränderung wäre ein Neuanfang für ihn. Der Job ging ihm nicht mehr aus dem Kopf.

Doch wenn er nach Texas zog, würde er Keenan und Emily nur noch sporadisch sehen. Seine Beziehung zu seinen Kindern lief in letzter Zeit nicht rund, und die Sache mit der Trunkenheit am Steuer war verheerend gewesen. Er schämte sich so sehr, dass er es nicht einmal schaffte, sich zu entschuldigen, obwohl er wusste, dass es dringend erforderlich war. Ob er es wohl aushielt, so weit von seinen Kindern entfernt zu leben? Sollte er wirklich das, was ihm an diesem Punkt in seinem Leben am meisten bedeutete, nämlich seine beiden Kinder, für einen Job aufgeben, den er nicht gern machen würde, auch wenn er noch so gut bezahlt war? Link Robinson, zertifizierter Müllmann. Andererseits wäre es ja wohl ein Aufstieg vom Chef-Kacke-Kratzer, gab er sich scherzhaft zu bedenken.

Link spazierte mit einem Black and Tan Coonhound namens Jake auf dem Tierheimgelände herum und blieb stehen, damit der Hund ausgiebig an einem Zaun schnüffeln konnte. Er dachte immer noch an den Müllabfuhrjob und musste zugeben, dass einiges dafür sprach. Momentan sah es ganz danach aus, dass er ohnehin nicht viel Zeit mit seinen Kindern verbringen würde, selbst wenn er näher bei Crossing Trails blieb. Keenan wirkte nämlich ganz und gar nicht so, als wäre er auf seine Nähe erpicht. Allerdings könnte sich durch den Job die Beziehung zu seinem Sohn noch verschlimmern – bei ihnen würde die Liebe mit der Entfernung bestimmt nicht wachsen. Zweifellos würde Keenan sich noch weiter von ihm entfernen. Aber wenn Link einen Job ergatterte, bei dem es ein Antrittsgeld gab, konnte er endlich seine Unterhaltsschulden begleichen und an seinem Pick-up ein paar Dinge reparieren lassen. Und außerdem würde Abbey ihm dann auch nicht mehr vorwerfen können, dass er nicht arbeitete. Wenn die Scheidung vorbei war, würde er ein bisschen Geld für einen Neuanfang haben. Doch eines nach dem anderen, mahnte er sich. Zuerst musste er das Bewerbungsgespräch überstehen.

Um dafür nach Texas zu gelangen, würde er sich Geld für Benzin und eine Übernachtung leihen müssen. Vielleicht konnte er die Hotelrechnung vermeiden, wenn er es an einem Tag dorthin und wieder zurück schaffte. Doch wie sollte er das geliehene Geld zurückzahlen, wenn das Bewerbungsgespräch schlecht lief und er den Job nicht bekam? Und wenn er den Job bekam, woher sollte er das Geld für die Kaution einer neuen Wohnung nehmen?

Seufzend holte er sich einen anderen Hund, einen Border-Collie-Mischling namens Mike, der zu der Sorte »Schnauze in die Luft« gehörte. Seine Optionen und die Folgen, die sich an jeder Weggabelung ergaben, bereiteten ihm Kopfzerbrechen. Vielleicht sollte er mit seinem Sponsor, Doc Pelot, darüber reden? Möglicherweise würde er ihm ja die richtige Richtung aufzeigen. Möglicherweise würde er ihm sogar anbieten, ihm das nötige Geld zu leihen, ohne dass er ihn darum bitten müsste? Das wäre eine große Erleichterung.

Link war seit etlichen Wochen nicht mehr zu den AA-Treffen gegangen. Doc Pelot hatte ihn in der Zeit mehrmals angerufen. Link versicherte dem Doc immer wieder, dass es ihm gut ging, und fügte sogar die traurige Wahrheit hinzu: »Ich bin zu pleite, um zu trinken.«

»Und was passiert, wenn du nicht zu pleite bist?«, wollte der Doc wissen.

Link verstand natürlich sofort, worauf diese Frage abzielte. »Dann feiere ich mit ein paar Flaschen Bier«, erwiderte er ironisch.

Doc Pelot gratulierte ihm zu dieser Einsicht. »Gut gemacht, Link. Du fängst an zu erkennen, was es heißt, wie ein Alkoholiker zu denken.«

»Ja, ja. Superfortschritt.«

»Es ist wirklich ein großer Schritt. Wir bezeichnen ihn als den ersten. Erinnerst du dich noch daran?« Doc Pelot wurde noch etwas deutlicher. »Du solltest wirklich zu den Treffen kommen.«

»Das werde ich tun.«

Aber er tat es nicht.

An diesem Abend fand die letzte Stunde des Elternkurses statt. Nach der Arbeit ging Link nach Hause, duschte sich und machte sich auf den Weg zum Landratsamt. Er setzte sich in die hinterste Reihe, denn er rechnete damit, dass Abbey eher vorne sitzen würde. Anfangs waren sie nebeneinander gesessen, aber mittlerweile war ihre Beziehung so angespannt, dass Link es für besser befand, Abstand zu wahren. Heute wurden Eltern erwartet, die sich schon vor längerer Zeit getrennt hatten und darüber reden wollten, was sie richtig und was sie falsch gemacht hatten. Ein geschiedenes Elternteil zu sein ist nicht leicht, hatte der Leiter in der letzten Stunde zum wiederholten Mal bemerkt. Alle konnten aus ihren Fehlern lernen.

Link sank todmüde auf den Stuhl. Er zweifelte, ob er je wieder aufstehen konnte. Er sackte immer tiefer in sich zusammen und musste sich dann mit Gewalt dazu mahnen, sich aufzurichten und nicht einzuschlafen. Wenn er wegdöste und Abbey ihn dabei ertappte, würde sie denken, dass ihn der Unterricht nicht interessierte. In der Pause ging er zum Getränkeautomat, warf vier Quarter ein und sah zu, wie ein dünner schwarzer Kaffee in einen kleinen weißen Styroporbecher rieselte. Nachdem er ihn getrunken hatte, fasste er einen Entschluss: Er musste mit Abbey reden.

Der Kurs drehte sich an diesem Abend auch darum, die Kommunikation zu verbessern. Paare können mit ihren Kindern nicht richtig umgehen, wenn sie nicht miteinander reden. Eine gute Kommunikation setzt Vertrauen voraus. Vertrauen, dass der andere einem zuhört und nicht mit irgendwelchen Vorwürfen ankommt. Link dachte, dass er das ja gleich mal in der Praxis austesten könnte. Er kehrte in den Saal zurück und hielt nach Abbey Ausschau. Sie las gerade in ihren Notizen. »Abbey, können wir miteinander reden?«

»Natürlich. Gern«, sagte sie, ohne ihm dabei in die Augen zu schauen. »Was gibt's denn?«

»Ich habe ein Vorstellungsgespräch für einen Job. Einen guten Job.«

Plötzlich wurde sie sehr lebhaft. Sie freute sich so für ihn, dass sie ihn am Unterarm packte. »Link, ein Job! Wie toll. Erzähl mir mehr darüber.«

»Er ist in der Nähe von Dallas.«

Sie ließ seinen Arm enttäuscht los. Typisch Link, dachte sie. Ein Schritt vor, zwei zurück. Sie versuchte, nicht zu ungnädig zu sein. Aber ein Umzug nach Dallas? Das erschien ihr eher wie eine Flucht, nicht wie eine gute Lösung des Problems. Da sie das von ihm gewöhnt war, fiel es ihr schwer, ihm Anerkennung zu zollen. »Also willst du dich vor deinen elterlichen Pflichten drücken?«

»Glaub mir, das will ich nicht, aber ich sehe einfach keine andere Möglichkeit für eine gut bezahlte Arbeit.«

»Link, die Kinder sind von der Scheidung ziemlich gebeutelt. Wenn du jetzt wegziehst, werden sie sich von dir im Stich gelassen fühlen. Tu ihnen das nicht an. Verstehst du denn nicht, dass das falsch wäre?«

»Ich suche in dieser Gegend seit etlichen Monaten nach Arbeit. Es hat sich nichts, rein gar nichts ergeben. Was soll ich denn sonst machen?«

»Link, es war eine gute Idee, deine Jobsuche über Crossing Trails hinaus auszudehnen. Aber jetzt hast du das Netz zu weit ausgeworfen. Es muss doch was innerhalb von einer oder zwei Stunden Fahrtzeit geben. Was ist mit Kansas City? Oder Wichita? In diesen Städten gibt es bestimmt mehr Jobs als hier. Wenn du in der Gegend bleiben würdest, könntest du die Kinder wenigstens am Wochenende sehen. Halt doch bitte Augen und Ohren für Stellen offen, die näher liegen. Du musst dich weiter in das Leben unserer Kinder einbringen. Du kannst nicht einfach weg und sie verlassen.«

»Und wenn ich etwas fände, bei dem ich an den Wochenenden heimkommen könnte, wo soll ich dann übernachten? In einem Hotel? Ich habe keine Familie mehr in Crossing Trails.«

»Du kannst bei meinen Eltern übernachten, oder bei meinem Bruder. Und wenn das nicht geht, dann kannst du auch in unserem Haus übernachten, und ich ziehe dann kurzzeitig zu Freunden. Wir können eine Lösung finden. Link, den Kindern zuliebe müssen wir eine andere Lösung finden.«

Link steckte die Hände in die Taschen seiner Jeans und starrte auf seine abgewetzten Cowboystiefel. Dann hob er den Blick wieder und schüttelte den Kopf. »Vielleicht hast du recht. Ich versuche es noch mal in der näheren Umgebung. Aber wenn ich nichts finde, dann...« – er borgte sich ihre Metapher – »... dann muss ich das Netz eben weiter auswerfen.«

»Selbstverständlich.«

»Wirst du mir dabei helfen?«

»Ja. Egal, wie es uns beiden momentan miteinander geht, ich möchte, dass du im Leben unserer Kinder präsent bist. Sie brauchen dich. Ich brauche dich. Ich schaffe das alles nicht allein.«

19. KAPITEL

Nach dem Elternkurs fuhr Link zu den McCrays, um seine Kinder abzuholen, die an diesem Mittwoch zum ersten Mal unter der Woche bei ihm übernachten sollten. Der Kaffee hatte gewirkt, er fühlte sich frisch und energiegeladen. Wenn er daran dachte, dass er seine Kleinen womöglich bald nicht mehr so oft sehen konnte, kam ihm die Zeit mit ihnen umso wertvoller vor. Es war bereits acht Uhr. Er konnte sie heute Abend allenfalls ins Bett bringen und ihnen noch eine kurze Geschichte vorlesen. Viel war das nicht, aber es war besser als nichts.

Vor der Farm der McCrays stellte Link den Parkmodus ein und ließ den Motor laufen. Er war dankbar, dass Abbeys Dad ihm Geld für eine neue Batterie gegeben hatte, doch er hatte nur eine gebrauchte gekauft, weil er den Rest für Alimente und Miete benötigte. So ganz traute er der gebrauchten Batterie allerdings vor allem in kalten Nächten nicht über den Weg. Es wäre ihm peinlich gewesen, die McCrays um Starthilfe zu bitten.

Abbey hatte ihm gesagt, dass die McCrays mit den Kindern vielleicht in der Scheune seien, und weil dort Licht brannte, schlug er diese Richtung ein. Über dem seitlichen Eingang, der in eine kleine Werkstatt führte, brannte eine Lampe. Diesen Raum kannte er von der Zeit, als er George

McCray beim Heumachen geholfen hatte. Doch der Raum war leer.

Link ging weiter in den zentralen Bereich der Scheune. Dort entdeckte er Mrs McCray mit Emily in den Armen vor einer Pferdebox. Keenan saß neben einem alten schwarzen Labrador auf dem Boden. Zu Links großer Überraschung saß Elle auf dem Schoß seines Sohnes. Sobald die kleine Hündin Link entdeckte, sprang sie auf und sauste, so schnell es mit ihren kurzen Beinen ging, auf ihn zu. Link lachte und beugte sich vor, um seine neue beste Freundin zu begrüßen. »Hast du schon wieder das große Los gezogen?« Er hob die Kleine hoch, die sofort vor Freude leise zu jaulen anfing. »Findest du mich wirklich so toll?« Er setzte Elle ab und ging zu den anderen.

»Hallo, Keenan«, begrüßte er seinen Sohn.

Keenan blieb stumm, er machte sich nicht einmal die Mühe, seinen Dad zu fragen, woher er den Hund kannte. Doch bevor Link darüber nachdenken konnte, hatte sich Emily aus Mary Anns Armen gewunden und rannte zu ihrem Dad. Link hob sie hoch und wirbelte sie herum. Sie klammerte sich an ihn. Ihre Ärmchen waren Balsam für seine gequälte Seele. Er gab ihr ein kleines Küsschen und fragte: »Ist das etwa mein Mini-Kobold?«

Sie lächelte und nickte eifrig. »Ja, Daddy, das ist dein Kobold. Ich bin heute geritten, wir sind sogar getrabt. Richtig schnell.«

Link setzte seine Tochter ab. »Tausend Dank, Mrs Mc-Cray, dass Sie auf die beiden aufgepasst haben. Wie ich sehe, ist es ihnen hier draußen richtig gut gegangen.«

»Sie dürfen uns jederzeit besuchen, wann immer es dir und Abbey passt.« Sie beugte sich vor und flüsterte Link zu: »Emily wollte gleich morgen wiederkommen, aber ich habe ihr gesagt, dass das vielleicht ein bisschen zu bald ist.«

»Na gut«, erwiderte er. »Okay, Kids, es ist schon spät, und morgen ist Schule.« Link nahm Emilys kleine rechte Hand und wandte sich an Keenan. »Gehen wir, Buddy. Sag allen Adios, dann düsen wir los. Der Motor läuft.«

Keenan rührte sich nicht vom Fleck. Mary Ann mischte sich zwar nicht gern ein, aber sie wollte auch keine Szene. »Keenan«, sagte sie mit ihrer strengen Lehrerinnenstimme, »dein Dad wartet. Dir wird es bei ihm zuhause bestimmt gut gefallen.«

Die Unterlippe des Jungen zitterte, doch er blieb beharrlich. »Ich will nach Hause zu Mom. Dort wohne ich.«

Link ärgerte sich zwar, aber er versuchte, sich nichts anmerken zu lassen. »Keenan, du bist fast jeden Tag bei deiner Mom. Heute Abend darf ich dich mal sehen, und darauf habe ich mich schon sehr gefreut. Morgen kannst du wieder zu deiner Mom. Ich würde mir wirklich sehr wünschen, dass du heute bei mir übernachtest.«

Keenan fand das alles schrecklich unfair. Er mochte Links Wohnung nicht, er fühlte sich dort nicht wohl, und er vermisste seine Mom und machte sich Sorgen um sie. Außerdem war er müde und wollte in sein Bett, nicht auf diese komische Matratze bei seinem Dad. »Ich will heim und in mein Bett.«

Link legte nach, diesmal jedoch ziemlich streng. »Keenan!«, knurrte er und dann bloß noch: »Jetzt!«

Keenan nahm den Stock, mit dem er auf dem Scheunenboden herumgestochert hatte, und fing an, damit rhythmisch auf den Boden zu klopfen. Dann wandte er sich ab und starrte scheinbar unbekümmert auf die Decke, und schließlich fing er an zu rappen: »Erwachsene gehn arbeiten.« Klopf, klopf, klopf. »Kinder in die Schulen.« Klopf, klopf, klopf. »Nur ein Blödmann tut das nicht.« Klopf, klopf, klopf. »Der gehört nicht zu den Coolen.« Er legte den Stock weg und wandte sich Elle zu, ohne sich vom Fleck zu rühren.

Link starrte Keenan fassungslos an. Wie konnte jemand, den er über alle Maßen liebte, so gemein sein? Zorn brodelte in ihm, er knirschte mit den Zähnen, auch wenn er mit aller Kraft versuchte, sich zu beherrschen. Am liebsten hätte er seinen Sohn gepackt und geohrfeigt. Ihn dazu gebracht, sich zu benehmen und seinen Vater mit gebührendem Respekt zu behandeln. Er machte einen Schritt auf ihn zu und stand kurz davor zu explodieren.

Plötzlich erhob sich Christmas überraschend schnell und knurrte Link an. Eine Warnung. In der Luft hing ein Geruch, den der alte Labrador bedrohlich fand. Mary Ann erstarrte. Auch Elle schien die Gefahr zu spüren. Sie hopste von Keenans Schoß und ging auf Link zu. Aber sie knurrte nicht, sie wedelte mit dem Schwanz und kratzte Link um Aufmerksamkeit heischend mit der Pfote am Schienbein.

Link blieb stehen und knurrte: »Kein Sohn von mir...« Doch dann hielt er inne und versuchte, tief durchzuatmen, bis er sich wieder unter Kontrolle hatte. Schließlich wandte er sich ab, lockerte die Fäuste und verließ die Scheune. Er wünschte, er könnte seinem Zorn einfach freien Lauf lassen und sich dabei in Luft auflösen.

George schlug die Wagentür zu und machte sich auf den Weg ins Haus. Er fragte sich, warum Link Robinsons alter Pick-up mit laufendem Motor auf der Einfahrt stand. Sollte er den lärmenden Dieselmotor abstellen? Doch dann drehte er sich zur Scheune um, denn dort schien irgendwas los zu sein. Die Lampen brannten. Entweder war Mary Ann immer noch mit Links Kindern in der Scheune, oder sie hatte vergessen, das Licht zu löschen. Als er genauer hinsah und sich seine Augen an die Dunkelheit gewöhnt hatten, entdeckte er einen Mann, der neben dem seitlichen Eingang zu seiner Werkstatt auf dem Boden kauerte und den Kopf zwischen die Knie hängen ließ. War es Todd? Nein, es war Link. Besorgt machte sich George auf den Weg zu ihm. Links Körpersprache war eindeutig. George kannte sich bei solchen Dingen aus. Link wirkte bedrückt, elend und einsam. Schlimmer noch, er wirkte, als ob jemand oder etwas gestorben wäre.

Link hatte sich zum letzten Mal mit zwölf so zurückgewiesen gefühlt – kurz nachdem seine Mutter an Krebs gestorben war. Als er neun Jahre alt war, hatten sich seine Eltern scheiden lassen. Drei Jahre zuvor hatte Links Mutter Randy Robinson aus dem Haus geworfen, und das aus guten Gründen. Er war boshaft und gewalttätig gewesen. Link hatte ihn danach nie mehr gesehen.

Am Tag nach der Beerdigung seiner Mutter war Link

zu den väterlichen Großeltern gezogen, die zwanzig Meilen entfernt in Crossing Trails lebten. Sie waren zwar ganz in Ordnung, aber er kannte sie kaum. Sie kamen ihm uralt vor, und er fühlte sich allein und verlassen. Als er in der ersten Nacht in dem fremden Haus im Bett lag, hatte er sich unter der Decke vergraben und geweint, bis keine Tränen mehr kamen. Die Einsamkeit hatte damals unendlich weh getan. Doch jetzt schmerzte sie noch stärker. Link begriff nicht, womit er eine so heftige Bestrafung verdient hatte – damals und jetzt. Von denen, die er liebte, so grausam verlassen zu werden. Doch insgeheim kannte er die Antwort, sie lag auf der Hand: Er war es einfach nicht wert, geliebt zu werden. Damals nicht und jetzt nicht. Die Erinnerungen stürmten auf ihn ein. Der Schmerz jener Nacht vor so vielen Jahren. Der Schmerz dieser Nacht. Die Verletzungen der Vergangenheit mischten sich mit denen, die er soeben erlitten hatte.

Link versuchte, nicht zu weinen. Wenn sie ihn hörten, würde das seine Demütigung noch steigern. Du Trunkenbold. Du Heulsuse. Er wollte nicht, dass jemand ihn hörte oder sah. Nicht in diesem Zustand. Er musste sich aufrappeln, in seinen Truck steigen und wegfahren. Mrs McCray konnte die Kinder zu ihrer Mutter bringen, dort wollten sie ja auch hin. Sollten sie doch ihren Willen bekommen. In Crossing Trails gab es nicht mehr viel für ihn – eigentlich nirgendwo. Seine Großeltern waren gestorben. Die einzige Familie, die er hatte, waren Abbey und die Kinder, und jetzt zerbrach auch diese. Seine Kinder wollten nicht mit ihm zusammen sein. Crossing Trails war der einzige Ort, wo er ein paar Freunde hatte, doch auch die wurden immer weniger, und er trieb hier keine Arbeit auf. Hier hielt ihn eigentlich nichts mehr.

Er fühlte sich nicht schwer an, doch Link erschrak trotzdem über den Arm, der sich plötzlich auf seine Schultern legte. Er hob den Kopf und entdeckte George, der neben ihm hockte wie ein lange vermisster Freund; wie ein Vater, den er nie gehabt hatte. Das war gut. Er brauchte so jemanden. Auf den AA-Treffen hatte Link gelernt, sich nicht mehr so zu schämen, wenn er jemanden um Hilfe bat oder Hilfe annahm.

George suchte nach den richtigen Worten. Da er in seinem Leben schon viele Leute hatte leiden sehen, hatte er auch eine gewisse Übung im Trösten. »Schon gut, mein Junge. Jeder hat mal solche Momente. Ich habe sie auch schon des Öfteren gehabt. Das ist für uns beide sicher nicht der letzte seiner Art. Man muss sie einfach durchstehen.«

Link spürte die Güte und innere Stärke, die von George kamen. Er fühlte sich so sicher, dass er die Tränen fließen lassen konnte. Es war nicht weiter schlimm. »Ja, Sir, heute Abend – das war echt übel.«

»Willst du mir davon erzählen?«

Link dachte kurz über die Folge der Ereignisse nach und suchte nach einer möglichst einfachen Zusammenfassung. Plötzlich tauchte das Datum wieder in seinem Kopf auf. Jetzt begriff er die Sache auch ein bisschen besser. »Fast auf den Tag genau vor zweiundzwanzig Jahren ist meine Mutter gestorben. Ich denke nicht oft daran. Nicht mehr. Aber ich glaube, es hat mich unbewusst aus der Ruhe gebracht.

Mein Sohn Keenan mag mich gerade nicht besonders. Er glaubt, dass ich an der Scheidung schuld bin. Vielleicht hat er recht. Ich weiß es nicht. Egal – er hat diesen Rap-Song gesungen über Loser, die keine Arbeit haben. Er weiß, dass ich diesen Song hasse. Er und Abbey haben ihn gedichtet. Vermutlich hat er versucht, mir eins auszuwischen.«

»Und – hat es funktioniert?«

Link grinste schief. »Ja, und zwar richtig gut.«

»Du bist nicht der Einzige mit einem Kind, das seine Eltern gern auf die Palme bringt.«

»Haben Sie auch so ein Kind?«, fragte Link.

»Na klar, fünf sogar. Die meisten Kinder machen so etwas ganz gern.«

»Und wie verhält man sich in solchen Fällen?«

»Weißt du, warum Kinder so etwas tun?«, fragte George.

»Um zu sehen, ob man explodiert?«

George dachte kurz darüber nach. »Nein, ich glaube nicht, dass es ihnen Spaß macht, dabei zuzusehen, wie wir explodieren. Ich vermute eher, dass sie unsere Grenzen austesten, um zu sehen, ob sie sich darauf verlassen können, dass wir nicht explodieren.«

»Mir ist es vorhin aber beinahe passiert.«

»Ist der Boden mit blutigen Gliedmaßen übersät?«

»Es war das reine Massaker.«

»Na ja, wenn's weiter nichts ist. Aber du solltest den Auslösemechanismus abstellen, damit es nie mehr dazu kommt.«

»Wie macht man das?«, fragte Link.

George stand auf und bot Link die Hand an. Link nahm

sie, und George zog ihn hoch. »Wenn du der Herr über deine Grenzen bist, dann kann kein anderer sie ausreizen.«

Wenn eine Schülerin sich mit ihren Problemen an Mary Ann wandte, steckte sie normalerweise in ihrer unreifen Sichtweise fest.

Während sie in der Scheune stand, in der es nach Links Verschwinden seltsam ruhig geworden war, stellte sie sich vor, was Keenan am nächsten Tag zu seiner Vertrauenslehrerin sagen würde. »Ich hätte gestern Abend bei meinem Dad übernachten sollen, aber er ist ausgerastet und hat mich sitzen lassen. Genau wie er es bei meiner Mom gemacht hat. Ihm liegt nichts an uns.« Sie hätte wetten können, dass Keenan an dieser Version festhalten würde, vielleicht nur eine Woche oder zwei, vielleicht auch etliche Jahre, vielleicht sogar sein ganzes Leben lang. Das musste unbedingt verhindert werden. Mary Ann setzte sich neben ihn.

»Keenan, weißt du, warum dein Dad so wütend war?«

»Er ist oft wütend.«

Sie beugte sich vor und kraulte Elle. Dann legte sie die Hände um den Kopf des kleinen Hundes. »Du magst Keenan wirklich sehr gern, stimmt's, Elle?« Sie wandte sich wieder an Keenan. »Vor rund zehn Jahren hab ich mal was wirklich Wichtiges erkannt. Ich habe lange dazu gebraucht. Darf ich dir davon erzählen?«

Als Keenan nur mit den Schultern zuckte, fuhr sie fort. Sie wollte ihm ein Konzept vorstellen, das er vielleicht erst sehr viel später richtig begreifen würde. Einstweilen wollte sie es einfach mal in den Raum stellen. Keenan war ein schlauer Bursche, also lohnte sich der Versuch. »Es gibt zwei Arten von Menschen, Keenan. Glückliche Menschen und wütende Menschen. Du kannst dich entscheiden. Welcher Gruppe willst du dein Leben lang angehören?«

»Der glücklichen.«

»Ich auch. Das ist eine gute Entscheidung. Und jetzt geb ich dir eine Hausaufgabe: Du sollst herausfinden, was dich glücklich und was dich wütend macht. Okay?«

»Warum nicht.« Keenan war sich nicht ganz sicher, worauf sie hinauswollte. »Keiner ist doch gern wütend, oder?«

»Wenn du etwas sehr Heißes anlangst, etwa den Griff einer Bratpfanne, und dir dabei die Hand verbrennst, was tust du dann?«

»Ich lass die Pfanne los.«

»Ganz genau, Keenan. Du lässt sie los, und zwar schnell. Wut ist wie ein heißes Eisen. Man muss sie ganz schnell loslassen, sonst verbrennt man sich daran.«

Keenan blieb stumm. Mary Ann ging davon aus, dass er es nicht so ganz verstanden hatte. Aber das war völlig in Ordnung. Kinder verstanden schwierige Konzepte nur selten auf Anhieb. Trotzdem versuchte sie, ihr Argument abzuschließen. »Vielleicht ist deine Wut auf deinen Vater etwas, an dem du festhältst? Vielleicht könntest du lernen, sie loszulassen? Dann kannst du wieder glücklich sein. Niemand kann wütend und gleichzeitig glücklich sein. Das geht einfach nicht.«

Elle kletterte wieder auf Keenans Schoß und versuchte, an sein Gesicht zu gelangen. Dieser Hund war wirklich lästig. Mary Ann bezweifelte, dass Keenan diese Störung im

Moment brauchte. »Nein, Elle«, befahl sie. »Lass Keenan in Ruhe.« Als Elle nicht auf sie hörte, zog Mary Ann sie sanft am Halsband und wiederholte: »Nein, Elle.«

Emily, die sich neben ihren Bruder gesetzt hatte, nachdem ihr Vater gegangen war, streckte sich und hob die Hand wie in der Schule, um von der Lehrerin aufgerufen zu werden. Mit der anderen Hand zupfte sie an Mary Anns Ärmel. »Es tut mir leid, Schätzchen. Haben wir dich übersehen?«, fragte Mary Ann ein bisschen schuldbewusst, weil sie sich so wenig um die Kleine gekümmert hatte.

»Mrs McCray, warum hat No-Elle Keenan so gern?«

Mary Ann lachte. Emily hatte Elles Namen und das Wort »No«, also »Nein«, so oft gemeinsam gehört, dass sie dachte, die beiden Worte gehörten zusammen. »No-Elle hat einen sehr guten Geschmack, was junge Männer angeht.« Sie beugte sich vor und umarmte Keenan kurz. »Findest du nicht auch?«

Als Keenan über das Kompliment lächelte, hatte Mary Ann das Gefühl, dass sie seine Aufmerksamkeit zurückerlangt hatte. Deshalb beschloss sie, ihm noch einen kleinen Tipp zu geben. »Manchmal hilft es, wenn man sagt, dass es einem leidtut. Das kann dann genauso wirken, wie den heißen Griff der Bratpfanne loszulassen.«

»Einfach nur sagen, ›es tut mir leid‹?«, fragte Keenan zweifelnd.

»Ja. Du hast ja nicht die Gefühle deines Vaters verletzen wollen, oder?«

»Okay, dann sag ich ihm, dass es mir leidtut, aber ich will trotzdem nicht bei ihm übernachten.«

»Na gut, versuch's doch mal damit. Ich glaube, danach bist du vielleicht nicht mehr so sauer, und dann kannst du auch wieder glücklich sein.«

Keenan fiel ein leichter Ausweg ein. »Ich kann ihm das aber gar nicht sagen, weil er weg ist.«

»O nein, er ist hier.«

Keenan drehte sich um und sah, dass George und Link durch den Gang der Scheune auf sie zukamen. Elle sprang in einem großen Satz von Keenans Schoß und stürmte schwanzwedelnd auf Link zu. Link beugte sich nach unten und hob den kleinen Derwisch hoch. »Wir haben uns gerade mal zehn Minuten nicht gesehen, Elle, nicht zehn Monate.«

Keenan stand auf und schlich verlegen zu seinem Vater. Schließlich stellte er sich neben ihn und murmelte: »Es tut mir leid, Dad.«

Link beugte sich vor und umarmte seinen Sohn. »Mir tut es auch leid. Ich hätte nicht gleich wütend werden dürfen. Es ist doch nur ein alberner Song, stimmt's? Und es tut mir auch sehr leid, dass ich damals Alkohol getrunken und dann mit dir und Emily im Auto gefahren bin. Das war das Dümmste, was ich je gemacht habe.«

Keenan nickte zustimmend, dann schluckte er. »Aber, Dad – ich will trotzdem nicht bei dir übernachten.«

»Schon gut. Ich bringe euch zwei zum Haus eurer Mutter. Wenn du dazu bereit bist, kannst du ein andermal bei mir übernachten.«

Keenan fragte sich, seit wann es das Haus seiner Mutter war und nicht mehr ihr gemeinsames Haus. »Dad?«

»Ja?«

»Warum ist das nicht auch dein Haus?«

Link dachte kurz darüber nach. Rein technisch gesehen war es noch sein Haus, zumindest, bis die Scheidung durch war, doch er wollte nicht, dass die Kinder dachten, er könne einfach wieder einziehen, wenn ihm danach war. Er kauerte sich vor Keenan, sodass sich sein Gesicht auf gleicher Höhe mit dem seines Sohnes befand, dachte an das, was er im Elternkurs gelernt hatte, und bemühte sich um eine möglichst ruhige Stimme. Vielleicht hatte er in diesem Unterricht doch etwas gelernt. »Wenn Mütter und Väter sich scheiden lassen, leben sie in unterschiedlichen Häusern. Ich wollte, dass eure Mom unser Haus bekommt, damit sie mit euch dort bleiben kann. Das haben wir vereinbart. Wir dachten, es wäre das Beste für dich und deine Schwester.«

Bis jetzt hatte Keenan es überhaupt nicht verstanden. Er hatte immer gedacht, dass sein Dad sich einfach aus dem Staub gemacht hatte und auf einen ewig langen Urlaub verschwunden war. Doch diese neue Version verstand er auch nicht so recht. »Du hast ausziehen müssen?«, fragte er verwirrt. Er war sich nicht einmal sicher, dass sein Vater die Wahrheit sagte.

»Na klar. Entweder eure Mom hätte ausziehen müssen oder ich. Also bin ich ausgezogen.«

»Wolltest du denn ausziehen, aber Mom nicht?«

Link lachte. »Würdest du denn gern ausziehen und auf Sams stinkigem Sofa übernachten?«

Keenan dachte kurz nach. Die Stücke eines Lebenspuzzles können auf die unterschiedlichsten Weisen auseinandergenommen und wieder zusammengesetzt werden. Er klaubte ein paar heraus und versuchte, sie anders zusammenzusetzen. »Seine ganze Wohnung stinkt. Sein Bad ist schmutzig.«

»Ja«, pflichtete Link ihm bei. »Sam ist ein echter Chaot.«

»Also gefällt dir Sams Wohnung auch nicht?«, fragte Keenan.

Link versuchte, seinem Sohn die Sache zu erklären. »Sam ist mein Freund, aber ich finde seine Wohnung furchtbar. Leider weiß ich nicht, wo ich sonst übernachten könnte, Keenan. Es tut mir sehr leid, aber das ist meine einzige Möglichkeit. Ich kann dort fast kostenlos wohnen. Am liebsten wäre ich Tag und Nacht mit dir und Emily zusammen, aber manchmal wünschen wir uns etwas, was wir einfach nicht haben können.«

Keenan erinnerte sich an etwas, was seine Mutter gesagt hatte, als sie mit leiser Stimme mit einer ihrer Freundinnen telefoniert hatte. »Aber wenn du einen Job hättest, dann könntest du doch bestimmt eine bessere Wohnung finden, in der wir übernachten könnten, zusammen mit dir.«

Link stand auf. Er dachte an das, was George ihm soeben gesagt hatte. Er versuchte, zu seiner Notlage zu stehen und dafür die Verantwortung zu übernehmen. »Ja, Keenan, da hast du wahrscheinlich recht. Ich arbeite daran. Es mag schwerer sein, als du denkst. Gehen wir. Ich fahre euch heim. Zu eurer Mom.«

Für Link, Emily und Keenan Robinson war es eine lange, stille Fahrt zurück nach Crossing Trails. Sie kamen an

Häusern mit bunten Lichterketten vorbei und an solchen, bei denen man durchs Wohnzimmerfenster die festlich geschmückten Weihnachtsbäume sehen konnte. Link fiel ein, dass in einer guten Woche Weihnachten war und dass er seine Kinder am wichtigsten Feiertag des Jahres womöglich gar nicht sehen konnte. Er hatte kein Geld, um ihnen Geschenke zu kaufen. Wer würde da nicht gern seine Sorgen in Alkohol ertränken? Er lächelte grimmig über seinen abwegigen Humor, schaltete das Abblendlicht ein, als ihm ein Wagen entgegenkam, und schaute auf seine Kinder.

Sie schliefen beide.

Als er in die Zufahrt einbog, kam Abbey, die das Scheinwerferlicht gesehen hatte, aus dem Haus.

Link meinte: »Die zwei schlafen schon. Vielleicht sollten sie diese Nacht lieber in ihren eigenen Betten verbringen. Ist das in Ordnung?«

»Na klar. Es war wohl nicht der richtige Abend, um sie bei dir übernachten zu lassen. Versuchen wir es nächste Woche nochmal. Ist denn abgesehen davon alles gut gelaufen, als du sie bei den McCrays abgeholt hast?«

»Ja. Fantastisch. Hätte nicht besser sein können.«

»So schlimm?«, fragte sie.

»Ja. Ziemlich schlimm, zumindest anfangs. Am Schluss wurde es besser. Keenan ist noch nicht bereit, bei mir zu schlafen.« Link musste das Ganze erst mal verdauen, genau wie sein Sohn. »Im Grunde geht es dabei wohl gar nicht so sehr um mich, auch wenn ich mir das eingebildet hatte. Er fühlt sich einfach nicht wohl bei Sam, und ich will ihn nicht dazu zwingen, dort zu sein. Nicht in der momentanen Lage.«

20. KAPITEL

Am Dienstagmorgen wachte Mary Ann noch vor dem Weckerläuten und dem Sonnenaufgang auf. Hinter ihr lagen ein paar sehr ausgefüllte Tage. Am Freitagabend hatten sie und Mr Smethers ein fantastisches Konzert hingelegt. Das Publikum hatte die Musik genossen und sich offenbar auch sehr über Mrs Claus am Dirigentenpult gefreut. Trotz ihrer anfänglichen Aufregung war es eine wunderschöne Veranstaltung geworden. Den Rest des Wochenendes hatte sie damit zugebracht, noch ein paar Veränderungen an ihrem Kostüm vorzunehmen und sich auf den Road Trip von Anna Claus vorzubereiten.

Santa Claus hatte seine Rentiere als Gehilfen, und deshalb dachte auch Anna Claus über einen kleinen Helfer nach. Die Wahl fiel schließlich auf Elle. Mary Ann bastelte eine Art Elfenkostüm aus tannengrünem Stretchstoff, den sie mit schwarzen Klettbändern um Elles Körper befestigte. Dazu kamen noch kleine rote Filzstiefelchen und eine weiße Mütze. Fertig war auch Elles Weihnachtskostüm.

Nachdem sie noch einmal ihr Gepäck überprüft hatte, setzte sich Mary Ann an den Küchentisch und leerte ihren Kaffeebecher, wobei sie im Geiste noch einmal ihre Checkliste durchging. Im Prinzip hatte sie alles erledigt und war startklar.

Sie hatte George noch nie allein gelassen, vor allem nicht um die Weihnachtszeit. Es fühlte sich für sie beide seltsam an. Aber schließlich waren es ja nur ein paar Tage.

Trotzdem freute sich Mary Ann auf diese kleine Reise. Eine gewisse Abenteuerlust und ein Gefühl von Unabhängigkeit stiegen in ihr auf. Na ja, vielleicht war dieser Ausflug auch eine Art Flucht.

Nachdem sie ihren Kaffeebecher abgespült hatte, ging sie zu George ins Wohnzimmer. Sie hatte noch ein paar Aufträge für ihn.

Sie legte die Weihnachtskarten auf den Tisch neben seinem Stuhl, zusammen mit dem Ausdruck der Adressen, an die sie verschickt werden sollten, und zwei Kugelschreibern. »George«, gestand sie ein wenig zerknirscht, »ich habe diese Karten noch nicht verschickt, und in wenigen Tagen ist Weihnachten.«

Georges Handschrift war miserabel. Die Vorstellung, seine Kritzeleien an ihre nächsten Freunde und Nachbarn zu verschicken, war ihm richtig peinlich. Trotzdem sah er hoch und meinte: »Ich kann es wahrscheinlich einrichten.«

»›Wahrscheinlich‹ klingt ziemlich unverbindlich.«

»Na gut, ich mache es.«

Mary Ann warf einen Blick auf die Schachteln mit Weihnachtsdekoration, die George kurz nach Thanksgiving aus dem Keller geholt hatte; denn um diese Zeit fing sie gewöhnlich mit den Vorbereitungen für das Fest an. »George, ich werde am Donnerstag gegen zwei wieder da sein. Unsere Party beginnt um sechs. Ich werde es nur mit knapper Not schaffen, das Haus zu putzen und zu kochen. Wäre es sehr schlimm für dich, wenn du den Weihnachtsschmuck wieder in den Keller schaffen würdest? Ich werde dieses Jahr einfach nicht die Zeit haben, das Haus zu schmücken. Wir werden uns mit rot-grüner Tischwäsche begnügen müssen. Aber vielleicht könntest du ja ein paar Sachen aufstellen, wenn du die Zeit dafür findest?« Sie musterte ihn zweifelnd. »Und vielleicht könntest du ja auch den Baum ein wenig schmücken?«

George wollte erst dagegen protestieren, den ganzen Schmuck wieder in den Keller zu schaffen, aber dann wurde ihm klar, dass jeglicher Protest wahrscheinlich nur darin münden würde, dass er sich intensiver mit der Weihnachtsdekoration beschäftigen müsste. Doch er bezweifelte seine Fähigkeit, alles richtig zu machen. Deshalb sagte er jetzt nur: »Kein Problem, ich verstaue die Schachteln wieder im Keller.« Mit einem Blick auf den nahezu schmucklosen Baum fügte er hinzu: »Mal sehen, was ich mit dem Baum machen kann.«

»Die Woche wird arbeitsreich sein. Geht es dir gut damit?«

George war derselbe Gedanke gekommen. Trotzdem erwiderte er möglichst ungezwungen: »Santa hat doch magische Kräfte, der kann gleichzeitig überall sein.«

»Vermutlich. Machst du dir Sorgen wegen meiner magischen Kräfte?«

»Du wirst dich völlig verausgaben.«

Irgendwie klangen seinen Worte hohl. »Machst du dir Sorgen um mich?«, fragte Mary Ann nach.

»Na ja«, gab er zu, »jedenfalls zum Teil. Meine Hauptsorge ist, dass ich das alles nicht alleine hinkriege.«

Mary Ann überlegte, ob sie wieder mal auf das Sofa der Familie Claus hinweisen sollte, entschied sich jedoch für einen subtileren Kurs. Sie küsste George auf die Wange. »Danke, George. Du hast recht. Das ist mein Projekt, nicht deines. Du musst nicht all diese Frauenarbeiten erledigen. Das wäre nicht fair dir gegenüber.«

George fühlte sich in die Enge getrieben. Manchmal war es ganz schön anstrengend, mit einer Debattierclub-Leiterin verheiratet zu sein. »Wer weiß schon, was fair ist?«, entgegnete er. »Ich werde tun, was ich kann.«

Mary Ann kramte die Wagenschlüssel aus ihrer Handtasche. »Komm, Elle, lass uns den Schlitten anwerfen«, rief sie munter. »Auf geht's, ihr faulen Rentiere!«

Nachdem Mary Ann gegangen war, erledigte George den Rest seiner morgendlichen Aufgaben. Danach setzte er sich mit der Zeitung wieder in seinen Sessel. Er kraulte den Kopf seines Labradors, der ihn hingebungsvoll betrachtete. George nahm es als Einladung, sich über das Leben im Haushalt der McCrays auszulassen. »Tja, mein Junge, wir stecken dieses Jahr ziemlich in der Patsche. Was, meinst du, sollten wir dagegen unternehmen?«

Christmas legte den Kopf auf seine Pfoten, rollte sich zur Seite, seufzte und schloss die Augen.

»Ganz meiner Meinung.« George verstellte die Rückenlehne seines Sessels ein bisschen weiter nach unten, griff zur Fernbedienung und schaltete den Fernseher ein.

An diesem frostigen Morgen stand Doc Pelot auf seiner vorderen Veranda und überreichte Link Robinson die versprochenen vierhundert Dollar. Link hatte seinen alten Truck beladen, der nun mit laufendem Motor auf seinen Fahrer wartete, um die Reise nach Süden anzutreten. »Bist du dir sicher, dass du das wirklich willst?«

Link blieb standhaft. »Vielleicht denken Sie ja, dass ich wegrenne, aber das tue ich nicht, Doc. Keineswegs. Doch ich muss meine Familie unterstützen. Was nützt ein Dad, der kein Geld nach Hause bringt?«

Doc Pelot musste zugeben, dass Link nicht ganz unrecht hatte. Trotzdem klang etwas in Links Stimme in seinen Ohren nicht richtig. »Link, ein Dad ist mehr als nur sein Geld.«

»Wenn ich die Alimente nicht zahle, muss ich ins Gefängnis. Ein halbes Jahr nachdem ich meinen Job verloren habe, lässt sich meine Frau von mir scheiden. Ich ziehe in eine schmuddelige Wohnung, meine Kinder wollen dort nicht bei mir übernachten. Ein Mann ohne Lohn und Brot erscheint mir ziemlich wertlos.«

»Du steckst dafür Prügel ein, aber hauptsächlich geißelst du dich selber.«

»Es sind nicht Ihre Kinder, die mit leerem Magen dastehen«, knurrte Link gereizt.

»Tu, was du tun musst. Du hast versucht, deine Probleme im Alkohol zu ertränken, und das hat nicht besonders gut geklappt. Hat es bei mir auch nicht.«

»Na eben – ich brauche diesen Job in Texas. Wenigstens ein halbes Jahr lang. Danach bekomme ich die zweite

Hälfte des Antrittsgeldes. Und dann finde ich vielleicht einen anderen Job näher an Zuhause.«

»Ich hoffe sehr, dass das kein halbes Jahr dauert. Deine Kinder brauchen dich. Und außerdem kann es, wenn du da unten rumhängst, ziemlich einsam für dich werden. Sieh zu, dass du gleich eine AA-Gruppe findest, und gehe zu den Treffen. Mindestens einmal die Woche.«

»Ich werde viel zu tun haben. Ich habe vor, sämtliche Überstunden zu übernehmen, die mir angetragen werden.«

Doc Pelot wusste, dass Link ohne Unterstützung in großer Gefahr schwebte. »Dort ist es nicht so wie in Crossing Trails. In Großstädten gibt es zu jeder Tages- und Nachtzeit Dutzende von AA-Treffen. Soll ich ein paar Anrufe für dich tätigen?«

»Nein, vielen Dank, aber das ist nicht nötig. Noch nicht. Erst mal muss ich den Job bekommen.«

Doc Pelot legte seine faltige alte Hand auf Links Schulter. »Du bekommst diesen Job ganz sicher.«

»Das hoffe ich.« Link grinste. »Schon allein Ihrer vierhundert Dollar zuliebe.«

Doc Pelot reichte ihm die Hand zum Abschied. »Ruf mich an, wenn du was brauchst.«

Der gehetzte Blick in Links Augen gefiel ihm ganz und gar nicht, aber er hatte auch keine Idee, was er dagegen tun sollte.

Link kletterte in seinen Pick-up und machte sich auf den Weg zur Interstate-35 South. Im Wetterbericht war Schnee angekündigt worden, doch Link glaubte nicht, dass dieser Schnee einen Fahrer, der mit achtzig Meilen pro Stunde

Richtung Süden unterwegs war, einholen würde. Er griff zu seinem Handy und rief Abbey an, auch wenn er das höchst ungern tat. Die Spannung zwischen ihnen war spürbar, ja sogar erdrückend. Ging das von ihm aus oder von ihr? Er konnte es nicht sagen, doch er bemühte sich, möglichst neutral zu klingen. »Abbey, ich wollte dir nur kurz Bescheid sagen, dass ich eine Weile nicht in der Stadt sein werde.«

»Fährst du nach Texas?«

»Ja. Ich habe im Umkreis von dreihundert Meilen vergeblich nach Jobs gesucht. Natürlich werde ich mich weiter umsehen, aber dieser Job ist der einzige, den ich bislang auftreiben konnte. Ich werde ihn annehmen müssen, wenn sie mich dort haben wollen.«

»Darüber bin ich nicht sehr glücklich, Link.«

»Ich auch nicht.«

»Ich weiß, und es tut mir leid für dich und für die Kinder.«

»Wenn ich den Job bekomme, möchte ich es den Kids selber sagen. Ich möchte, dass sie wissen, dass Väter manchmal so etwas tun müssen.« Ihm schnürte sich die Kehle zu. »Ich lasse sie nicht im Stich.«

»Natürlich nicht.«

»Kannst du mich verstehen?«

»Ja«, meinte sie. »Es gefällt mir nicht, aber ich kann es nachvollziehen. Bist du an Weihnachten wieder da?«

»Wenn ich den Job bekomme, setzen sie mich vielleicht sofort ans Steuer eines Mülllasters und lassen mich ein halbes Jahr lang nicht mehr heim. Ich kann es jetzt einfach noch nicht sagen.«

»Aber du wirst es versuchen, oder?«

»Abbey, alles, was ich besitze, liegt auf der Ladefläche meines Pick-ups. Doc Pelot hat mir ein kleines Startkapital geliehen. Die Fahrt dorthin dauert acht Stunden, und zurück ist sie genauso lang. Sechzehn Stunden am Steuer sind ziemlich lang, nur, damit ich meine Kinder an Weihnachten zehn Minuten umarmen oder an einem Wochenende im Monat sehen kann, bevor ich sie in ihre Schlafsäcke stecke und sie auf dem Boden einer Wohnung schlafen müssen, in der sie sich nicht wohlfühlen.«

Es kehrte eine lange Pause ein, und die Spannung wuchs. Schließlich fasste er sich kurz: »Ich bin mir nicht sicher, ob es das wert ist.«

»Das ist es definitiv«, widersprach Abbey.

»Warum?«

»Weil es das ist, was Väter tun. Sie bringen Opfer. In zehn Jahren erinnern sich die beiden vielleicht an nichts von dem, was ich an Weihnachten für sie getan habe. Das Essen, die Geschenke und so weiter. Aber sie werden sich daran erinnern, dass du die lange Fahrt von Texas auf dich genommen hast, um Weihnachten mit ihnen zu verbringen. Dass dir das sehr wichtig war. Das ist ein Opfer, das sie bestimmt nie vergessen werden. Und außerdem, Link ...«

»Ja?«

»Rede dir bitte nie ein, dass die Kinder nicht bei dir sein wollen. Das stimmt nicht. Sie wollen es sehr gern. Und wenn es bedeutet, dass ich in den paar Tagen, wenn du da bist, eine andere Bleibe suche, damit du im Haus mit ihnen zusammen sein kannst, dann machen wir es eben so. Ich komme dir entgegen, soweit ich kann, wenn du den Kindern entgegenkommst.«

21. KAPITEL

Laura wusste nicht, wie sie es Todd sagen sollte. Sie hatte ihre Ärztin gebeten, den Test noch einmal durchzuführen, und sogar noch ein drittes Mal. Aber vielleicht wollte sie sich damit auch nur ein wenig Zeit verschaffen, wie sie sich selbst gegenüber eingestehen musste. Andererseits – als Krankenschwester wusste sie, dass in einem medizinischen Labor manchmal Fehler passieren.

Sie hatte keine Ahnung, wie Todd reagieren würde. Vermutlich würde es ihm erst einmal Angst machen. Auch sie hatte Herzklopfen. Sie zog Gracie zu sich heran. Jetzt brauchte sie ihre Unterstützung vielleicht so sehr wie noch nie. »Keine Sorge, wir stehen das durch«, flüsterte sie ihr ins Ohr.

Als am nächsten Tag das Ergebnis ein letztes Mal bestätigt worden war, rief sie Todd im Tierheim an. Sie versuchte, die Sorge in ihrer Stimme zu unterdrücken. »Todd, kannst du Hayley fragen, ob du heute Abend mal pünktlich heimkommen kannst? Ich muss etwas Wichtiges mit dir besprechen.«

Hayley hatte Todd gerade mit Panik in der Stimme ihre To-do-Liste vorgetragen. Ihm dröhnten noch die Ohren davon. Trotzdem meinte er: »Hayley, tut mir leid, aber ich kann heute Abend keine Überstunden machen. Gerade hat Laura angerufen und mir gesagt, dass ich unbedingt pünktlich heimkommen soll.«

»Wir haben wirklich sehr viel zu tun. Link ist ein paar Tage weg, wir haben keinen Ersatz für ihn, und in dieser Woche stehen zahllose Feiertagsvermittlungen an.«

»Laura hat gesagt, dass es wichtig ist.«

»Na ja, dann...« Hayley fragte sich, ob es in der Beziehung zwischen Todd und Laura kriselte. Mit jemandem zusammenzuleben war definitiv etwas anders als eine Fernbeziehung. Aber sie wollte sich nicht einmischen und auch keine ungewollten Ratschläge erteilen. »Na gut, Todd, dann muss ich das eben alleine schaffen.«

»Danke. Vielleicht kann ich ja am späteren Abend zurückkommen, wenn du mich dann noch brauchst.«

Todd sollte gleich erfahren, dass es Zeiten im Leben gibt, in denen es kein Zurück mehr gibt.

Nachdem sie miteinander geredet und Todd sich von dem Schock erholt hatte, rief er seinen Vater an. »Dad, kann ich mit dir und Mom etwas besprechen? Es ist wichtig.«

In Anbetracht ihrer letzten Familienkonferenz konnte sich George nicht vorstellen, worum es in der jetzigen Krise ging. »Na klar, Todd, aber Mom ist heute Morgen zu einer kleinen Reise aufgebrochen, sie ist also nicht da. Anna Claus ist nicht in der Stadt.« George zögerte, seinem Sohn seinen Beistand anzubieten, und zwar nicht, weil er Todd nicht helfen wollte, sondern weil er davon ausging, dass Todd erstklassigen elterlichen Beistand brauchte, den nur Mary Ann leisten konnte. »Sie kommt am Donnerstag Nachmittag zurück. Willst du so lange warten und dann rauskommen?« Als Todd stumm blieb, fügte er hinzu: »Du könntest sie natürlich auch anrufen.«

»Das habe ich schon versucht. Sie hat sich nicht gemeldet. Laura und ich sind in zwanzig Minuten bei dir. Wir brauchen vielleicht ein bisschen Hilfe.«

George warf einen Blick auf den Esszimmertisch mit den Weihnachtskarten, auf die zehn Schachteln mit Weihnachtsschmuck, die daneben lagen, und den fast schmucklosen Weihnachtsbaum.

Auch wenn er wusste, dass Todd mit Sarkasmus nichts anfangen konnte, erwiderte er, wohl eher, um sich selbst ein bisschen zu erheitern: »Kein Problem, Todd. Ich habe alle Zeit der Welt. Kommt einfach raus.«

Wenn sein Allerweltsbeistand ausreichte, hieß das wohl, dass Todds Problem nicht allzu gravierend war. Vielleicht ging es wirklich nur um einen guten Rat oder um Geld. Vielleicht hatte das »Zusammenpennen« ein paar unerwartete Dellen in Todds Scheckbuch hinterlassen? George lächelte über seine eigenen Unzulänglichkeiten. Doch Mütter kennen sich einfach am besten bei all den wirren emotionalen Angelegenheiten aus. Mitgefühl, Güte, Verständnis, Tränen und Umarmungen sollte man lieber ihnen überlassen.

George nahm ein paar Schmerztabletten gegen die Beschwerden in seinen Beinen und schaltete im Fernseher ein Basketballspiel ein, während er darauf wartete, dass Todds alter Pick-up den Hügel hochächzte und die kurvige Zufahrt nahm. Als Todd und Laura nach einer halben Stunde noch nicht eingetroffen waren, wurde er ein bisschen unruhig und beschloss, mit Christmas eine kurze Runde zu drehen. Manchmal half auch ein bisschen Bewegung gegen die Schmerzen in seinem Bein. Es wehte ein böiger kalter Nordwind, doch immerhin war der Himmel klar und sternenübersät.

George humpelte durch das Kronendach der Bäume, die seine alte Farm säumten, Richtung Scheune und versuchte, die ihm bekannten Sternbilder zu finden – die wahren Lichterketten, dachte er. Zu dieser Jahreszeit war der Orion deutlich zu sehen. Von ihm ausgehend arbeitete sich George im Uhrzeigersinn über den nächtlichen Himmel. Er hatte sechzig Grad geschafft, als er Todds Wagen den McCray-Hügel hochkriechen hörte. »Komm mit, Christmas. Die Bank von George hat rund um die Uhr geöffnet.«

Dodge City hatte sich weit über die Weidezäune des O.K. Corral, wo einst berühmte Gesetzeshüter wie Wyatt Earp und Doc Holliday für Ruhe und Frieden gesorgt hatten, ausgedehnt. Heute wurden aufsässige Cowboys durch Umleitungsschilder und orangefarbene Pylone gebändigt. Überall wurden neue Straßen gebaut. Mary Ann blickte besorgt auf die Uhr. Ihre halbe Stunde Vorlaufzeit löste sich rasch in Luft auf. Für eine Bewohnerin von Crossing Trails waren Staus ein Fremdwort. Eine einzige Kreuzung zu überqueren dauerte volle fünf Minuten. Ihr Handy klingelte und erinnerte sie daran, dass der Akku fast leer war und das Ladegerät in ihrem Auto nicht funktionierte. Die

Nummer auf dem Display kannte sie nicht, aber die Vorwahl wies auf einen Anrufer aus dem westlichen Kansas hin. »Mary Ann McCray«, meldete sie sich.

»Hallo, Mary Ann, hier spricht Donna Miller, die Managerin des Einkaufszentrums. Ich wollte mal hören, ob Sie schon in der Nähe sind.«

»Ich glaube schon. Der Verkehr ist schrecklich. Wahnsinnig viele Baustellen.«

»Tut mir leid, ich hätte Sie warnen müssen. Bei welcher Kreuzung sind Sie denn gerade?«

Mary Ann las die Namen der Querstraßen vor und fügte hinzu: »Ich fahre Richtung Westen.«

»Gut, dann sind Sie gleich da. Noch fünf Minuten, dann haben Sie's geschafft. Machen Sie sich keine Sorgen wegen Ihrer kleinen Verspätung, vielleicht haben wir noch ein viel größeres Problem.«

Mary Anns Handy wies summend auf einen weiteren Anrufer hin. Es war Todd. Vermutlich wollte er nur hören, wie es Elle ging, deshalb ignorierte sie ihn. Todd würde sich noch ein bisschen gedulden müssen. »Was für ein Problem?«, fragte sie.

»Wir haben heute Abend mit dreißig oder vierzig Kindern gerechnet, maximal mit fünfzig. Mehr hatten wir hier nie. Aber auf Sie wartet schon eine Riesenschlange. Scharenweise Kinder.«

»Ach ja? Wie viele sind es denn Ihrer Schätzung nach?«

»Mehrere hundert, und sie drängen sich immer noch durch die Tür. Ich wurde schon mehrmals gefragt, ob Sie denn ein Autogramm geben könnten.«

Mary Ann warf einen Blick auf Elle. Sie sah in ihrem Weihnachtskostüm wirklich entzückend aus. Anfangs hatte sich Mary Ann nicht gerade über diese Begleitung gefreut, doch jetzt war sie froh darum. Santa wurde von seinen Elfen unterstützt, sie von Elle. Hunde waren bei Kindern ein fantastischer Eisbrecher. Elle war ein tolles Begrüßungskomitee, bei ihr fühlten sich Kinder sofort wohl. Vielleicht würde dieser Abend länger werden als erwartet, doch Mary Ann freute sich schon darauf. Vermutlich verbreitete sich ihre Botschaft und blieb hängen. »Keine Angst, Donna. Wenn es irgendetwas gibt, was mir keinerlei Probleme bereitet, dann sind das Kinder. Wir werden viel Spaß haben.«

»Außerdem warten noch zwei lokale Fernsehteams und mehrere Reporter auf Sie. Sie haben mich gefragt, ob Sie wohl ein bisschen Zeit für sie erübrigen könnten. Natürlich nur, wenn Sie nichts dagegen haben. Ich weiß, dass Sie das unentgeltlich machen. Normalerweise bezahlen wir unseren Santa.«

Mary Ann fand es ein bisschen komisch, wenn Santa nur auftauchte, wenn er dafür bezahlt wurde. Sie hatte der Geschäftsleitung des Einkaufszentrums erklärt, dass man ihre Gage der Bücherei in Crossing Trails spenden sollte.

Die Ausschilderung zum Einkaufszentrum war gut beleuchtet. Sie sah das Gebäude vor sich auftauchen. »Ich kann das Einkaufszentrum schon sehen. Erst muss ich den Hund noch kurz seine Geschäfte erledigen lassen, aber danach bin ich gleich da.«

»Ich warte am Haupteingang auf Sie.«

Mary Ann stellte den Wagen am Rand des Parkplatzes

ab, der von einem breiten Grasstreifen gesäumt war. Es lag ein bisschen Schnee. Der obere Teil war weiß, der untere schwarz von den vielen Abgasen. Da Todd sie gewarnt hatte, nahm sie Elle an die Leine und hielt sie gut fest, bevor sie den Hund aussteigen ließ. Elle schnüffelte herum. Mary Ann mahnte zur Eile. »Mach schnell, Elle, auf uns wartet viel Arbeit.«

Endlich kauerte sich Elle hin. Als sie fertig war, sah sie zu Mary Ann hoch und wollte von ihr gelobt werden. »Gut gemacht, Miss No-Elle.« Mary Ann hastete mit dem Hund, dessen kurze Beine durch die Luft wirbelten, zum Haupteingang.

22. KAPITEL

Todd und Laura wirkten überraschend nervös. George fragte sich, ob sie ihren Wohnblock abgefackelt hatten. »Setzt euch. Wollt ihr etwas trinken?«

»Nein danke«, erwiderte Todd.

Laura murmelte halblaut in Georges Richtung: »Aber Sie brauchen vielleicht einen Drink.«

George sah sie an. »Ach ja?« Allmählich fragte er sich, wie hoch der Scheck wohl sein würde, den er ausstellen musste.

Christmas stand auf und wanderte zu Todd. Todd fuhr ihm durch sein dichtes Fell, dann sah er seinen Vater an und platzte los: »Wir werden heiraten.«

George war verblüfft, doch in diesem Moment wurde ihm auch klar, dass er sich so etwas erhofft hatte. Irgendwann. Nicht unbedingt an diesem Tag. Er stand freudestrahlend auf. »Komm her und lass dich umarmen, junger Mann. Das sind ja wunderbare Neuigkeiten!«

Todd stand auf und schenkte seinem Vater eine lange Umarmung. Schließlich entwand er sich den bärenstarken Armen und ließ ganz sachlich die nächste Bombe platzen. »Das machen wir, weil wir ein Baby bekommen. Es muss also bald sein. Morgen.«

George hatte kaum hingehört. Er wollte Laura beglückwünschen und umarmen und dachte dabei an die Vergangenheit. »Ich weiß noch recht gut, wie ihr zwei vor drei Jahren um diese Zeit angefangen habt, miteinander zu gehen. Es kommt mir vor, als wäre es erst gestern gewesen.« Plötzlich erstarrte er und drehte sich zu Todd um. »Moment mal – was hast du gerade gesagt?«

»Ich habe gesagt, dass wir morgen heiraten und bald ein Baby bekommen.«

»Du meinst, ein richtiges Menschenbaby? Kein Hundebaby?«

»Ja, Dad. Es wird unser Baby sein.«

»Kein Katzenbaby, kein Fantasiebaby?«

»Nein, Dad. Ein richtiger kleiner Mensch, kein Tier, kein Spielzeug.«

George sank auf seinen Sessel. Tränen stiegen ihm in die Augen, auch wenn er nicht sagen konnte, warum. »Ein echtes Baby? Und morgen wollt ihr heiraten?«

Laura kam ihm zu Hilfe. Sie legte die Hand auf Georges Schulter. »Ja, Mr McCray, es schaut so aus, als würden Sie wieder einmal Großvater werden.«

Ohne Mary Ann als »Gefühlsprofi« war George völlig auf sich allein gestellt. Freude erschien ihm am angebrachtesten. Vielleicht sollte er es mal damit versuchen. »Nun, das ist ein glücklicher Tag für uns alle.« Er versuchte, sich wieder zu fassen, indem er ein paar Fragen stellte. Das machte Mary Ann auch immer so. Sie stellte ständig viele Fragen. Viel zu viele. »Wann soll das Baby denn kommen?«

Es war zu früh, um das mit Sicherheit sagen zu können, aber selbstverständlich hatte Laura eine ziemlich genaue Vorstellung. »Im Spätsommer.«

»Wer weiß denn noch darüber Bescheid? Über die Hochzeit und über das Baby?«, fragte George.

Laura lächelte George an. »Bei beidem sind Sie der Erste. Wir wollen gleich heiraten und den Leuten dann später von dem Baby erzählen. Wir glauben, dass das so besser ist.« Sie wollte nicht hinzufügen, dass sie nicht den Rest ihres Ehelebens ein mulmiges Gefühl, was das Geburtsdatum ihres Babys betraf, haben wollten. Und wichtiger noch – sie wollten nicht, dass ihr Kind sich über den Zeitpunkt seiner Geburt wunderte oder am Ende gar fragen würde, ob es ein Wunschkind gewesen war.

»Ach ja? Nur ich?«, fragte George und fühlte sich etwas geehrt.

»Jawohl«, bestätigte Laura. Sie und Todd hatten vor diesem Gespräch schon alle möglichen Details erörtert. Beide wollten rasch handeln. »Wir schauen auf dem Heimweg noch bei meinen Eltern vorbei und sagen ihnen das mit der Hochzeit.« Sosehr Laura ihre Eltern liebte, so hatte sie doch das Gefühl gehabt, dass es leichter wäre, erst den McCrays zu sagen, dass sie bald heiraten würden, als Art Generalprobe, wie sie es dann ihren Eltern am besten beibringen sollten.

George fiel nichts mehr ein, was er noch sagen konnte. Hätte ein Handbuch mit Benimmregeln gewusst, wie man sich in solchen Situationen verhielt? Egal – in ihrem Haushalt gab es nichts dergleichen. Immerhin hatte Todd ihre Notlage nicht mit »hat einen Braten in der Röhre« analog zu »wir pennen zusammen« beschrieben. Das war schon mal ein guter Anfang. Nun musste sich George nur noch überlegen, wie er Mary Ann die Sache mit der Hochzeit schonend beibringen, das Baby jedoch vorerst verschweigen konnte, damit Todd und Laura es ihr selber sagen konnten. Er war nicht besonders gut darin, Geheimnisse zu wahren. Mary Ann würde spüren, dass er nicht die ganze Wahrheit sagte, noch bevor er ausgeredet hatte. Am besten wäre es wohl, wenn Todd das alles selbst übernahm.

Vielleicht hatten sie recht gehabt, es ihm als Erstem mitzuteilen. Väter gehen knifflige Angelegenheiten meist nüchterner als Mütter an, die dazu neigen, überzureagieren. »Willst du, dass ich deiner Mutter von der Hochzeit erzähle, oder willst du es ihr selbst sagen?«, fragte er seinen Sohn.

Todd dachte kurz darüber nach. »Ich kann es ihr sagen, aber vielleicht wäre es ja auch eine hübsche Überraschung für sie. Ich kann es ihr am Donnerstag sagen, wenn sie heimkommt.«

Diese Idee gefiel George nicht besonders. »Deiner Mutter zu sagen, dass du gerade geheiratet hast, als hübsche Überraschung? Nein, ich glaube nicht, dass das funktionieren würde.«

Todd nickte, um sein Vorhaben zu bekräftigen. »Aber klar wird es das. Wenn ich es ihr erzähle, wird sie echt überrascht sein.«

Laura wandte den Blick ab und versuchte, nicht zu lachen. Sie war jedoch so froh, dass sie jetzt nichts dazu sagen wollte. Sie hatte immer ein Kind haben wollen, auch wenn sie erst gemerkt hatte, wie sehr sie sich das wünschte, als es passiert war. Vielleicht hatte sie es nicht so ungeplant haben wollen, aber sie betrachtete es trotzdem als Geschenk. Es würde immer ihr Weihnachtsbaby sein. Selbst ihre Ärztin freute sich für sie. Ihr Rheuma könnte zwar die Müdigkeit verstärken, hatte die Ärztin sie gewarnt, aber sie sehe keinen Grund, warum Laura nicht eine ansonsten völlig reibungslose Schwangerschaft haben könnte. Ihre Freude war schier grenzenlos.

George machte sich immer noch Sorgen, dass seine Frau völlig aufgelöst sein würde, wenn er es ihr erzählte. »Vielleicht solltest du es deiner Mom sagen, Todd. Zumindest das mit der Hochzeit. Ich glaube, das wäre besser. Ruf sie gleich heute Abend noch an, wenn du sie erreichen kannst, oder sag es ihr morgen.«

Todd hatte eigene Pläne. »Das geht nicht. Wir werden morgen heiraten. Am Mittwoch.«

George stand auf und begann, im Raum auf und ab zu laufen in der Hoffnung, dass er auf eine Lösung kommen würde. Doch er wusste, dass das unwahrscheinlich war. Deshalb versuchte er, die Sache noch einmal ganz von vorn anzugehen. »Wollt ihr denn nicht eine Hochzeit haben, bei der nicht nur der Richter, sondern auch eure Freunde und Verwandten anwesend sind?«

Todd sah Laura hilfesuchend an, doch gleichzeitig erklärte er: »Wir wollen, dass alles in der richtigen Reihenfolge abläuft. Du weißt schon – heiraten, das Kind bekommen, alt werden und sterben.«

George musterte seinen philosophischen Sohn. »Tja, vermutlich ist es so am besten. Aber glaubst du denn nicht, dass deine Mom bei diesen wichtigen Lebensereignissen dabei sein sollte? Zumindest bei den glücklichen Ereignissen, der Hochzeit, dem Kinderkriegen und so weiter?«

»Wir waren beim Amtsgericht und haben uns schon die Lizenz besorgt. Wir können uns morgen früh um neun trauen lassen. Wir haben mit dem Richter gesprochen. Er hat gesagt, dass das gehen würde.«

»Richter Borne?«

Todd erinnerte sich an den Namen. »Jawohl, so heißt er.«

George lief immer noch auf und ab, die Hände auf dem Rücken verschränkt. Wie sollte er bloß diese Kuh vom Eis kriegen? Sich einzumischen war ihm zuwider, doch wenn er es nicht tat, würde das nicht folgenlos bleiben. Mary Ann würde wohl nie mehr einen scharfen – oder auch stumpfen – Gegenstand in die Hand nehmen können, ohne ihn damit erdolchen oder erschlagen zu wollen. Das erschien ihm eindeutig zu riskant. Aber er hatte keine Zeit, um über mögliche Optionen nachzudenken. Ihm fiel nur eine einzige Lösung ein. »Todd, kann ich dich etwas fragen?«

»Na klar.«

»Glaubst du, dass ihr wenigstens noch einen Tag warten könntet? Ihr könntet doch auch am Donnerstag heiraten, auf unserer jährlichen Weihnachtsparty, nachdem deine Mom nach Hause gekommen ist. Sie hatte geplant, am frühen Nachmittag heimzukommen. Ein weiterer Tag fällt doch bestimmt nicht ins Gewicht, aber es würde deiner Mutter viel bedeuten.«

»Meinen Sie wirklich, dass wir auf Ihrer Weihnachtsparty heiraten könnten?«, fragte Laura nach.

»Ganz recht. Die meisten werden hier sein – deine Familie, unsere Familie, Freunde, alle Geschwister von Todd, und auch der Richter. Wir könnten die Party mit einem Hochzeitsfest kombinieren.«

Laura versuchte, George davon abzubringen, die Dinge noch komplizierter zu machen. »Ich weiß nicht, Mr McCray – vielleicht wäre es einfacher, wenn Todd und ich das alleine über die Bühne kriegen. Ganz privat, ganz schlicht. Dann kann niemand auf uns sauer sein, und auf Sie auch nicht. Es wird niemand gekränkt sein, weil er oder sie nicht eingeladen worden ist oder nicht am richtigen Tisch saß. Es ist Todds und meine Entscheidung. Wir heiraten, wir verkünden es, und dann ist es vorbei. So haben Todd und ich es besprochen. Die Planung einer Hochzeit kombiniert mit einer Weihnachtsparty klingt nach einer Menge Arbeit.« Für einen Mann, wollte sie hinzufügen, verkniff sich diese Bemerkung jedoch, weil sie ihr unfair vorkam. Stattdessen versuchte sie, es noch ein bisschen ausführlicher zu erklären. »Eine Hochzeit und eine Weihnachtsparty sind zwei verschiedene Dinge. Ich weiß nicht, ob man die so einfach zusammenschmeißen kann. Es gibt Geburtstags-Überraschungspartys, aber keine Hochzeits-Überraschungspartys. Außerdem bliebe Ihnen nur ein einziger Tag, um alles vorzubereiten. Und Sie sind ganz allein.«

George dachte darüber nach. Laura hatte recht. Sollte er Mary Ann fragen, ob sie die letzten Besuche von Anna Claus absagen und früher heimkommen könnte, um ihm zu helfen? Wenn das nicht ginge, müsste er tatsächlich alles alleine erledigen, und er hatte keine Ahnung, wie man eine

Hochzeit plant. Nicht die geringste Ahnung. Es war ihm richtig peinlich, dass er diesen Vorschlag gemacht hatte. »Du hast recht. Die Zeit ist zu knapp, und ich verstehe nicht das Geringste von Hochzeitsplanungen.«

Laura zupfte an Todds Ärmel und deutete auf die Küche.

»Wir sind gleich wieder da, Dad. Wir müssen noch ein bisschen reden.«

Todd und Laura zogen sich zurück und unterhielten sich leise. Beide bemühten sich, nicht lauthals darüber zu lachen, dass George vorgeschlagen hatte, ihre Hochzeit zu planen. Todd grinste. »Selbst ich wusste, dass das keine gute Idee ist.«

»Aber er schien gekränkt, als wir gesagt haben, dass wir nicht wollen, dass er das tut.«

»Nein«, widersprach Todd, »das ist er sicher nicht.«

Laura fand die Idee nun aber plötzlich trotzdem reizvoll. »Vielleicht sollten wir es doch so machen? Warum nicht? Er hat vollkommen recht – alle, die wir kennen und lieben, werden hier sein. Wenn wir im Gericht heiraten, werden wir uns in zehn Jahren sicher nicht mehr daran erinnern.«

»Wenn mein Dad das übernimmt, dann wird vielleicht etwas daraus, das wir lieber vergessen würden.«

Während Todd und Laura hin und her überlegten, versuchte George, Mary Ann anzurufen. Er wollte unbedingt wissen, wo sie steckte und wann sie sich unterhalten konnten, nachdem er sich etwas mehr Klarheit verschafft hatte. Aber Mary Ann meldete sich nicht. Vermutlich war sie noch unterwegs und hatte keinen Empfang. Er hinterließ eine Nachricht, dass sie ihn baldmöglichst zurückrufen sollte.

In dem Moment, als er auflegte, kehrten Todd und Laura händchenhaltend ins Wohnzimmer zurück, und Todd verkündete ihre Entscheidung. »Dad, wir würden gern bis Donnerstag warten und dann hier heiraten. Du hattest eine gute Idee. So machen wir es.«

Laura trat vor. »Natürlich nur, wenn es nicht zu viel Arbeit für Sie ist.«

George wurde es nun doch mulmig. Er konnte sich nicht vorstellen, wie er all das schaffen sollte, doch nun konnte er sich auch nicht vorstellen, wie er es ablehnen konnte. Zu viel Arbeit? »Natürlich nicht. Wenn ihr das so haben wollt, dann machen wir es so.«

»Am Donnerstag werden wirklich alle da sein?«, fragte Todd noch einmal nach.

George zuckte mit den Schultern. »Ja, soviel ich weiß, schon.«

»Dann wirst du einfach nur eine Hochzeitstorte zu den Weihnachtsplätzchen stellen?«

George sah Laura hilfesuchend an. »Vermutlich ... vermutlich werde ich das so machen. Aber vielleicht gibt es, abgesehen von der Torte, ja noch ein paar weitere Dinge, die ich regeln muss.«

Laura setzte sich aufs Sofa. Sie hatte sich immer eine richtige Hochzeit gewünscht, aber das würde sie wohl nicht bekommen. Sie lächelte schief bei der Vorstellung, wie es nun werden würde. Doch plötzlich fegte ein Sturm der reinen Freude sämtliche Ängste, die sich um ihre Hochzeit und ihre Schwangerschaft rankten, weg. Sie würde Todd heiraten, den sie liebte und der ihre Liebe erwiderte. Sie würden ein Kind bekommen. Sie hatte ein gutes Leben, und diese zwei McCray-Männer waren ein Teil davon und würden es hoffentlich noch viele Jahre lang bleiben. Am besten war es wohl, wenn sie einfach alles so nahm, wie es kam. Sie war sich nicht sicher, was ihre Eltern dazu sagen würden, aber bestenfalls würden sie sie verstehen und unterstützen.

»Mr McCray, es ist wirklich lieb von Ihnen, dass Sie das tun wollen. Es wird bestimmt lustig, und wir werden uns bestimmt immer gern daran erinnern. Vermutlich würden auch meine Eltern gern helfen. Gemeinsam schaffen wir das auf jeden Fall.«

»Abgemacht.« George riss eine Seite aus dem Notizblock, den Mary Ann immer neben dem Telefon aufbewahrte. »Also, was brauchen wir alles für die Hochzeit? Ein Kleid?« Er sah auf Laura.

Laura stützte den Kopf auf die Hände und wusste nicht, ob sie lachen oder weinen sollte. Dann sah sie George an und lächelte. »Ja, Mr McCray, ich werde ein Kleid brauchen.«

George wandte sich an Todd. »Möchtest du einen Trauzeugen?«

»Was macht denn ein Trauzeuge?«, wollte Todd wissen.

Laura erklärte es ihm. »Bei einer Hochzeit steht oft ein guter Freund dem Brautpaar bei.«

»In Form von moralischer Unterstützung«, fügte George hinzu.

Todd wusste nicht, was »moralische Unterstützung« bedeutete, und er wusste auch nicht, warum er so jemanden brauchte, aber er freute sich über diesen Plan und alles, was er beinhaltete. Und dann hatte er einen typischen Todd-Einfall. »Na klar, ich kenne jemanden, der mir beistehen wird.«

»Also gut.« George fiel noch eine wichtige ungelöste Frage ein. »Wirst du deiner Mutter jetzt von eurer Hochzeit erzählen, oder soll ich das machen?« Als Todd zögerte, glaubte George nicht, dass sein Sohn in der Lage wäre, das rechtzeitig zu schaffen. Deshalb übernahm er diese Aufgabe lieber gleich selber. »Weißt du was – ich mache das.« Laura nickte. »Das halte ich auch für das Beste.«

23. KAPITEL

»Wer war das?«, fragte Keenan, nachdem seine Mutter den Telefonhörer aufgelegt hatte.

»Der erste Anrufer war dein Dad, der zweite George McCray, Mrs McCrays Mann. Erinnerst du dich noch an ihn?«

»Na klar«, sagte Keenan und dachte an den Abend in der Scheune. »Er ist ein Freund von Dad.«

»Er hat uns zu einer Weihnachtsfeier eingeladen, am Donnerstagabend. Er bräuchte noch ein paar Helfer und hätte einen kleinen Job – ungefähr fünf Minuten – für ein kleines Mädchen und einen verantwortungsvollen Siebenjährigen. Er hat mich gefragt, ob ich wüsste, wo er zwei solcher Kinder in Crossing Trails finden könnte.«

Keenan merkte sofort, worauf sie hinauswollte. »Wir können das machen.«

»Wunderbar. Ich habe ihm nämlich schon gesagt, dass ihr zwei ihm helfen könntet. Er meinte, ihr solltet eure Sonntagsschulkleider anziehen. Ist das okay?«

Keenan nickte, dann fragte er: »Und was hat Dad gesagt?«

Abbey hielt sich kurz. »Er hat ein Job-Interview. Morgen.«

Keenan verlagerte sich wieder aufs Fernsehen. In der

Werbung kam ständig irgendwas von Weihnachten und Santa und Spielsachen, um die man seine Eltern bitten könnte. Ihm fiel nichts ein, was er dieses Jahr gern gehabt hätte. Er freute sich nicht einmal besonders auf Weihnachten. Emily schien es anders zu gehen. Sie saß neben ihm, summte eine schräge Weihnachtsmelodie und hörte gar nicht mehr damit auf, eine bunte Ansammlung von Weihnachtsschmuck zu bemalen, zu bekleben und mit Glitzerstaub zu verzieren. »Mrs und Mr McCray haben noch überhaupt keinen Schmuck an ihrem Weihnachtsbaum bis auf das Bild, das ich gemalt habe. Deshalb bastle ich ihnen jetzt noch ein bisschen mehr«, erklärte sie ihrer Mutter. »Das nächste Mal, wenn ich wieder auf Lady Luck reiten darf, gebe ich ihnen die Sachen.«

Keenan überlegte, was seine Mutter wohl gemeint haben könnte, als sie von seinem Vater erzählte. Er kannte das Wort »Job«, aber das mit dem »Interview« verstand er nicht so ganz. Doch so wie seine Mutter sich geäußert hatte, bedeutete das wohl, dass sein Dad jetzt wieder arbeiten ging. Würde er eine schönere Wohnung finden? Ein neues Auto, das nicht ständig kaputt war? Vielleicht einen dieser Monster-Trucks mit riesigen Rädern und einem Überrollbügel? In so einem Truck zu fahren wäre bestimmt lustig. Er blickte hoch und fragte: »Glaubst du, er bekommt dieses Job-Interview?«

»Den Job, Schätzchen. ›Interview‹ bedeutet, dass die Leute, die den Job vergeben, mit ihm reden, um herauszufinden, ob er der Richtige dafür ist. Ich weiß es nicht, Keenan.«

Sie wirkte gereizt, und Keenan beschloss, die Sache auf sich beruhen zu lassen.

George überprüfte stolz seine Fortschritte auf der Hochzeits-Vorbereitungsliste. Seiner Meinung nach war der Großteil unter Dach und Fach. Zumindest die wichtigsten Details waren geklärt. Er fragte sich, wie man Monate damit zubringen konnte, sich den Kopf über etwas zu zerbrechen, das nur zehn Minuten dauerte – und auch das nur, wenn Richter Borne die Sache in die Länge zog. Morgen musste er nur noch das Haus herrichten. Der Baum war bis auf Emilys Zeichnung immer noch ohne Schmuck. Vielleicht fiel das keinem auf, vor allem, wenn er ein paar der anderen Weihnachtssachen im Haus verteilte? Das konnte er vor dem Lunch machen. Zum Glück hatte er die Schachteln noch nicht in den Keller zurückgebracht. Anschließend wollte er ins Einkaufscenter fahren und sämtliche Lichterketten kaufen, die er dort finden konnte. Aber nur die weißen.

Er schaute noch einmal auf seine Liste. Das Brautkleid stand noch aus. Das Kleid, das seine Großmutter an ihrer Hochzeit getragen hatte, musste noch irgendwo auf dem Dachboden herumliegen. Das müsste Laura eigentlich passen. Junge Mädchen mögen alte Sachen – Antiquitäten, Sammelalben und so weiter –, also wäre das doch eine gute Lösung. Lauras Mutter konnte ja helfen, falls noch ein paar kleine Änderungen nötig waren. Morgen früh wollte er die Hochzeitstorte bei der Bäckerei bestellen. Blieb noch die Sache mit den Blumen und dem Reis. Vielleicht gab es im

Supermarkt auch Blumen, doch wenn nicht, hatte er schon eine Lösung: im Keller stand eine große Schachtel mit Verpackungschips. Die könnten als Blütenblätter dienen auf dem Weg, den die Braut einschlagen würde. Vermutlich würde dieser Weg in der Küche anfangen. Die Chips waren zwar etwas schwierig zu beseitigen, aber er hatte ja einen guten Industriestaubsauger. Leute, die sich amüsieren wollten, mit Reis zu bewerfen, war eigentlich eine idiotische Tradition, fand George. Deshalb strich er diesen Punkt von seiner Liste.

Nachdem das alles geregelt war, konnte er jetzt beruhigt ins Bett gehen. Doch vorher versuchte er noch einmal, Mary Ann anzurufen. Sie antwortete nicht. Hatte sie immer noch keinen Empfang? Viel wahrscheinlicher schien ihm aber, dass auch sie sich früh schlafen gelegt hatte. Vielleicht war es auch besser so. Wenn er sie jetzt erreicht hätte, hätte sie ihn in ihrem Überschwang bestimmt die ganze Nacht wach gehalten. Lieber wollte er sie am nächsten Morgen anrufen.

Als George am Mittwochmorgen um fünf Uhr das Bett verließ, galt sein erster Gedanke der vielen Arbeit, die auf ihn wartete. In sechsunddreißig Stunden musste das Haus geputzt und geschmückt und die Hochzeit vorbereitet sein. Außerdem musste er Mary Ann überzeugen, dass er alles unter Kontrolle hatte. Er kam zu dem Schluss, dass eine Hochzeitsplanung viel Ähnlichkeit mit der Anfertigung eines Holzmöbels hatte. Sobald man alle Teile in der richtigen Form und Größe zugeschnitten hatte, war der Rest ein Kinderspiel. Etwas Leim und ein paar Nägel, mehr brauchte man nicht. Trotzdem hätte er sich über Mary Anns Hilfe gefreut, nur für den Fall, dass er etwas übersehen oder es nicht ganz richtig hinbekommen hatte. Das sollte er lieber in Erfahrung bringen, bevor er all die Stücke zusammengefügt hatte.

Doch jetzt war es für einen Anruf bei ihr noch zu früh. Deshalb zog er erst einmal los und versorgte seine Tiere mit Futter und Wasser. Auf der Farm lebten außer Mary Anns Stute noch ein paar Angus-Rinder, eine bunte Ansammlung von Hühnern, Truthähnen und Enten sowie ein paar Dutzend Schweine, die er respektlos nach diversen Essensprodukten getauft hatte: Sammy Salami, Betty Bologna, Pete Prosciutto. Es schneite leicht, der Himmel war grau, die Temperaturen bewegten sich um minus fünf Grad, es war also nicht allzu unangenehm.

Nachdem er seine Aufgaben erledigt hatte, lief er zum Ende der langen Zufahrt und holte die Zeitung, die in einer blauen Plastikhülle steckte, aus dem Briefkasten. Am brennendsten interessierte ihn die Wettervorhersage. Es wäre wirklich eine Schande, wenn ein Schneesturm im Anmarsch war und die Gäste daran hindern würde, zu dem großen Hochzeits-/Weihnachtsfest zu kommen. Vor allem, nachdem er alles schon so gut geplant hatte. Vermutlich heirateten deshalb so viele Leute im Juni; da mussten sie wenigstens nicht mit Schnee rechnen.

George legte Holz nach, dann setzte er sich in seinen Lehnstuhl und schlug die Zeitung auf. Seine Frau lächelte ihn von der ersten Seite an. »Nicht schon wieder«, murrte er, las den Artikel jedoch aufmerksam durch. Ihm fiel auf, dass die Story über die Associated Press gekommen war und deshalb mittlerweile wohl in der ganzen Region, ja vielleicht sogar im ganzen Land verbreitet worden war.

»Anna Claus ist von einer jahrhundertealten Routine abgewichen. Sie hat sich aus den kalten Gefilden des Nordpols herausgewagt und Crossing Trails, Kansas, als Weihnachtsstützpunkt gewählt. Wie bei einer seltenen Sonnenfinsternis hat sich die Nachricht dieser ungewöhnlichen Weihnachtssichtung wie ein Lauffeuer verbreitet. Die Kinder kommen aus ganz Kansas und darüber hinaus, um Anna Claus zu besuchen. Der Verfasser dieses Artikels hat das weibliche Mitglied der Familie Claus, umringt von Kindern, in Dogde City, Kansas, getroffen.

Ihr Mann, der gute alte Santa Claus, hat eine Heerschar von Helfern, Anna Claus hingegen reist mit leichtem Gepäck. Ihre einzige Helferin, Noelle, abgekürzt Elle, sitzt neben ihr und begrüßt die Kinder mit stürmischer Begeisterung. Elle ist ein sehr ungewöhnlicher Hund. Mrs Claus hat darauf hingewiesen, dass sie mit ihren fast schneeschuhgroßen Pfoten und ihrem kleinen Körper bestens gerüstet ist, über die Spitzen von Schneeverwehungen zu laufen und Mrs Claus' Schlitten in die hintersten Winkel der Welt zu leiten. Im Gegensatz zu ihrem Mann sind Mrs Claus Schlittenhunde lieber als die in luftiger Höhe fliegenden Rentiere.

Für Anna Claus ist es etwas Neues, Kinder zu begrüßen, Noelle hingegen wirkt, als hätte sie ihr Leben lang nichts anderes getan. Sie sitzt da mit ihrer weißen Mütze und den roten Stiefelchen, wedelt freundlich mit dem Schwanz und reicht jedem Kind artig die Pfote. Geduldig lässt sie sich von kleineren Kindern liebevoll umarmen. Dank ihrer kurzen Beine hat sie genau die richtige Größe dafür. Sie wirkt nie gelangweilt oder des Ganzen überdrüssig, denn für sie ist es ganz offenkundig ein riesiger Spaß, keine Verpflichtung.

Bei den langen Schlangen von Kindern muss Anna Claus sich an einen straffen Zeitplan halten. Sie hat nur sehr wenig Zeit, um ihre wichtige Botschaft zu vermitteln. ›Kindern macht das Schenken genauso viel Spaß wie selbst beschenkt zu werden. Deshalb frage ich alle Kinder, welche Geschenke sie für ihre Lieben haben. Manchmal bitte ich sie auch, mir zu helfen. Für Santa das richtige Geschenk zu finden ist gar nicht so einfach. Ganz oben auf der Liste der Vorschläge stehen wärmere Handschuhe und ein neuer Schlitten.‹

Ist es ein Wunder? Wer würde sich nicht darum reißen, von Anna Claus umarmt zu werden und Noelle zu umarmen?«

Auf dem Beistelltisch summte Georges Telefon. Die Nummer auf dem Bildschirm war ihm unbekannt. Er legte die Zeitung weg und ging dran.

»George, ich bin's, Anna Claus.«

»Gut. Ich wollte dich gerade anrufen. Wie geht es dir?«

Ihre Worte klangen verzerrt, es knisterte in der Leitung, und dann war die Verbindung weg. George starrte mit ausgestrecktem Arm auf sein Handy, um sich zu vergewissern, dass es von seiner Seite aus funktionierte. Bei den in den ländlichen Gegenden nach wie vor schlechten Mobilfunknetzen kam so etwas alle naslang vor. »Mary Ann, bist du noch dran?« Plötzlich leuchtete das Zeichen auf, dass eine Nachricht für ihn eingegangen war. Er trat zum Küchenfenster, wo der Empfang ein bisschen besser war, und rief die Mailbox-Nachricht ab. Die Stimme seiner Frau erklang.

»Wenn du die Gesichter der Kinder sehen und hören könntest, wie süß sie sind, würdest du mich verstehen. Ich bin jetzt auf dem Weg nach Abilene zu meinem letzten Auftritt. Ach, eines noch: Das Handyladegerät in meinem Wagen funktioniert nicht. Ich habe mir gerade ein Handy ausgeliehen. Ich weiß, dass ich gesagt hatte, dass ich morgen um zwei heimkommen würde, um bei den Festvorbereitungen zu helfen, aber die Kinder werden immer mehr. Trotzdem werde ich definitiv um fünf daheim sein. Wir werden ein fantastisches Weihnachten haben!«

George starrte sein Handy an, wie er in diesem Moment auch seine Frau angestarrt hätte – ungläubig. Er hatte ihr seit einem Jahr gesagt, dass sie sich ein neues Ladegerät besorgen sollte. Ihr altes hatte schon länger nicht mehr zuverlässig funktioniert. Vielleicht sollte er ihr dieses Jahr ein Ladegerät in ihren Weihnachtsstrumpf stecken? Es war zwar kein romantisches Geschenk, aber ein sehr praktisches. Er rief sie auf ihrem Handy an und hinterließ eine Nachricht. »Du hast bestimmt recht. Schade, dass du später heimkommst, aber es wird bestimmt ein tolles Weihnachten. Es wird deine Erwartungen in jeglicher Hinsicht übertreffen. Bitte versuche, mich zurückzurufen.«

Wieder leuchtete das Nachrichtensignal auf. Er lauschte ein weiteres Mal der Stimme seiner Frau – sie wurde ihm nie langweilig.

»George, ich wollte dir noch sagen, dass ich dich liebe.«

24. KAPITEL

»Sie haben den Job, Mr Robinson.« Diese Worte hallten wie ein lauter Knall in Links Ohren nach. »Sie können gleich nächste Woche am Montag, direkt nach Weihnachten, anfangen.«

Er sollte erst einmal als Beifahrer üben, den Greifarm zu betätigen, der mittels einer Handschaltung ausgefahren wurde und die großen Müllcontainer am Straßenrand emporhievte. Außerdem erklärte ihm Eugene Brown, der Personalchef, dass er nicht der Einzige war, der von weit her kam. Aus dem ganzen Land seien viele Männer in seiner Firma gelandet, weil sie in ihrer Heimat keinen anständig bezahlten Job hatten finden können. Der Mann sprach freimütig über die damit verbundenen Probleme. »Aus diesem Grund fällt es uns auch schwer, gute Arbeiter an uns zu binden. Natürlich wollen die Männer lieber in der Nähe ihrer Familien arbeiten, und deshalb haben wir hier eine hohe Fluktuation.«

»Ja, das ist einleuchtend«, pflichtete Link ihm bei.

Mr Brown zog ein Formular aus seiner Schreibtischschublade und reichte es ihm. »Sie haben einen guten Zeitpunkt gewählt, um bei uns anzufangen. Wir verlieren um diese Zeit viele Fahrer, und die wenigsten wollen in den nächsten Wochen anfangen.«

Link überflog das Formular. »Also kann ich am siebenundzwanzigsten Dezember mit der Einarbeitung beginnen?«

»Jawohl. Und im Januar sollten Sie zwei zusätzliche Samstage arbeiten, in denen Sie den anderthalbfachen Lohn bekommen.«

»Ich übernehme gern alle Überstunden, die Sie mir geben können.«

Nach diesem Gespräch führte Mr Brown, der offenbar mit einem wehen Bein geschlagen war und humpelte, Link kurz durch den Betrieb. Anschließend überreichte er ihm eine Liste mit den Namen von Kollegen, die nach Fahrgemeinschaften und Mitbewohnern suchten. Link überflog sie rasch. Er konnte es kaum erwarten, anzufangen. »Wenn es hier etwas für mich zu tun gibt, kann ich auch gerne sofort loslegen.«

»Daraus wird leider nichts. Wir sind ein großer Betrieb, Link. Es wird ein paar Tage dauern, bis all der Papierkram erledigt ist.«

Link ließ sich von Eugene noch einmal die Sache mit dem Antrittsgeld bestätigen, dann bedankte er sich und kehrte in die Econo Lodge auf sein Zimmer zurück, um sich unter die Dusche zu stellen und anschließend ein paar Telefonate zu erledigen.

Als Erstes wollte er jemanden finden, der ihm ein günstiges Zimmer vermieten konnte. Außerdem beschloss er, sich ein Handy mit einer Video-Chat-Funktion zuzulegen, sodass er seine Kinder sehen konnte, wenn er mit ihnen telefonierte. Vielleicht würde er sich auch noch ein paar günstige Gebrauchtmöbel besorgen müssen. Bis dahin mussten sein Schlafsack und eine Luftmatratze ausreichen. Wenn er jemanden fand, der ihm die Miete eine oder zwei Wochen oder zumindest so lange, bis er seinen ersten Lohn erhielt, stundete, könnte er vielleicht mit dem Geld, das er noch hatte, über die Runden kommen. Klappte das nicht, würde er ein paar Wochen in seinem Truck schlafen müssen. Weihnachten hin oder her – eines war klar: Er konnte es sich absolut nicht leisten, jetzt nach Kansas zu fahren und nach Weihnachten wieder nach Texas zurückzukehren. Das würde ihn finanziell ruinieren. Abbey würde zwar enttäuscht sein, aber er hatte keinen blassen Schimmer, wie er das schaffen sollte. Und selbst wenn er nach Hause fahren würde, würde er mit leeren Händen ankommen. Für Geschenke hatte er erst recht kein Geld.

Also hieß es wohl, Weihnachten in der Econo Lodge zu verbringen. Er schämte sich abgrundtief. Das Gefühl, als Vater und Ehemann versagt zu haben, verdüsterte rapide die kurzzeitige Freude, endlich wieder zum arbeitenden Teil der Bevölkerung zu gehören.

Er legte sich ins Bett, schob die Hände unter den Kopf und schloss die Augen. Plötzlich tauchte eine unangenehme Erinnerung auf – eine, die lange nicht mehr an die Oberfläche gedrungen war; denn es war wahrhaftig nichts, woran er gerne zurückdachte. Seltsam, dass diese alte Geschichte sich jetzt so völlig ungewollt in sein Bewusstsein schlich und betrachtet werden wollte. Warum ausgerechnet jetzt, fragte er sich. Und dann fiel ihm eine Erklärung ein. Es war um Weihnachten herum passiert, vor langer,

langer Zeit. Um diese Zeit herum hatte er ein paar Jahre später auch seine Mutter verloren, also war es vielleicht gar nicht so seltsam, dass er jetzt auch an diesen Vorfall dachte. Er spielte alles in Gedanken noch einmal durch.

Damals war er neun Jahre alt gewesen. Er hatte die Masern und lag fiebernd im Bett. Seine Mutter trieb sich irgendwo herum – vielleicht war sie betrunken – und hatte es seinem Vater überlassen, sich um ihn zu kümmern. Der war darüber alles andere als erfreut. Link wachte verängstigt auf und merkte, dass er ins Bett gemacht hatte. Er fing an zu weinen. Sein Vater zerrte ihn in den Hinterhof, rollte die nassen Laken zu einem Tau auf und peitschte ihn damit aus, wobei er ununterbrochen brüllte, dass Jungs in seinem Alter nicht ins Bett machten. Schließlich zerrte er Link ins Haus zurück, warf ihn in die Badewanne, drehte das Wasser an und ließ ihn allein. Doch bevor er die Badtür hinter sich zuschlug, beugte er sich über das fiebrige kleine Gesicht seines Sohnes und erklärte, wobei sein Atem nach Zigaretten und Alkohol stank: »Das nächste Mal kommst du nicht mehr so leicht davon.«

Zum Glück setzte Links Mutter seinen Vater nach diesem Vorfall vor die Tür. Die letzten Worte, die er von ihm gehört hatte, hallten noch lange in seinen Ohren: »Das nächste Mal kommst du nicht mehr so leicht davon.« In den darauffolgenden Jahren gab seine Mutter ihm ab und zu eine Postkarte von seinem Vater. Die Karten stammten von fernen Orten wie Oregon oder Puerto Rico. Er schrieb immer, dass er Link vermisste und dass es ihm leidtat, dass er ihm so ein schlechter Vater gewesen war. Manchmal kamen auch kleine Geschenke, meist kleine Holzfiguren, die er geschnitzt hatte – Bären, Hunde, Pferde, eine springende Forelle. Das war alles, was Link noch von seinem Vater besaß. Vor langer Zeit waren dann auch die Karten versiegt. Vermutlich war sein Vater inzwischen gestorben. Für ihn jedenfalls war er schon seit Langem tot.

Während die Abendnachrichten im Fernsehen liefen, quälte Link sich durch sämtliche Höllenfeuer seines Selbsthasses und gelangte schließlich zu der Überzeugung, dass Link Robinson ein durch und durch wertloser Mann war. Ein Taugenichts. Ein Müllmann, genau der richtige Job für jemanden, der zum Abschaum der weißen Rasse gehörte. Keinen müden Dollar auf der hohen Kante. Keine Familie. Keine Freunde. Ein Alkoholiker. Getrennt, demnächst geschieden. Und einsam. Warum sollte er nicht in die nächste Kellerbar kriechen und sich besaufen? Er könnte am siebenundzwanzigsten wieder rausklettern und mit seinem neuen Job einen Neuanfang versuchen. Vermutlich würde keiner seine Abwesenheit bemerken. Es gab nicht viel, was er bislang in seinem Leben richtig gemacht hatte. Wozu sich überhaupt noch abrackern? Er würde ja sowieso wie sein Vater enden. Sein Schicksal war besiegelt.

Er wollte das alles nicht fühlen. Nichts davon. Doch er akzeptierte es als die reine Wahrheit. Er öffnete seine Brieftasche und zählte das Geld, das er noch besaß. Na ja, besitzen stimmte nicht so ganz, es war ja nicht mal sein Geld. Dreihundertsieben Dollar. Er legte die Scheine, mit denen er noch ein paar Übernachtungen und etwas Essen bezahlen konnte, auf die Kommode. Das musste er behalten, das war seine eiserne Reserve. Den Rest, etwa vierzig Dollar, schob er in die Brieftasche zurück und steckte sie in seine Gesäßtasche. Dann nahm er Handy und Wagenschlüssel und schlüpfte in seinen Mantel. Vierzig Mäuse waren nicht viel, aber wenn er nicht zu wählerisch war bei dem, was er trank, dann würde es genügen.

In der Nähe des Motels gab es einen Spirituosenladen. Dort konnte er sich holen, was er suchte, und in sein Zimmer zurückkehren. Alleine zu trinken war nichts Neues für ihn.

Plötzlich vibrierte sein Handy. Er überlegte, ob er es ins Klo werfen sollte. Wozu brauchte er ein Telefon? Er wollte nie mehr mit jemandem reden. Doch vielleicht war es der Müllbetrieb. Vielleicht hatten sie es sich anders überlegt, und er konnte einen oder zwei Tage früher anfangen? Vielleicht sogar schon morgen? Gleich anfangen, das wäre das Beste. Also sollte er diesen Anruf wohl besser entgegennehmen.

Ohne auf die Nummer zu sehen, klappte er das Handy auf. »Link Robinson.«

Die Stimme am anderen Ende kam ihm irgendwie vertraut vor, auch wenn er sie nicht gleich erkannte. »Ich brauche jemanden, der für mich einsteht. Mich unterstützt. Kannst du das machen? Noch mal?«

Link war verwirrt. »Wer spricht denn da?«

»Ich bin's, Todd. Ich heirate, und ich brauche jemanden, der für mich eintritt.«

»Einen Zeugen?«, fragte Link immer noch ziemlich verwirrt.

»Na ja, einen Trauzeugen. Jemanden, auf den ich mich verlassen kann.«

Bei der Ironie dieser Bitte musste Link laut lachen. »Du suchst jemanden, auf den du dich verlassen kannst, und wendest dich ausgerechnet an mich? Warum fragst du nicht einen deiner Brüder?«

»Ich habe zu viele. Ich brauche nur einen.«

Link musste an das alte Sprichwort »Der Fluch der guten Tat« denken. Da hatte er Todd vor ewig langer Zeit mal geholfen und sich einer Handvoll längst vergessener Highschool-Rowdys entgegengestellt, und jetzt sollte er aus Texas anrollen, um bei Todds Hochzeit anwesend zu sein. Es musste doch eine Möglichkeit geben, sich davor zu drücken. »Wann ist denn die Hochzeit, Todd?«

»Morgen Abend. Wir haben's ein bisschen eilig.«

»Morgen? Müsst ihr denn heiraten? Hat dir dein zukünftiger Schwiegervater etwa die Pistole auf die Brust gesetzt und ihr plant eine Blitzhochzeit in Las Vegas?«, wollte Link wissen.

»Nein. Wir heiraten einfach im Haus meiner Eltern.«

»Hör mal, Todd, ich würde dir ja gern helfen, aber ich bin gerade in Texas. Ich habe einen neuen Job gefunden. Die Arbeit im Tierheim war ja nur so lange gedacht, bis ich einen bezahlten Job finde. Leider muss ich dafür aus Crossing Trails wegziehen, aber ich bin ohnehin fertig mit diesem Kaff. Außerdem habe ich nicht das nötige Geld fürs Benzin, um nach Crossing Trails und wieder zurück nach Texas zu fahren.«

Todd war zwar nicht besonders gut in Erdkunde, aber er

wusste, dass Texas weit weg war. Vermutlich war es wirklich ziemlich überflüssig, Link so weit fahren zu lassen. Für Nichts und wieder Nichts. Doch Todd brauchte ihn. Er hatte den Ring, sein Anzug war gebügelt, sein weißes Hemd gewaschen und gebügelt, und er hatte sogar seine Krawatte in einem der Umzugskartons gefunden, die er und Laura noch nicht ausgepackt hatten. Alles auf seiner Liste war abgehakt bis auf diese Trauzeugen-Sache, diesen Jemand, der für ihn eintreten würde. Das musste er noch erledigen. Er hatte erlebt, wie sein Vater beim Verkauf und Kauf von Gerätschaften, Tieren und Alfalfa-Heu verhandelt hatte. Deshalb glaubte er zu wissen, wie man so einen Handel besiegelt. »Wenn ich dir fünfhundert Dollar geben würde, würdest du dann mein Trauzeuge sein? Würde das fürs Benzin reichen?«

»Bar?«, fragte Link. Für diese Summe konnte er die Fahrt vor sich rechtfertigen, und er konnte sogar mit ein paar Geschenken bei seinen Kindern aufkreuzen. Er legte die Wagenschlüssel auf die Kommode zurück und setzte sich auf das durchhängende Bett, um Todds Antwort abzuwarten.

»Na klar«, erwiderte Todd schließlich. »Bar. Um sechs morgen Abend im Haus meiner Eltern.«

Links Garderobe war noch kümmerlicher als die von Todd. »Ich habe aber keine guten Klamotten.«

Todd dachte auch darüber kurz nach. »Ich glaube nicht, dass das wichtig ist«, lautete seine Antwort. »Schließlich bin ich derjenige, der heiratet, und nicht du.«

25. KAPITEL

Am Donnerstag hatten sich Anna Claus und Noelle in Abilene der weit länger als erwarteten Schlange von Kindern und Erwachsenen angenommen, die sich wie eine bunte Weihnachtsschleife um das Einkaufszentrum wand. Alle warteten aufgeregt darauf, an die Reihe zu kommen.

Anschließend stand Mary Ann vor einer weiteren Hürde: Auf den oft nur spärlich befahrenen Landstraßen häufte sich der Schnee. Sie würde es nicht, wie sie George versprochen hatte, bis um fünf nach Hause schaffen. Es war zu riskant, bei diesen Straßenverhältnissen zu rasen. Sie hoffte, dass George das verstehen würde. Doch was hätte sie machen sollen? Sie hätte es nicht übers Herz gebracht, auch nur ein einziges Kind abzuweisen oder ihm bloß mit halbem Ohr zuzuhören.

Nachdem sie im Einkaufszentrum, bevor sie den Heimweg antrat, endlich ein neues Ladegerät erstanden hatte, versuchte sie nun mehrmals, George auf dem Festnetz oder seinem Handy anzurufen, um ihm Bescheid zu geben, dass es später werden würde. Doch sie erreichte ihn nicht, und sie wusste auch nicht, ob er ihre Nachrichten gelesen hatte. Im Moment hatte sie kein Netz. Doch im Grunde spielte das keine große Rolle, denn George las seine Nachrichten vermutlich ohnehin nicht. Er hasste Simsen und

Mailbox-Nachrichten. Am liebsten waren ihm Telefone aus den Zeiten von Alexander Graham Bell. Ach, George, dachte Mary Ann, du bist wirklich ein Dinosaurier.

Um zwanzig vor fünf durchquerte sie Crossing Trails und bog dann nach Süden zur Farm der McCrays ab. Nach ein paar Meilen nahm sie die Kurve, nach der man den Hügel der McCrays sehen konnte. Vor ihr tat sich ein imposanter Anblick auf. Sie fuhr ein bisschen langsamer, um sich an dieses ungewohnte Bild zu gewöhnen.

Die Hügelkuppe war taghell beleuchtet. Es sah aus wie auf einem Rock-Konzert. Nach einem kurzen Blick in den Rückspiegel fuhr sie an den Straßenrand und stieg aus, um das Bild in sich aufzunehmen.

Es war wunderschön – der Schnee, die Lichter. Die Farm wirkte wie ein Schloss auf einem Hügel. Nicht nur das Haus, nein, auch die Scheune, die Garage und sämtliche Außengebäude waren von leuchtenden weißen Lämpchen und im Licht funkelnden Schneeflocken eingerahmt. Was um alles in der Welt hatte ihren Mann dazu bewogen? Wollte er Anna Claus weihnachtlich übertrumpfen? Mary Ann schmunzelte. Manchmal trieb so eine kleine innereheliche Konkurrenz ja die schönsten Blüten.

Sie stieg wieder ein, fuhr den Hügel hoch und bog auf die Zufahrt ein. Wie fühlte sich Santa wohl in den frühen Morgenstunden von Weihnachten, nachdem er alle Geschenke ausgeliefert hatte und im morgendlichen Zwielicht von den luftigen Höhen in die gefrorene Winterlandschaft seines Zuhauses abstieg? Sie jedenfalls fand es ausgesprochen schön, wieder daheim zu sein.

George musste von morgens bis abends Lichterketten aufgehängt haben. Es gefiel ihr, aber sie hoffte, dass seine Begeisterung für die Fassaden nicht dazu geführt hatte, das Innere des Hauses zu vernachlässigen. Die Scheinwerfer ihres Wagens spiegelten sich in den Hecklichtern mehrerer Fahrzeuge. Warum standen um diese Zeit schon so viele Autos auf der Zufahrt? Es war zehn vor sechs. Sie war zwar spät dran, aber nicht zu spät.

Sie hatte ein schlechtes Gewissen, weil sie alles auf die letzte Minute verschoben und es zum Schluss doch dem armen George aufgehalst hatte. Ihr war klar, dass auch er nicht jünger wurde und dass sie viel von ihm verlangt hatte. Wenn er jetzt verärgert war, wäre das kein Wunder. Sie nahm sich fest vor, ganz besonders liebevoll zu ihm zu sein und ihm zu verkünden, dass er nun ganz offiziell das Sofa der Familie Claus verlassen dürfe – auch wenn er in über vierzig Jahre Ehe nie auch nur eine Nacht auf dem Sofa verbracht hatte. Sie schaltete den Motor aus und betrachtete ihr Kostüm. Zum Umziehen hatte sie keine Zeit gehabt. Wie peinlich. Sie warf einen Blick auf den kleinen Hund, der friedlich auf dem Boden des Beifahrersitzes döste. Immerhin würde sie das Haus nicht allein betreten müssen. »Elle, wir sind daheim. Schauen wir mal, was Santa und dein Kumpel Christmas so treiben.«

Sie wartete noch ein Weilchen neben dem Auto, damit Elle nach der langen Fahrt ein wenig herumschnüffeln und ihre kurzen Beinchen strecken konnte. Die Kleine schien ganz fasziniert vom Schnee. Sie reckte den Kopf hoch und sprang in die Luft, um Schneeflocken zu erhaschen. Nachdem sie sich ein bisschen ausgetobt hatte, sah sie Mary Ann an und zog die Lefzen hoch. Mary Ann beugte sich zu ihr herab und tätschelte sie liebevoll. »Soll dieses Grinsen etwa bedeuten, dass du glücklich bist?«

Zu ihrer Verwunderung ging plötzlich die Küchentür auf, und eine Brigade ihr völlig unbekannter Frauen, beladen mit Staubsaugern, Schrubbern, Wischlappen und anderen Reinigungsutensilien, marschierte an ihr vorbei. Eine von ihnen lächelte, als sie Mary Anns Kostüm sah, und sagte: »Frohe Weihnachten, Mrs Santa Claus.«

»Und herzlichen Glückwunsch!«, sagte eine andere.

Mary Ann war so verdutzt über diese Frauen und ihre Worte, dass sie gar nicht überlegte, wozu ihr gratuliert wurde. Sie hatte immer davon geträumt, mal einen Putzdienst anzufordern. Das Haus so sauber zu machen wie professionelle Reinigungskräfte schaffte sie alleine nie. Es hätte mindestens vier Profis gebraucht, die den ganzen Tag arbeiteten. Sämtliche Oberflächen abstauben, jeden Boden im Haus wischen oder staubsaugen, die Waschbecken und Toiletten blitzsauber putzen, die Armaturen auf Hochglanz polieren – konnte es sein, dass George ihr das zu Weihnachten schenkte? Wenn ja, dann war er definitiv von der Couch erlöst, auch wenn er das Ganze ziemlich knapp kalkuliert hatte – in zehn Minuten sollte ja die Feier beginnen.

Mary Ann schüttelte bass erstaunt den Kopf, als sie durch die hintere Tür ins Haus trat. Konnte es noch besser werden? Das Innere des Hauses bot einen fantastischen Anblick, und das im Kamin prasselnde Zedernholz zauberte einen heimeligen und würzigen Duft. Durch die Küchentür erblickte sie zwei ihrer Kinder im Wohnzimmer. Sie standen auf Stühlen und hängten den letzten Schmuck an den gigantischen Weihnachtsbaum. Ihre Tochter Hannah winkte ihr strahlend zu. »Fröhliche Weihnachten, Mom!« Wie hatte George nur die Zeit gefunden, all das zu tun?, fragte sich Mary Ann verblüfft.

Viel später erklärte George ihr, dass er den Reinigungsdienst erst in dem Moment angefordert hatte, als er erkannt hatte, dass er das nie alleine schaffen würde. Außerdem hatte er seine Freunde vom Rotary Club und Lauras Familie gebeten, ihm zur Hand zu gehen und die Lichterketten aufzuhängen. Seine Kinder, auch Todd, hatten ihm geholfen, das Haus zu schmücken. George hatte schon länger vermutet, dass er daran arbeiten musste, andere um Hilfe zu bitten. Jetzt hatte er eben damit anfangen müssen.

Als Mary Ann in die Küche trat, holte er gerade, bewaffnet mit riesengroßen Topflappen, ein Blech mit Plätzchen aus dem Ofen. Er trug seinen dunkelblauen Anzug mit der rot-grünen Fliege, die er für Weihnachten reserviert hatte. Breit lächelnd setzte er das Backblech ab. Er sah in diesem Anzug wirklich gut aus, fand Mary Ann. Aber er wirkte auch sehr müde, ja, richtig erschöpft.

Elle zerrte an der Leine. Mary Ann beugte sich nach unten und ließ sie frei. Sie rannte sofort ins Wohnzimmer.

Die Plätzchen, die ordentlich zum Auskühlen auf Kuchengitter aufgereiht waren, wirkten sehr einförmig. Mary Ann küsste George auf die Wange. »Ich bin beeindruckt. Die hier schauen fantastisch aus, und sie riechen auch so.«

Sie konnte sich nicht verkneifen, kurz in den Abfalleimer zu spähen. Aha, Fertigteig. Es lag ihr schon auf den Lippen, ihn deswegen ein bisschen aufzuziehen, doch dann sagte sie nur seufzend: »Ich bin so froh, dich zu sehen! Die letzten Tage in diesem Outfit waren ganz schön anstrengend. Ich geh rasch nach oben und ziehe mich um.«

»Muss das denn sein?«, fragte George. »Du bist doch gerade erst angekommen. Ich habe dich sehr vermisst. Verschwinde nicht gleich wieder. Ich mag lustige Kostüme, und unsere Gäste werden gleich durch die Vordertür hereinströmen. Außerdem hab ich dir noch gar nichts von der Weihnachtsüberraschung erzählt, die auf dich wartet.«

Als sie fragen wollte, worin diese denn bestand, trat Hannah in die Küche. »Anna Claus! Du bist wunderschön!«

George strahlte. »Das kannst du laut sagen.«

Hannah nahm ihrer Mutter die Handtasche ab und legte sie auf die Küchentheke. Dann bat sie, wie verabredet: »Komm doch und spiel uns ein bisschen was auf dem Klavier vor. Bitte, Mom. Wir brauchen Weihnachtsmusik – ein Live-Konzert von Anna Claus.« Ihre Brüder stimmten in die Bitte ein.

Mary Ann hatte das Gefühl, dass sie ihre Lieben fast die ganze Adventszeit nicht gesehen hatte. Sie konnte ihnen diese Bitte wahrhaftig nicht abschlagen. Außerdem spielte sie Weihnachtsmelodien ausgesprochen gern. Musik war auch ein Geschenk für andere. Sie sah George an, dann warf sie einen Blick rundum und versuchte, alles in sich aufzunehmen, während sie von ihren Kindern aus der Küche gezogen wurde. »Okay, aber ich habe einen Weihnachtswunsch: Ich möchte gern das Kostüm von Anna

Claus gegen ein Partykleid von Mary Ann tauschen. Ich verspreche euch, dass ich gleich wieder da bin.«

Sobald Mary Ann ins Wohnzimmer zurückkehrte, setzte sie sich ans Klavier. Ihre Kinder scharten sich um sie, und noch einmal nahm sie genüsslich die festliche Stimmung in sich auf. Sie war immer noch ein bisschen erstaunt, dass George die Dekoration tatsächlich so schön hinbekommen hatte. Die Sachen waren zwar überhaupt nicht so angeordnet, wie sie es gemacht hätte, aber es hatte einen gewissen Pfiff, und es war lustig. Die Elfen mit ihren langen Baumwollbeinen saßen nicht auf ihrem angestammten Platz auf dem Kaminsims. Stattdessen hatte George sie sorgfältig um den Rand des alten Wagenradleuchters gesetzt, der über dem Esszimmertisch hing, und sie schienen schelmisch zu beobachten, wie sich der Abend entwickelte.

Mary Ann fuhr mit den Fingern über die Tasten, um sich für einen Abend mit Weihnachtsliedern und guter Laune zusammen mit Freunden und Verwandten aufzuwärmen, und schließlich spürte sie den Geist von Weihnachten in sich aufsteigen. Doch sobald sie sich zu entspannen begann, fiel ihr auf, dass etwas – oder vielmehr jemand – fehlte.

»Wo steckt Todd eigentlich?«, wandte sie sich an George.

»Er wird bald hier sein. Er und Laura machen noch dein Geschenk fertig«, antwortete er. »Und er muss dir noch etwas erzählen.«

»Okay, aber was ist eigentlich mit der Weihnachtsüberraschung, die du erwähnt hast, als ich heimkam?«

»Die kann noch warten. Machen wir erst ein bisschen Musik.«

Mary Ann hatte die traditionellen Weihnachtslieder so oft gespielt, dass sie alle auswendig kannte. Einer ihrer Sprösslinge summte ein paar Takte, und sie begann sofort, ihn zu begleiten. Die eintreffenden Gäste versammelten sich ebenfalls ums Klavier und stimmten in den Gesang ein. Bald war der Raum voll.

Nachdem Mary Ann etwa zwanzig Minuten Klavier gespielt hatte, legte sie eine kleine Pause ein. Ihr tat der Rücken weh, denn zuvor hatte sie ja ewig lang in ihrem Auto gesessen. Sie verschränkte die Arme, streckte sich und wollte aufstehen.

George drehte sich zu Richter Borne um und gab ihm ein kleines Zeichen, dann legte er die Hand auf Mary Anns Schulter und drückte sie sanft auf die Klavierbank zurück. »Nur noch ein Lied.«

Das konnte sie ihm nicht ausschlagen. »Selbstverständlich. Was würdest du denn gern hören?«

George wirkte etwas verloren. »Ich kann mich nicht an den Namen des Lieds erinnern.«

»Dann summ einfach ein paar Takte.«

Er setzte sich neben sie auf die Bank und schaute zur Decke, als wäre es eine ziemlich schwierige Aufgabe, sich das Lied ins Gedächtnis zu rufen. »Schauen wir mal.«

Im Raum wurde es mucksmäuschenstill, während er sich bemühte, den bekannten Hochzeitsmarsch anzudeuten. »Hum di di dum, Hum di di dum.«

Mary Ann musterte ihren Mann, als ob er Anzeichen einer früh ausbrechenden Demenz aufwies. »George, das ist doch kein Weihnachtslied, das ist ein Hochzeitsmarsch!«

»Meinst du wirklich?«, fragte George.

»Na klar.« Zur Bekräftigung spielte sie ein paar Takte. »Dieses Lied habe ich in den letzten zwanzig Jahren auf Dutzenden von Hochzeiten gespielt.«

»Ach komm, spiel es doch trotzdem. Ich höre es einfach so gern.«

Mehrere andere McCrays schlossen sich der Bitte an. »Ja, Mom, spiel es! Los! Spiel es!«

Mary Ann zuckte mit den Schultern und begann, eine improvisierte Fassung zu spielen, die immer wieder in Weihnachtslieder überging, um die Melodie ein bisschen aufzulockern. Als sie von »Jingle Bells« wieder zu dem berühmten Mendelssohn-Marsch hinüberwechselte, bemerkte sie, dass alle die Augen mit einem Mal von ihr und dem Klavier abwandten. Sie folgte den Blicken und erblickte die kleine Emily Robinson, die so hübsch angezogen war, als wollte sie an einem Schönheitswettbewerb teilnehmen. In ihre Haare waren Schleifen in den Weihnachtsfarben eingebunden. In einer Hand hielt sie einen Korb, gefüllt mit weißen Verpackungschips, mit der anderen Hand verstreute sie die Dinger auf dem Esszimmerboden. Mary Ann stand kurz davor, mit ihrem Klavierspiel aufzuhören und eine Erklärung einzufordern, als eine weitere Gestalt hereintrat. Es war Keenan in einem blauen Blazer und einer roten Fliege. Er trug eine kleine Schachtel. Gleich nach ihm kam Laura herein, in einem ... Mary Ann keuchte überrascht auf. In einem Brautkleid! Was sollte das denn?

Schon in dem Moment, als sie durch die Hintertür in die Küche getreten war, hatte sie gemerkt, dass hier irgendetwas Seltsames im Gange war. Und es waren nicht nur die Putzfrauen oder die allzu perfekten Plätzchen gewesen. Anfangs hatte sie gedacht, dass ihre Erschöpfung ihr etwas vorgaukelte, aber jetzt kam Laura in einem Brautkleid an, und... Na ja, das war wohl kein Hirngespinst, selbst wenn Mary Ann nicht den geringsten Schimmer davon gehabt hatte.

Um sich nicht von ihren Gefühlen überwältigen zu lassen, bewies sie einfach wie unzählige Male zuvor Rückgrat und tat, was sie am besten konnte: Sie legte all ihre Emotionen in die Musik und ließ sich von einer Welle der Liebe umfangen, die sie an die Menschen um sie herum weitergab.

Laura war wunderschön. Mary Ann kannte das Kleid. Es hatte Georges Großmutter Cora McCray gehört. Sie hatte es in den letzten vierzig Jahren mehrmals ausgepackt und gewaschen. Ursprünglich war es strahlend weiß gewesen, im Lauf der Zeit hatte es einen warmen Perlmutt-Schimmer angenommen. Gracie begleitete Laura – eine vierbeinige Brautjungfer, die ihre beste Freundin unterstützte. Sie war mit einer riesigen rot-grünen Schleife geschmückt. Auf der anderen Seite wurde Laura von ihrem Vater begleitet. Er zwinkerte Mary Ann zu. Sie bemühte sich nach Kräften, weiter zu spielen, ohne eine Note auszulassen. Es war gut, dass sie dieses Lied auswendig kannte. Noten hätte sie durch den Schleier ihrer Tränen ohnehin nicht lesen können.

Wie konnte das sein? Warum hatte sie das nicht mitbekommen? Todd gab sein Bestes, erwachsen zu werden, und sie setzte alles daran, es zu übersehen.

Laura, Gracie und Lauras Vater blieben in dem breiten Kiefertürrahmen stehen, der das Esszimmer vom Wohnzimmer trennte. Richter Borne trat mit einer Bibel in der Hand aus der Menge. Link Robinson und Todd kamen herein und stellten sich dem Richter gegenüber. In seinen Jeans, den Stiefeln und dem karierten Hemd sah Link aus, als wäre er soeben vom Jahrmarkt gekommen. Elle tapste hinter ihm her. Sie schien sich sicher, dass all die Pracht allein ihr galt.

Mary Ann war beim Anblick von Laura in einem Brautkleid der Atem gestockt. Als sie Todd in seinem guten Anzug und der Krawatte sah, rang sie abermals nach Luft. Er war jetzt wirklich ein erwachsener Mann, sein eigener Herr, und er hatte seinen eigenen Kopf, das war nicht mehr zu leugnen. Und in seiner typischen Manier blitzten statt ordentlicher schwarzer Lederschnürschuhe seine roten Converse-Sneaker unter dem Saum seiner dunklen Anzughose hervor. Wenigstens das hat sich nicht geändert, dachte Mary Ann lächelnd.

Richter Borne blickte auf Mary Ann. Sie kannte diesen Blick. Er wollte ihr damit zu verstehen geben, dass sie zu spielen aufhören sollte. Sie schlüpfte von der Klavierbank und drängte sich neben George und ihre übrigen Kinder. Mit zitternder Hand griff sie nach der Hand ihres Mannes. George legte den Arm um die Taille seiner Frau und hielt sie gut fest. »Du solltest wirklich dafür sorgen, dass dein Handy immer aufgeladen ist«, flüsterte er ihr ins Ohr.

»Wohl wahr.«

Richter Borne fragte mit seiner beeindruckendsten Richterstimme: »Und wer gibt diese Frau zur Ehe frei?«

Lauras Vater trat vor. »Ihre Mutter und ich.«

Wenn William Bryant Jordan seine Tochter Laura zur Ehe freigeben wollte, war das seine Sache. Warum fragte Richter Borne nicht auch Mary Ann, ob sie und George ebenfalls dazu bereit waren, Todd zur Ehe freizugeben? Hatte sie denn gar kein Mitspracherecht? Wäre sie gefragt worden, dann hätte Mary Ann natürlich dazu tendiert, einzuwilligen. Aber nachdem Todd und Laura sich das Jawort gegeben hatten, war sie sich dessen vollkommen sicher. Die freudestrahlenden Blicke der beiden sprachen Bände. Sie schienen direkt in die Seele des anderen einzutauchen.

Laura gab Todd noch einen kurzen Schwur. »Todd, ich liebe dich aus vielen Gründen. Einer davon ist, dass du immer das Beste in mir hervorlockst.« Tränen stiegen ihr in die Augen, sie hielt kurz inne, dann fügte sie hinzu: »Und in allen anderen auch.« Sie drückte seine Hand. »Ich schwör dir, dass ich dir immer mein Bestes geben werde. Für immer und ewig.«

Es gab also noch eine weitere Frau, die Mary Anns Sohn verstand. Die ihn aus wenigstens einem Grund genauso liebte wie sie selbst. Laura hatte recht. Todd lockte immer das Beste aus den Menschen hervor. Sie hatte es auf den Punkt gebracht.

Jetzt sah Todd Laura an. Er war nun an der Reihe. Um ehrlich zu sein, wusste er nicht recht, was er sagen sollte, und er verspürte auch gar nicht das Bedürfnis, viele Worte zu machen. »Laura, ich liebe dich. Das werde ich immer tun.«

Richter Borne sprach noch ein paar Worte, dann beendete er die Zeremonie. »Kraft meines Amtes erkläre ich euch hiermit zu Mann und Frau.« Er wandte sich an das kleine Publikum, das sich an diesem Abend im Haus der McCrays versammelt hatte. »Meine sehr verehrten Damen und Herren, ich möchte Ihnen Mrs und Mr Todd McCray vorstellen.«

Die letzten Gäste hatten sich auf die winterliche Heimfahrt begeben. Nun waren nur noch die Mitglieder der Familie McCray da. Todd stand neben Mary Ann in der Küche am Spülbecken und half ihr beim Abwasch. Laura saß am Küchentisch, Gracie und Elle dösten zu ihren Füßen.

»Na, Mom, du warst überrascht, oder?«, fragte Todd.

Mary Ann schüttelte nur den Kopf. Ihr Sohn, der Meister der Untertreibung. »Ja, Todd, ich war sehr überrascht. Dein Vater und ich freuen sich sehr für euch. Aber warum habt ihr beschlossen, auf eine große Hochzeit zu verzichten?«

Todd zuckte mit den Schultern. »Weil wir alles in der richtigen Reihenfolge machen wollten.«

»Der richtigen Reihenfolge?«, fragte Mary Ann verwirrt.

»Du weißt schon – heiraten, Kinder kriegen, alt werden«, erklärte Todd geduldig.

An diesem Punkt warf Laura einen Blick auf George, der das Geschirr aufräumte. Er begegnete dem Blick seiner neuen Schwiegertochter mit einem Anflug von Panik in den Augen, den nur sie bemerkte. Laura schaute auf die Uhr. »Todd, meinst du, wir könnten allmählich aufbrechen? Bei mir zeigen sich die Spuren eines langen Tages, und Gracie muss mal raus.«

»Du hast vollkommen recht, Laura«, meldete sich George zu Wort. »Wer muss schon an seinem Hochzeitstag Geschirr spülen? Macht euch aus dem Staub, ihr zwei. Wir erledigen den Rest.«

Jonathan, Thomas und Ryan, Todds ältere Brüder, kamen in die Küche, um sich zu verabschieden. Jonathan umarmte Todd. »Herzlichen Glückwunsch.« Er legte die Hände auf die Schultern seines Bruders, sah Todd scharf an und witzelte: »Das kam jetzt aber wirklich sehr schnell. Gibt es vielleicht etwas, was du uns noch nicht erzählt hast?«

Tja, dachte George lakonisch, wenn du wüsstest...

Hannah kam ihrem kleinen Bruder unabsichtlich zu Hilfe. »Hör auf, ihn zu necken.« Sie umarmte Mary Ann. »Mom, alles ist aufgeräumt, wir ziehen jetzt auch los. Frohe Weihnachten! Ich liebe dich.«

Anschließend umarmte Hannah auch Todd. »Ich bin sehr stolz auf dich.« Dann nahm sie Lauras Hand und vergewisserte sich, dass sie die Aufmerksamkeit ihres Bruders hatte. »Weißt du, von all den McCray-Jungs ist Todd einfach der Beste.«

Laura freute sich, jetzt offiziell ein Teil der Familie McCray zu sein. Man kann sich seine Geschwister nicht aussuchen, heißt es ja immer, aber in gewisser Weise hatte sie das trotzdem getan. Mary Ann zog Todd zu sich und flüsterte: »Weißt du, was das Gegenteil von ›enttäuschend‹ ist?«

Todd fiel kein passender Begriff ein. Er schüttelte den Kopf.

»Du«, flüsterte sie. »Danke, dass du so bist, wie du bist.«

Erst um Mitternacht war das Haus endlich leer. Mary Ann war total erschöpft. Vermutlich war jetzt nicht der richtige Zeitpunkt, um ihren Mann zur Rede zu stellen, doch sie brauchte noch eine Erklärung. Sie baute sich vor George auf, sodass er nicht aus der Küche entkommen konnte. »Vielleicht bin ich zu müde für dieses Gespräch, aber wir müssen es führen.«

George hoffte auf eine kleine Chance, dass sie nicht sauer auf ihn war. Keiner hätte behaupten können, dass die Hochzeit kein Erfolg gewesen war, auch wenn sie den üblichen Gepflogenheiten nicht ganz entsprochen hatte.

Er nahm die weiße Schürze ab, die Mary Ann ihm aufgenötigt hatte, um seinen guten blauen Anzug zu schützen. »Ich habe überlegt, ob ich mir nicht eine neue Visitenkarte zulegen sollte.« Er formte mit Zeigefingern und Daumen ein Rechteck. »Was hältst du davon? George McCray, qualifizierter Hochzeitsplaner.«

»Ist es ein Markenzeichen deines Business-Plans, die Mutter des Bräutigams außen vor zu lassen?«

»Ach, komm schon – gib's zu, es war eine verdammt gute Hochzeit.«

»Also gut, ich gebe es zu: Es war möglicherweise die schönste Hochzeit, die ich je erlebt habe – abgesehen von unserer eigenen.« Nach einer kleinen Pause fügte sie hinzu: »Bei uns war es natürlich etwas anderes.«

Über dieses Thema redeten sie nicht sehr oft. Sie legte abermals eine Pause ein, denn eigentlich wollte sie sich darüber nicht groß auslassen. »Bei uns bestand ... na ja ...« Sie suchte nach den richtigen Worten, dann beendete sie den Satz. »… eine gewisse Dringlichkeit, die hier wohl nicht vorhanden ist.«

»Tja, es heißt immer, dass das recht oft der Fall ist. Öfter, als den meisten Leuten klar ist.«

»Aber«, fragte sie, allmählich etwas besorgt, »das ist jetzt nicht der Fall. Richtig?«

George sah aus wie ein Hund, der dabei ertappt worden ist, wie er die Wurst vom Küchentisch stibitzt hat. Als seine Antwort zu lange auf sich warten ließ, wusste Mary Ann, dass er einfach nicht die passenden Worte fand, es ihr zu sagen. »George!«, bettelte sie. »Sag mir, dass sie nicht…«

Er nickte. »Sie wollten es dir selber sagen, nach der Hochzeit. Aber ja, sie erwarten ein Kind.«

Mary Ann sank auf einen Küchenstuhl. Sie nahm die Hände vom Gesicht und sah George an. »Mein Baby wird Vater?«

»Sei unbesorgt, Grandma Claus. Alles wird gut.«

26. KAPITEL

Am Weihnachtsmorgen stand Mary Ann vor ihrem letzten und größten Auftritt als Anna Claus. Die Ereignisse der vergangenen Tage – angefangen mit ihrer Tournee und gipfelnd im vorherigen Abend und der Weihnachtsparty samt Hochzeit – hatten den Akku, mit dem ihr Schlitten in luftige Höhen geflogen war, ziemlich geleert. Sie hatte eine wichtige Entscheidung zum Schicksal von Anna Claus gefällt.

Sie hatte beschlossen, dass es vermutlich das Beste war, wenn der noch ausstehende Auftritt auch ihr letzter sein würde. Sie war erschöpft. George war erschöpft. Ihre Familie brauchte sie. Sie hatte bewiesen, was sie beweisen wollte: Auf der Weihnachtsbühne gab es viel zu wenig Frauen, und das schmälerte die Bedeutung dieses Feiertages. Doch jetzt lag es an anderen, vielleicht jüngeren Frauen, ihre eigene Weihnachtsstimme zu finden. Sie mussten die Fackel nun entgegennehmen und weitertragen.

Im nächsten Jahr sollten der Büchereivorstand und die Handelskammer genauso verfahren wie in allen anderen Orten in den USA. Sie konnten einen Santa Claus bei irgendeiner Agentur bestellen. Santa konnte in seinem synthetischen Kostüm mit einem schwarzen Plastikgürtel auftauchen und den Erwartungen seines Publikums entsprechen, ohne zu versuchen, jemanden umzuerziehen. Im Anschluss würde er sein Honorar entgegennehmen und verschwinden. Erwartungen umzuformen war Schwerstarbeit.

All diese Überlegungen trug sie George vor. »Das war ein ungewöhnliches Weihnachten. Meinetwegen kann das jetzt enden. Ich bin bereit, wieder in die Rolle von Mary Ann McCray zu schlüpfen.«

»Du hast keine Ahnung, wie schwer sie zu überbieten ist«, erwiderte George lächelnd. »Es gibt nicht viele, die ihre Rolle spielen könnten. Ich bin genauso stolz auf Mary Ann McCray, wie ich es auf Anna Claus bin, und ich freue mich sehr, wenn ich sie jetzt zurückhaben kann.«

»Mach dir keine Sorgen um nächstes Jahr. Ich werde keine Einwände erheben, wenn der Vorstand jemanden anheuert. Du weißt schon, einen echten Santa. Ich habe meine Lektion gelernt. Fortan werde ich meinen Mund halten und uns alle nicht noch einmal in eine solche Lage bringen.«

George lachte laut auf. »Das ist ja wohl nicht dein Ernst.«

»Dir hat es doch auch gereicht, oder?«

»Mary Ann, du kommst dem, was ein echter Santa sein sollte, am nächsten. Hank war ein guter Santa, aber du bist der beste Santa, den es je gegeben hat.«

Sie zuckte mit den Schultern. »Ich hatte nicht viel Konkurrenz.«

»Doch, die hattest du. Es gab Tausende Santas vor dir.

Und sieh dir doch mal all die Kinder an, die du inspiriert und ermutigt hast. Jede Veränderung fängt damit an, dass jemand den Mut aufbringt, den Anfang zu machen. Gib jetzt nicht auf. Du hast gerade erst begonnen.«

»Aber es hat eine Menge Kraft gekostet, George. Santa trägt einen Sack voll Spielzeug auf dem Rücken. Anna Claus muss sich mit einer ganzen Tradition plagen. Das ist eine ziemlich schwere Last.«

»Stimmt«, pflichtete George ihr bei. »Vielleicht bekommt Anna Claus nicht die Unterstützung, die sie verdient.«

»Wie meinst du das?«, fragte Mary Ann.

»Ich habe nie verstanden, warum Santa abtreten musste, damit Anna Claus auftreten konnte. Oder umgekehrt. Warum ist es entweder er oder sie?«

Mary Ann kam nicht ganz mit. »Wenn es okay war, Anna Claus und die Frauen im Allgemeinen knapp zweihundert Jahre lang nicht auf die Weihnachtsbühne zu rufen, warum kann Santa dann nicht wenigstens ein Jahr übergangen werden?«

»Aber warum muss es denn entweder Santa *oder* Anna sein? Solange wir uns entscheiden müssen, wird sich immer jemand ausgeschlossen fühlen. Es war nicht richtig, Anna Claus außen vor zu lassen. Aber ist es nicht genauso falsch, Santa plötzlich auszusperren?«

Sie wollte schon eine spitze Bemerkung zu der relativ kurzen Zeit sagen, die Santas bessere Hälfte im Scheinwerferlicht verbracht hatte, doch das war wenig hilfreich. Vielleicht hatte George ja recht? Sie ging zur Treppe. Es war an der Zeit, die Sache ein für allemal zu regeln. »Warte kurz, ich bin gleich wieder da.«

Sie kam mit einem Beutel in der Hand zurück. »George, ich finde, du hast recht – Santa muss nicht aus dem Feiertag ausgesperrt werden. Auch er ist ein wichtiger Bestandteil der Tradition, und ich hatte auch nie vor, ihn auszuschließen. Weißt du noch, wie sehr ich mich dafür eingesetzt habe, dass der alte Santa weiter auftreten kann, selbst mit Sauerstoffschläuchen und im Rollstuhl? Es sollte nicht so sein, dass sich ein Teil der Familie Claus auf Kosten des anderen im Rampenlicht sonnt. Es sollte keinen Verlierer geben, der allein am Nordpol rumhockt, während der Sieger die Weihnachtsbühne erobert. Darum sollte es vor allem an Weihnachten nicht gehen.«

»So ist es mir aber vorgekommen.«

»Glaub mir, das kann ich gut verstehen. Das würde jede Frau verstehen. Also, George – wir bringen das in Ordnung, und zwar gleich jetzt.«

Mary Ann warf ihm den Beutel zu. »Es ist Zeit, dass die Familie Claus anfängt, sich wie eine richtige Familie zu verhalten. Nicht der eine oder die andere, sondern beide.«

George öffnete den Sack und zog Hank Fishers altes Santa-Kostüm heraus. Für Mary Ann war es zu groß gewesen, doch ihm sollte es eigentlich passen. »Und was soll das jetzt?«, fragte er.

Mary Ann lächelte. »Weißt du, was noch seltener ist, als Anna Claus zu Gesicht zu bekommen?«

»Was denn?«

»Mr und Mrs Claus gemeinsam. Als Gleichgestellte. Das

ist noch nie da gewesen. Zumindest bis heute nicht. Zieh es an. In einer Stunde müssen wir fertig sein.«

George erinnerte sich an das, was Hank über den Fortschritt gesagt hatte. Ein Fuß bleibt hinten, der andere macht einen Schritt vor. Anfangs hat man vielleicht Angst, das Gleichgewicht zu verlieren oder hinzufallen. Aber Übung macht den Meister. Es kam ihm wie ein Neuanfang vor. »Machst du mir einen Heiratsantrag?«, fragte er.

Mary Ann schlang die Arme um seinen Nacken. »Wollen Sie, Mr Claus, mich, Mrs Claus, zu Ihrer rechtmäßig angetrauten Frau nehmen?«

George ließ den Beutel fallen. »Jawohl, das will ich.«

»Dann ist es besiegelt«, sagte Mary Ann.

Er zog sie an sich. »Darf ich die Braut küssen?«

»Ich bitte darum«, sagte sie und legte den Arm um seinen Hals.

»Mit diesem Kuss nehme ich dich zu meiner Frau.«

Abbey war klar, dass Link nur wenige Tage da sein würde. Deshalb bemühte sie sich nach Kräften, ihm möglichst viel Zeit mit Emily und Keenan zu gönnen, und hatte sogar beschlossen, dass er den Weihnachtsabend mit ihnen verbringen sollte. Am darauffolgenden Tag plante er, nach Dallas zurückzufahren und dort seinen neuen Job anzutreten. Abbey schlug ihm vor, mit den Kindern am Freitag zu Anna Claus zu gehen, und Link war damit einverstanden. Er wollte sie abholen und anschließend mit ihnen in ihrem Haus übernachten. Abbey hatte vor, die Nacht bei ihren Eltern zu verbringen und dann am nächsten Morgen zurückzukehren, damit alle gemeinsam noch ein bisschen Zeit miteinander hatten. Das würde Link einen vollen Tag mit den Kindern ermöglichen.

Doch nachdem Abbey das mit Link vereinbart hatte, dämmerte Keenan, dass damit ein wichtiger Teil ihrer Weihnachtstradition gefährdet war. »Wie soll Anna Claus uns denn finden, wenn wir heute mit Dad hier übernachten?« Der Weihnachtsabend wurde nämlich traditionellerweise bei Abbeys Eltern gefeiert, wo sie auch immer alle übernachtet hatten, und am nächsten Morgen hatten die Kinder Santas Geschenke unter dem Weihnachtsbaum ihrer Großeltern gefunden. Natürlich wollte Keenan nicht darauf verzichten.

Abbey versuchte, ihn zu beruhigen. »Keine Sorge, Keenan. Anna Claus weiß, dass wir das dieses Jahr anders handhaben. Ich werde dafür sorgen, dass sie euch findet.«

Als Link sich bereit erklärt hatte, mit den Kindern zu Anna Claus zu fahren, hatte er keine Ahnung gehabt, wie lang die Warteschlange sein würde. Sie standen nun schon eine gute halbe Stunde herum, und die Kinder wurden allmählich ungeduldig, was ihnen Link nicht verübeln konnte. »Ich erinnere mich nicht daran, dass ich jemals so lange auf Santa Claus gewartet habe. Vielleicht redet Anna Claus zu viel?«

Emily zupfte an Links Ärmel. »Daddy, Santa Claus redet überhaupt nicht mit einem. Man sagt ihm einfach, was man haben möchte, und dann antwortet er schlicht und einfach: ›Frohe Weihnachten, der Nächste, bitte‹«.

Link sah Keenan fragend an, der Emily beipflichtete. »Ja, so ungefähr läuft das.«

»Aber heute sind ja Mr und Mrs Claus da«, wandte Link ein. »Vielleicht sollten sie sich die Kinder aufteilen, dann würde es doppelt so schnell gehen.«

Doch Emily korrigierte ihren Vater. »Daddy, dann würde man sie aber nicht beide sprechen können. So gefällt es mir besser.«

Nach einer weiteren Viertelstunde standen sie endlich ganz vorn. Link beobachtete seine Tochter, die sich andächtig Anna Claus näherte. Sie hielt etwa einen halben Meter vor ihr an und streichelte Elle, deren Weihnachtskostüm offenbar eine ausreichende Verkleidung für ein kleines Mädchen war, das kaum erwarten konnte, endlich mit Mr und Mrs Claus zu reden. Emily kletterte auf den Schoß von Anna Claus, und die beiden unterhielten sich ein Weilchen lang scheinbar recht intensiv. Dann hüpfte Emily herunter und wandte sich an den bärtigen Herrn, der auf dem Stuhl gleich daneben saß. Santa streckte die Arme aus und half Emily auf seinen Schoß.

Link musterte Anna Claus. Er versuchte, ihr unter der Mütze und all dem Rouge in die Augen zu sehen, weil er sich bei ihr bedanken wollte. Der Gesichtsausdruck seiner Tochter machte all die Warterei wett. Als Anna Claus' Blick dem seinen begegnete, bemerkte er, dass Tränen in ihren Augen standen, auch wenn sie lächelte. Woher kam das?, fragte er sich. Hatte Emily etwas gesagt, das sie aus der Bahn geworfen hatte? Link hatte den Eindruck, dass Anna ihre Rolle sehr ernst nahm.

Nach Emily war Keenan an der Reihe. Auch er rannte zu Anna Claus und dem kleinen Hund. Doch diesmal schien Elle der Geduldsfaden zu reißen. Sie zog so heftig an der Leine, dass sie aus ihrem Halsband schlüpfte, und flitzte dann auf Keenan zu. »Nein, Elle!«, rief Anna Claus laut.

Doch es war zu spät. Elle schoss an Keenan vorbei direkt auf Link zu. Offenbar hatte sie keine Lust, gleich wieder an der Leine zu landen. Link beugte sich zu ihr herunter, und sie sprang in seine Arme. Ihr bester Freund war wieder da! Sie schmiegte sich an ihn und fiepte leise. Ihre kleinen Lippen kräuselten sich zu einem riesigen Lächeln. Link blickte auf sie. »Schon wieder der Jackpot! Gerade rechtzeitig zu Weihnachten.«

Dann trug er Elle zu Anna Claus zurück. Auch wenn die Kleine gar nicht aufhören konnte, sich winselnd an ihn zu kuscheln, reichte er sie an Anna Claus weiter. »Gehört dieses liebe Tier zufällig Ihnen, Mrs Claus?«

»Gute Hilfe ist schwer zu finden. Ich nehme sie.«

Keenan war verwirrt. »Warum hilft Elle Anna Claus?«

»Das weiß ich auch nicht so genau«, erwiderte Link. »Aber ich vermute mal, dass das Elles Naturell ist. Sie hilft einfach gerne.«

»Was haben die Robinson-Kinder denn Anna Claus erzählt?«, fragte George, als sie wieder daheim waren und sich auf einen ruhigen Weihnachtsabend einstellten.

»Na ja, es ist natürlich streng vertraulich, aber ich kann dir sagen, dass sie ziemlich genaue Vorstellungen haben, was sie ihrem Vater schenken wollen. Etwas, was dazu führt, das er zu Hause bleiben kann. Das ist ihr größter Wunsch.«

»Ich kann mir gut vorstellen, dass sich die Kinder das wünschen«, erwiderte George. »Aber es ist ein ziemlich großer Auftrag – selbst für Anna Claus.«

Mary Ann zuckte mit den Schultern. »Ja, aber denk daran: Sie muss nicht alles alleine tun. Sie hat jetzt einen großen, starken Partner.«

»Das klingt, als ob Anna Claus eine Idee aus ihrem kleinen roten Ärmel zaubern könnte«, meinte George mit einem amüsierten Lächeln.

»Ja, das könnte sie, aber zuerst muss Mary Ann McCray etwas mit George McCray besprechen.«

»Was denn?«

»Du weißt, dass wir kläglich versagt haben, uns mal ganz konkret übers Älterwerden zu unterhalten. Wir haben ein paar Anläufe genommen, sind aber nie recht weit gekommen. Bislang haben wir nur geschafft, das Problem zu verdrängen.«

George nahm die Chance, etwas zu besprechen, was er selbst immer wieder vor sich hergeschoben hatte, gern wahr. »Du hast vollkommen recht. Ja, ich muss zugeben, es fällt mir von Tag zu Tag schwerer, meine Arbeit zu erledigen. Wir müssen uns auf die Zukunft vorbereiten. Ich habe auch schon ein paar Ideen.«

»Stehen wir denn schon mit einem Bein im Grab?«, fragte Mary Ann scherzhaft.

»Nein, natürlich nicht, aber ich glaube, es wird sich manches ändern müssen.«

»George, ich habe Lane Evans angerufen. Er würde Lady Luck zurücknehmen und uns einen Scheck über zwölftausend Dollar ausstellen.«

»Ist sie echt so viel wert? Das wundert mich.«

»Er möchte sie haben, und zwar jetzt. In ein paar Jahren wird sie nichts mehr wert sein.«

»So wie wir?«

»Na ja – du vielleicht. Frauen halten länger durch.«

George zuckte mit den Schultern. »Für Pferde bist du zuständig, aber ich sehe es nicht gern, wenn du sie verkaufst. Hast du nur daran gedacht, die Kosten und die Aufgaben zu reduzieren?«

»Nein, natürlich nicht. Anna Claus hat sich noch über vieles andere den Kopf zerbrochen. Sie kennt zwei Kinder, die einen Dad brauchen – vielleicht mehr, als Mary Ann McCray ein Pferd braucht.«

»Und woran denkt Anna Claus?«, wollte George wissen.

»Willst du wissen, woran sie *wirklich* denkt?«

»Ja, genau.«

»Anna Claus muss mit Santa reden. Es könnte eine ziemlich große Verpflichtung sein, aber auch ein kühner Schritt in die richtige Richtung. Die gesamte Familie Claus müsste daran arbeiten, dass es dazu kommt. Es könnte ziemlich schwierig werden.«

»Na ja, Santa Claus steht dir jederzeit zur Verfügung.«

»Du meinst, wenn er nicht gerade ein Nickerchen hält?«

George warf ein Kissen nach seiner Frau. »Hey du, ich glaube, es wird allerhöchste Zeit, dass Anna Claus sich wieder an den Nordpol verzieht.«

27. KAPITEL

Die Bitte kam Link zwar seltsam vor, doch er hatte kein Problem damit, ihr nachzukommen. »Na klar«, erwiderte er. »Ich schau dann gleich mal bei Ihnen vorbei. Der Treffpunkt ist mir bekannt. Er liegt rechts von Ihrem Haus, stimmt's?«

Sobald er die Verabredung getroffen hatte, setzte Link die Kinder bei Abbeys Eltern ab. Sie hatten den Großteil des Tages mit ihm verbracht, und er hatte sich ins Zeug gelegt, ihnen einen schönen Tag zu bescheren. Dennoch wirkten sie ein bisschen verunsichert, weil sie den Weihnachtstag bislang nicht auch mit ihrer Mutter hatten verbringen können. Er küsste Keenan und Emily zum Abschied, erklärte ihnen, dass er bald noch ein paar Stunden für sie da sein würde, und fuhr zur Farm der McCrays.

Es war eine kurze, angenehme Fahrt von knapp zehn Minuten. Die Farmhäuser auf dem Weg waren weihnachtlich geschmückt, manche sehr üppig, andere etwas bescheidener. Link ging davon aus, dass das alte, verlassene Häuschen, zu dem er bestellt worden war, nicht in den ländlichen Dekorationswettbewerb eingetreten war. Doch auf der Zufahrt zu Thornes Haus erwartete ihn eine Überraschung. Auf der kleinen Wiese vor dem Häuschen stand ein fröhlicher Schneemann, die Veranda war mit blinkenden Lichterketten geschmückt, und aus dem Kamin stieg Rauch empor. Hatte er sich bei dem Treffpunkt geirrt? Hier schien ganz offenkundig jemand zu wohnen. An der Tür hing sogar ein Weihnachtskranz.

Es war nicht leicht, für seinen Pick-up, den er schon für die Rückfahrt nach Texas mit seinen Habseligkeiten beladen hatte, einen Parkplatz zu finden. Auf der schmalen Zufahrt standen bereits einige andere Wagen, doch er schaffte es, sich zwischen zwei zu drängen.

An der Haustür wurde er von Mary Ann begrüßt. »Hereinspaziert, Link. Danke, dass Sie an Weihnachten hier heraus gekommen sind. Ich hoffe, wir haben Sie nicht Ihren Kindern weggenommen. Anna Claus hat sich sehr darüber gefreut, die beiden zu sehen.« Lächelnd fügte sie hinzu: »Das wurde mir jedenfalls gesagt.«

Link trat ein und sah sich um. Das Innere des Häuschens verblüffte ihn ebenso wie das Äußere. Es war zwar alles ziemlich einfach, doch sehr gemütlich. Viel besser als die Absteigen, in denen er sich in den letzten Monaten aufgehalten hatte. Jemand hatte sich große Mühe gegeben, es einladend herzurichten und komplett zu möblieren. In einer Ecke stand sogar ein geschmückter Weihnachtsbaum. Und unter dem Baum lagen ein paar kleine hübsch verpackte Geschenke. Wer wohnt hier?, fragte sich Link.

Er musterte die Anwesenden. Hank Fisher saß in seinem Rollstuhl. Link hatte im Lauf der Jahre ein paar Gelegenheitsjobs auf Hanks ziemlich heruntergekommenen Farm gemacht. Der alte Mann nickte ihm zu. »Frohe Weihnachten, Link!«

Doc Pelot saß auf einem Stuhl, einer seiner Hunde lag ihm zu Füßen. Er grinste. »Guten Tag, Link! Willkommen im Happy-Valley-Heim für die Alten und Gebrechlichen.«

Link wirkte verwirrt. »Sagen Sie mal, Doc, ist das eine Intervention? Ich habe mir nämlich fest vorgenommen, wieder zu den Treffen zu gehen.«

George lachte. »Nein, keine Sorge.« Er deutete auf einen Stuhl. »Setz dich doch, Link. Ich hab dir ja schon am Telefon gesagt, dass wir etwas mit dir besprechen wollen.«

Mary Ann übernahm die Gesprächsführung. »Vielleicht hast du ja schon erraten, dass wir alle hier – Hank, Doc Pelot, George und ich – etwas gemeinsam haben. Wir werden älter, und es fällt uns immer schwerer, die Arbeit rund um unsere Häuser zu erledigen. Dennoch ist keiner von uns bereit, das Handtuch zu werfen. Wir sind ein stures Volk. Wir wollen unsere Farmen nicht verkaufen und in den Ort ziehen.«

»Das kann ich gut verstehen«, erwiderte Link nachdenklich. »Es ist schön hier draußen. Echt schön.«

Doc Pelot konnte seine Aufregung kaum zügeln. »Unsere drei Familien würden dich gern einstellen. Wir brauchen Hilfe, und wir haben gehört, dass du einen Job brauchst. Ich weiß zwar, dass du gerade eine Stelle als Müllfahrer in Texas angenommen hast, aber wir haben uns gedacht, dass dir eine Arbeit, bei der du deiner Familie näher sein kannst, also näher an Zuhause wohnst, vielleicht besser gefallen würde.«

»Wir haben dieses Häuschen für unseren Sohn in Schuss

gehalten«, fügte George erklärend hinzu. »Aber Todd ist nicht daran interessiert. Wenn es dir gefällt, kannst du hier wohnen. Die Miete ist günstig, eigentlich wollen wir gar keine verlangen, wenn du dich gut um das Häuschen kümmerst.«

Hank kam auf den Punkt. »Der Doc und ich bezahlen dir jeweils tausend Dollar im Monat. George und Mary Ann lassen dich umsonst hier wohnen und legen auch noch was auf deinen Lohn drauf. Du kannst deine Arbeitszeit gleichmäßig verteilen, oder zumindest mehr oder weniger gleichmäßig. Uns wäre damit sehr geholfen, und dir hoffentlich auch.«

Link wusste gar nicht, was er sagen sollte. Obwohl er versuchte, seine Gefühle in Schach zu halten, stiegen ihm Tränen in die Augen. In der Lotterie zu gewinnen war keine große Kunst, da ging es rein um Mathematik und den Zufall. Was ihm hier widerfuhr, war viel besser. Diese Menschen sorgten sich um ihn. Sie wollten ihn in ihrem Leben haben. Ihre Großzügigkeit überwältigte ihn. Dieses Häuschen war fantastisch. Er würde in der Nähe seiner Kinder wohnen können, näher an Zuhause, wie der Doc gesagt hatte. Und was am wichtigsten war: Er würde endlich selbst ein richtiges Zuhause haben.

Es kam ihm vor, als hätte ihn jemand vom Rand eines Abgrundes weggerissen und geradewegs ins Paradies befördert. Konnte einem Link Robinson wirklich etwas so Fantastisches passieren? Er stand auf und ließ den Kopf hängen – nicht, weil er sich schämte, sondern weil er versuchte, sich zu fassen. Schließlich straffte er die Schultern und sagte: »Danke!« In diesem einen Wort lag so viel Aufrichtigkeit wie schon lange nicht mehr.

Doc Pelot versuchte, ihn ein bisschen zu bremsen. »Wirklich gern geschehen. Aber wir haben noch ein paar Bedingungen.«

»Welche denn?«, fragte Link.

»Meine lautet: Geh zu den Treffen«, erklärte der Doc.

Link nickte. »Das hatte ich ohnehin schon vor. Ich kann Sie gerne mitnehmen.«

Hank Fisher nannte die nächste: »Link, ich hätte gern, dass du auch weiter im Tierheim aushilfst. Es ist gut für dich, und sie brauchen deine Hilfe dort wirklich dringend.«

Auch diese Bedingung war leicht zu erfüllen. »Einverstanden«, erwiderte Link.

»Meine ist nicht ganz so leicht«, bemerkte Mary Ann. »Vielleicht ist es sogar ziemlich viel verlangt.«

Nachdem sie ihre Bitte vorgetragen hatte, nickte Link zögernd. »Sie haben recht. Das ist wirklich ziemlich viel verlangt. Ich muss erst mit Abbey darüber reden. Ich kann Ihnen nicht versprechen, dass das klappt.«

»Frag sie doch einfach, und dann sehen wir weiter«, schlug George – pragmatisch wie immer – vor.

28. KAPITEL

Nachdem sich Link verabschiedet hatte, setzte er sich benommen in seinen Wagen und versuchte sich zu sammeln, bevor er Abbey anrief und ihr erzählte, was ihm gerade angeboten worden war. Sie klang so froh und aufgeregt, wie er es seit Monaten, wenn nicht Jahren, nicht mehr erlebt hatte. »Link, das ist ja super!«

»Ich weiß. Wunderbare Nachrichten, nicht wahr? Wie es aussieht, wirst du mich doch nicht so schnell los.«

»Ich habe nie versucht, dich loszuwerden. Das weißt du doch.«

»Wie auch immer – jetzt hast du mich weiter am Hals.« Er zögerte ein wenig, dann fuhr er fort. »Aber es gibt noch ein paar Bedingungen bei diesem Angebot. Einige waren leicht zu erfüllen, aber Mrs McCray – Anna Claus – hat ziemlich hart verhandelt.«

Nachdem er ihr erklärt hatte, worum es ging, seufzte Abbey. »Wir müssen einfach dafür sorgen, dass das klappt, Link. Ich weiß, woran sie dabei gedacht hat. Es ist ein sogenanntes Übergangsobjekt. Sie hat es mir erklärt. Es soll etwas sein, das zwischen unseren Wohnungen hin und her pendelt und den Kindern ein Gefühl der Kontinuität vermitteln soll.«

»Abbey, wir haben bei so vielen Dingen, die wir gemeinsam hätten tun sollen, versagt. Glaubst du wirklich, dass wir das schaffen?«

»Natürlich. Wir werden es schaffen.«

»Na gut. Ich muss noch ein paar Anrufe machen.«

»Texas?«, fragte Abbey.

»Ja, aber ich weiß nicht, ob ich dort an Weihnachten jemanden erreiche. Als Erstes wollte ich Todd McCray anrufen und ihm sagen, wie viel mir das bedeutet hat. Du weißt schon, dass er mich darum gebeten hat, sein Trauzeuge zu sein.« Link dachte an die Nacht in der Econo Lodge und wie kurz er davor gestanden hatte, sich wieder einmal aufzugeben. »Vielleicht war es Todd, der für mich eingestanden ist, und nicht umgekehrt.«

»Auch wir hatten hier noch eine kleine Aufregung«, sagte Abbey. »Keenan und Emily haben gerade einen Anruf von zwei ganz besonderen Menschen erhalten.« Sie blickte auf ihre Kinder, die auf dem Boden mit den Spielsachen spielten, die im Haus ihrer Großeltern immer auf sie warteten. Sie drückte Keenan sanft an sich und stellte das Telefon laut. »Erzähl deinem Daddy mal, wer gerade angerufen hat.«

»Dad«, sagte Keenan aufgeregt, »Santa und Anna Claus haben uns angerufen!«

»Ach ja?« Link war selbst etwas erstaunt. »Ich habe gar nicht gewusst, dass die beiden solche Anrufe machen. Was haben sie denn gesagt?«

»Sie haben gesagt, dass Emily und ich heute in deinem neuen Haus übernachten sollen, weil sie dort ein paar Geschenke für uns abliefern.«

Link lachte. »Na, da bin ich aber froh, dass ihr zwei das mit Mr und Mrs Claus vereinbart habt. Wollt ihr denn bei mir übernachten?«

»Ich glaube schon. Ist denn dein neues Haus so eklig wie Sams Wohnung?«, fragte Keenan vorsichtig.

»Überhaupt nicht. Es ist sehr schön. Es gibt sogar einen Weihnachtsbaum. Aber es ist ziemlich klein. Du und Emily müsst euch ein Zimmer teilen. Ist das okay?«

Emily war sofort hellauf begeistert. »Das ist okay«, versicherte sie ihrem Dad eilig.

»Also würdet ihr gern bei mir übernachten?«, fragte Link.

Die Pause, die nach dieser Frage einkehrte, kam Link wie eine Ewigkeit vor. Schließlich antwortete sein Sohn.

»Dad, können wir gleich zu dir kommen?«

»Bist du bereit?«, fragte Mary Ann ihren Sohn.

»Dazu bin ich nie bereit, Mom«, erwiderte Todd.

George erhob sich vom Frühstückstisch und grub in seiner Tasche nach den Wagenschlüsseln. »Sollen wir los?«

Todd hob Elle hoch und drückte sie an sich. »Vermutlich.«

George leinte den alten Labrador an. »Wie sieht's bei dir aus, Christmas? Bist du bereit?«

Mary Ann sah auf die Uhr. Es war kurz vor acht. »Vielleicht ist es noch zu früh?«, überlegte sie laut.

»Ach, komm, die Zeit wartet nicht auf die Weihnachtsfrau. Ich rufe Link an und sage ihm, dass wir uns auf den Weg machen.«

Mary Ann nahm Todd die kleine Hündin ab und drückte sie ebenfalls fest an sich. Elle schien sich zu freuen, dass sie ein Teil des Weihnachtsteams war. »Du warst wirklich viel besser als jedes alte Rentier«, lobte Mary Ann sie.

Sie schlüpften in ihre Mäntel, steckten noch ein paar kleine Geschenke ein und traten in die kalte Winterluft. Ihr Atem bildete silberne Wölkchen, die sich rasch im rosigblauen Morgenhimmel auflösten. George hatte vergessen, die Lichterketten an der Scheune und den anderen Außengebäuden auszuschalten. Sie blinkten leise in dem weichen Licht. Nachdem alle im Auto saßen und die Windschutzscheibe so frei war, dass er genug sehen konnte, fuhr George langsam den McCray-Hügel hinunter. Seine Frau saß neben ihm, Todd und die beiden Hunde auf der Rückbank. Der Frost auf den Zedern am Wegesrand glitzerte in den Strahlen der aufgehenden Sonne. Ein paar Truthähne liefen über die schneebedeckte Wiese. George warnte den Anführer: »Tom, pass gut auf deine Hennen auf!«

Sie bogen in die Zufahrt zu dem alten Häuschen am Fuß des Hügels ein und parkten am Ende. Der Schnee knirschte unter den Reifen. Langsam machte sich die kleine Gruppe auf den Weg zum Eingang. George und Christmas bildeten die Nachhut, Mary Ann mit Elle im Arm und Todd klopften leise an der Tür.

Link wartete schon auf sie. »Kommen Sie rein. Die Kinder stehen gerade auf.«

Mary Ann bemerkte, dass Emily den Baum noch mit ein paar selbst gebastelten Schmuckstücken verziert hatte. Die Schuhe der Kinder standen ordentlich nebeneinander neben dem alten Holzofen. Auf dem Sims darüber standen ein paar kleine geschnitzte Holzfiguren – Bären, Hunde, Pferde und eine winzige springende Forelle. Offensichtlich hatte Link diese Figuren dort aufgestellt. Mary Ann fragte sich, wer sie wohl geschnitzt hatte.

Link entschuldigte sich höflich, öffnete die Schlafzimmertür und sagte: »Die McCrays wollen euch besuchen. Es sind meine neuen Nachbarn, und sie haben auch ein paar Freunde dabei. Wollt ihr nicht raus zu uns kommen?«

Obwohl Todd es schon sehr oft getan hatte, fiel es ihm immer noch schwer. Diesmal ganz besonders. Er drückte Elle an sich und flüsterte ihr ins Ohr: »Du wirst das ganz toll machen. Davon bin ich überzeugt. Du wirst allen beweisen, dass sie sich geirrt haben. Du wirst der beste Assistenzhund aller Zeiten sein.«

Keenan und Emily kamen schlaftrunken und Hand in Hand hereingetrappelt. Todd setzte sich auf den Boden und legte den Arm um Christmas, auf dessen Unterstützung er sich stets verlassen konnte. Mit der anderen Hand hielt er Elle fest, die auf seinem Schoß saß. Er würde diesen Hund sehr vermissen. Ein letztes Mal drückte er sie fest an sich. Sie versuchte, sich ihm zu entwinden, denn sie wollte ihren Kumpel Link begrüßen. Todd lächelte. Es war fast, als hätte sie es schon die ganze Zeit gewusst. Sie hatte es ihm oft zu sagen versucht. Es war seine Schuld, dass er nicht auf sie gehört hatte. Natürlich hatte auch Elle eine Aufgabe, der sie sich von Anfang an voll und ganz bewusst gewesen war.

Keenan und Emily setzten sich, wie nicht anders zu

erwarten, neben Todd und begannen, die beiden Hunde zu streicheln. »Noelle hat eine hübsche Schleife«, stellte Emily fest und richtete sie so, dass sie noch besser zur Geltung kam.

»Keenan, weißt du noch, wie ich dir gesagt habe, dass Hunde gute Freunde sein können?«, fragte Todd, als er glaubte, dass die Kinder sich nun genug mit den Hunden beschäftigt hatten.

Keenan rieb sich den Schlaf aus den Augen. »Ja.«

»Anna Claus hat mir gesagt, dass Emily und du an jemanden gedacht haben, der einen guten Freund brauchen könnte.«

Todd ließ Elle los, und ein pelziges Bündel voller unbändiger Kraft stürzte sich auf Link.

Link hob die Kleine hoch. Sie winselte aufgeregt. »Ja, ich weiß, Elle. Ich freu mich ja auch, dich zu sehen.«

Als Keenan hochsah, bemerkte er, dass Mary Ann ihn beobachtete, und in ihrem Blick glaubte er etwas zu bemerken, was er erkannte. Konnte das sein? Ein Freund für seinen Daddy, damit er nicht so einsam war – darum hatten Emily und er Anna Claus gebeten.

»Hat Anna Claus uns Noelle für Daddy geschenkt?«, fragte er schließlich.

Todd musterte Keenan und Emily, die neben ihm auf dem Boden saßen. So schwer es auch gewesen war – drei Jahre hatte er versucht, einen Hund zu trainieren, von dem alle behauptet hatten, er sei nicht trainierbar –, die Mühe hatte sich gelohnt. »Ja, Keenan«, sagte er. »Anna Claus hat gedacht, dass es ein tolles Geschenk für euren Daddy sein würde. Sie hat uns gesagt, dass wir euch Noelle zu Weihnachten schenken sollen. Würde dir das gefallen?«

»Wir dürfen den Hund von Anna Claus behalten?«, fragte Keenan verdutzt.

»Jawohl, so ist es«, erwiderte Todd.

»Daddy?«, fragte Emily.

»Ja, mein kleiner Kobold?«

»Heißt das, dass Noelle jetzt wirklich zu unserer Familie gehört?«

Link strahlte vor Dankbarkeit. Endlich mal hielt etwas ihre Familie zusammen und riss sie nicht auseinander. »Na klar heißt es das«, sagte er. »Todd hat sie speziell für uns trainiert. Eure Mommy und ich werden sie uns teilen. Sie kann immer bei unserer Familie sein, egal, in welchem Haus ihr gerade seid.«

Er setzte Noelle ab und wandte sich an Todd. »Sag Anna Claus bitte vielen, vielen Dank von uns.«

Noelle flitzte zu Keenan und drückte ihre kalte Schnauze auf seinen Bauch. Keenan kicherte. »Warum macht sie das?«, fragte er Mary Ann.

Mary Ann, die auf dem Sofa saß, beugte sich vor und fuhr ihm durch die Haare. Lächelnd erinnerte sie sich an einen kleinen Jungen, der nun zu einem solch wundervollen Mann herangewachsen war. »Ich vermute mal, dass Todd Noelle beigebracht hat, den Kindern, die sie liebt, auf diese Weise frohe Weihnachten zu wünschen.«

Keenan schlang die Arme um Noelle. Er sah der Kleinen in ihre sanften braunen Augen und vergrub sein Gesicht in ihrem weichen Fell. Bei ihr fühlte er sich sicher. Auch dieses Häuschen gefiel ihm sehr. Es fühlte sich so an, wie sich ein Zuhause anfühlen sollte – ganz anders als Sams unaufgeräumte Bude. Außerdem fand er es schön, mit seinem Dad zusammen zu sein. Viel schöner, als er es sich vorgestellt hatte.

Todd wusste nicht, wie er Elle jetzt einfach so zurücklassen sollte. Trotzdem war ihm klar, dass seine Aufgabe erfüllt war. Jetzt war Noelle an der Reihe. Auf sie wartete eine große Aufgabe: eine Familie zusammenzuhalten, ein Haus in ein Zuhause zu verwandeln, Kindern zu helfen, sich stets geliebt und verstanden zu fühlen. Aber er wusste, dass Elle dieser Aufgabe gewachsen war. Zum ersten Mal mitten in all dieser Aufregung stieg ein wenig Angst in Todd auf. Er würde Vater werden. Seine Aufgabe würde dieselbe sein wie die der kleinen Elle: eine Familie zusammenzuhalten. Wenn sie das schaffte, dann schaffte er das auch.

Er erhob sich. Es war Zeit zu gehen. »Komm, Christmas«, sagte er. »Wir müssen heim und nachsehen, was Santa und Anna Claus uns gebracht haben.« Er zwinkerte seinem Vater zu. »Ich habe gehört, dass sie Mom etwas ganz Besonderes geschenkt haben. Ihr wisst ja, wie sehr sie Überraschungen liebt.«

George nahm Todd die Leine ab und zog ein wenig daran, um Christmas zum Aufstehen zu bewegen. Sie verabschiedeten sich von den Robinsons und zogen sachte die Haustür hinter sich zu. Auf der untersten Stufe drehte sich George zu Todd und seiner Frau um. »Wo wir doch gerade von Überraschungen reden – soll ich es ihr sagen?«

»Nein, diesmal sag ich es ihr«, erwiderte Todd nachdrücklich.

»Was denn jetzt noch?«, fragte Mary Ann leicht beunruhigt.

Todd nahm den Arm seiner Mutter und half ihr über die frostigen, glatten Stufen. Als sie die letzte überwunden hatte und auf sicherem Boden stand, begann er vorsichtig eine Frage zu formulieren: »Mom, hast du eigentlich gewusst, dass in Lauras Familie häufig Zwillinge geboren werden?«

Greg Kincaid

arbeitet im Hauptberuf als Rechtsanwalt. Der fünffache Vater lebt zusammen mit seiner Frau und zwei Hunden auf einer Farm in Kansas und engagiert sich bei verschiedenen sozialen Projekten und in der Tierhilfe.

Greg Kincaid bei Goldmann

Ein Hund zu Weihnachten. Roman
 Auch als E-Book erhältlich.

Ein Hund im Winter. Roman
 Auch als E-Book erhältlich.

Vier Pfoten im Schnee. Roman
 Nur als E-Book erhältlich.

Ein Hund unterm Weihnachtsbaum
 Auch als E-Book erhältlich.